FAR TOMBSTONE

NAKA EIJI

墓碑はるかなり

福永耕二論

仲栄司

邑書林

墓碑はるかなり　―福永耕二論―　目次

第一部　耕二の生涯　9

墓碑はるかなり

——福永耕二論——

第一部　耕二の生涯

はじめに

「馬酔木」という結社は、その名前を聞くだけで私には煌びやかである。昭和六年、「ホトトギス」からの独立を宣言し、新興俳句の口火を切ったと言われる水原秋櫻子。その秋櫻子が興した結社が「馬酔木」である。現代俳句はまさに「馬酔木」から始まったと言われるが、私が煌びやかさを感じるのは俳句史の事実からだけではない。いや、むしろ秋櫻子自身の生き方や俳句から強くそう感じるのである。

その後の新興俳句は、無季俳句や前衛俳句など先鋭的な動きを展開したが、秋櫻子の「馬酔木」はそれらとは一線を画し、有季定型の中で抒情を重んじる俳句を貫いた。先鋭的な俳句はことごとく消えていったが、「馬酔木」は「ホトトギス」に対峙する結社として今日でも俳壇に屹立している。秋櫻子が確固とした信念をもって「ホトトギス」と訣別したことの何よりの証左であろう。

その秋櫻子の晩年に「馬酔木」の編集長を務めたのが福永耕二である。まず耕二の句を見てみよう。

浜木綿やひとり沖さす丸木舟　（『鳥語』昭三十三）

ぼろぼろの身を枯菊の見ゆる辺に　（『散木』昭五十五）

（以下、引用する耕二俳句の下へ収録句集と制作年を示す）

最初の句は第一句集の劈頭の句。昭和三十三年七月、弱冠二十歳で「馬酔木」の巻頭を飾った句である。青年の孤独と高い志を秘めた抒情が漂っている。

あとの句は遺句集の掉尾の句。昭和五十五年十二月一日、死の三日前、四十二歳の時に病室で詠んだ福永耕二最後の句である。壮年の体はぼろぼろとなるが、せめて枯菊の見えるところに已が身を運んでほしいと切に願っている。枯菊は生涯敬愛してやまなかった恩師、秋櫻子のことであろう。《冬菊のまとふはおのがひかりのみ》の句を作った秋櫻子もこのとき病の身で、余命いくばくもない状態だった。しかし、耕二はせめて一目、秋櫻子に会いたかったはずである。

私は両句を読んで、そのあまりの落差に胸を抉られる思いがした。最初の句にある青年の静かに燃える眼差しはいったいどこに消えてしまったのだろう。どうしてぼろぼろの身となるまでやつれ果ててしまったのだろう。大学生という若さで大結社「馬酔木」の巻頭を飾り、やがては編集長となり、秋櫻子の懐刀として活躍した人がどうしてこのような最期を迎えることになったのだろう。すさまじい生涯と言ってしまえばそれまでのことだが、そのすさまじさの中に俳句を考える上で大切なことが存在するのではないか。私にはそう直感させる句集の始まりと終わりだった。

耕二は昭和十三年一月四日、鹿児島県の川辺町《かわなべ》（現・南九州市）に生まれた。両親とも鹿児島県の出身だが、父は質屋や衣類売りなどの職を経て、母方の父（耕二の祖父）の製材所や近所の病院の運転手を勤めたりした。最後は商工会議所のメンバーだった。

母は肺病にかかり、やがて筋炎を引き起こしたりしたが、裁縫を身につけて一家を支えた。トイレに行く時間も惜しむほど裁縫に従事したようだが、一方で『泉鏡花全集』や「婦人公論」を読むなど文学は大好きだった。その血が耕二にも流れていたのかもしれない。

兄弟は、三つ上の兄がいる。川辺高校時代はかなり腕白だったようで、兄のせいでまわりの友達から叩かれることを恐れた耕二は母に頼んで、兄と違う高校を受験した。難関校として知られる鹿児島市の私立ラ・サール高校だが、見事に合格している。活発な兄に比べると耕二はおとなしかったようだ。小、中学時代など友達が一人、二人家に遊びに来ても、適当に漫画をあてがって耕二自身は好きなことをしていたという。

俳句は、高校時代から「馬酔木」に投句を始めた。昭和三十年九月号の「馬酔木」に初めて耕二の句が出ている。

朝 焼 の 波 荒 れ 椰 子 の 根 を 洗 ふ　（「馬酔木」昭三十）

南国の香り漂う中、起伏の激しい青年の息づかいが聞こえてくるようだ。やや詰め込み過ぎの感はあるが、俳句の型はできている。以後、毎月投句を続け、耕二の俳句人生が始まる。

ここで耕二の俳句人生にざっと目を通しておきたい。これから耕二の足跡を辿っていくのに、いきなり中身に入るよりもまずはその地形を俯瞰しておいた方がわかりやすいと思うからだ。また、その方が耕二の俳句や活動を追いかけやすいはずである。

耕二の人生を私なりに捉えると、次のような五つの時代に区分できるように思う。

①鹿児島時代（昭和三十年〜昭和三十九年）

「馬酔木」への投句を開始。二度の巻頭を飾るが、やがてスランプとなり投句休止。その後、能村登四郎に出会って上京を決意。

②上京時代（昭和四十年〜昭和四十四年夏）

能村登四郎、林翔のいる市川学園に勤務して上京生活が始まる。「馬酔木」の新人賞に当たる「新樹賞」を受賞。私生活では同じ「馬酔木」の川本美智子と結婚。公私共に順調の中、

「馬酔木」同人となる。

③第一次活躍時代（昭和四十四年夏〜昭和四十八年）

同人として活躍する一方、編集に携わり、やがて「馬酔木」の編集長就任へ。一方、能村登四郎の「沖」立上げにも参画し、「沖」同人としても活躍。第一句集『鳥語』を上梓する一方、「馬酔木賞」を受賞する。

④第二次活躍時代（昭和四十九年〜昭和五十五年夏）

「馬酔木」編集長として活躍。その間、『水原秋櫻子全集』を編集、完了させる。自らも第二句集『踏歌』を上梓。昭和五十五年夏、突如、編集長を解任される。

⑤晩年時代（昭和五十五年夏〜昭和五十五年十二月）

編集長解任後、しばらくして発病、入院。一旦退院後再度入院し、敗血症がもとで急逝。享年四十二。

ざっと眺めてみると、「馬酔木」同人となるまでの前半は起伏に富んでいる。わずか二十歳で「馬酔木」の巻頭を飾るという鮮やかなスタートを切ったにもかかわらず、昭和三十六年あたりからスランプに苦しみ続けた。昭和四十年、上京を契機に心機一転を図るが、上京直後は東京での新しい生活に慣れず、苦しんだ。しかし、「馬酔木」の新人賞獲得や結婚を契機に頭角を現すようになり、やがて「馬酔木」内で認められる存在となって同人に上り詰める。

後半は、編集長として「馬酔木」に確固とした地歩を築き、八面六臂の活躍をする。その間ほぼ十年の歳月であるが、この十年がまさに耕二が俳人として最も活躍した時期であり、同時に秋櫻子の晩年を支えた時期でもあった。

ここで少し視点を変えて「馬酔木」の歴史を概観してみよう。戦前の「馬酔木」は、加藤楸邨や石田波郷といった俊英が育つ一方、山口誓子も参加して錚々たる俳人を輩出した。最終的に彼らは「馬酔木」を離脱したが、俳壇に新たな風を吹き込み活性化させたという点で、「馬酔木」が俳壇に与えた影響は絶大だったと言える。

戦後の「馬酔木」は、新人を育成、輩出しながら確固とした組織運営を進めた。まず編集長は波郷が復帰、そのあと藤田湘子が継ぎ、「馬酔木」は俳壇に不動の地位を築いた。昭和三十九年に湘子が去ったあと、入れ替わるようにして耕二が上京し、秋櫻子のそばに存在するようになった。俳句史上燦然と輝く秋櫻子だが、晩年も失速することなく、有終の美を飾った背景には、粉骨砕身して編集に当たり、秋櫻子を支え抜いた耕二の存在があったのである。

晩年の秋櫻子は美の探究者として、重厚さと軽妙さを織り成しながら静謐な世界をひらいていった。秋櫻子の死の二年前、耕二が中心となり、二年と半年の歳月をかけて『水原秋櫻子全集』が発刊されたが、これは秋櫻子の生涯の集大成であり、まさに耕二の尽力あればこその作品だったのである。

しかし、編集長を十年近く務めた耕二は、突如その任を解かれてしまう。昭和五十五年のことである。その後耕二は、使命を終えたと言わんばかりにわずか半年でその生涯を閉じる。この半年を晩年と記したが、晩年と呼ぶにはあまりにも若く、短い。この唐突に始まる晩年は、それまでの歩みとあまりに不釣合いなので、耕二の生涯を上から眺めるとそこだけ大きな断層が生じている。その地形を眺め続けていると、あたかも天が水原秋櫻子のために福永耕二を降らせ、やがて秋櫻子の死の近いことを知るや、天が慌ててこの俳人を召し上げてしまったかのように思えてくる。

耕二がめざしたもの

旅立ち

浜木綿やひとり沖さす丸木舟　（『鳥語』昭三十三）

「奄美大島」の前書がある。前章でも紹介した第一句集『鳥語』劈頭の句。また、昭和三十三年七月号の「馬酔木」巻頭を飾った二十歳の句である。

奄美大島を吹く生暖かい風が耕二の頬に当たっている。しかし、耕二の眼はまっすぐ沖を見つめている。頼りない丸木舟だが、しっかりと漕いでいけば、やがては沖にも辿りつける。耕二は本気でそう思っている。沖を見つめる耕二の眼差しには、静かに燃える闘志の色が見られる。それは孤独者にある色だ。

季語に切字の「や」をぶつけ、下句は体言止めという俳句の基本形を押さえた表現形式。その安定感に支えられ、一人の青年が舟を漕ぎ出す風景が明瞭に描かれている。「浜木綿」の季語が南国の風や空気を伝える一方、「ひとり沖さす」という情景描写を「丸木舟」で受けることにより、孤独な青年の心理状態にまで読者の想像を及ばせる。

水原秋櫻子は、同号の「馬酔木」の「選後小憩」にこの句を取り上げ、「ひとり沖さす」の表現のうまさと、詠みざかりの頃は苦労を経て次第に大成していくことを述べている。すでに秋櫻子の耕二に対する期待がうかがわれる。

これを読んだとき、耕二は嬉しかったに違いない。二千人以上いる作者の中から巻頭に選ばれただけでなく、句のよさを評価され、将来への期待を表明されたのだから。当事の鹿児島と東京との時間は今日よりもっと大きかったことを考えると、この「馬酔木」という俳句誌を郵便で受け取り、巻頭を知り、秋櫻子の言葉に接したときの耕二の幸福感は、極限にまで達したのではないかと想像される。

そんなことを思いつつ、この句が耕二の俳句人生の出発点にあることの意味を思う。私は、この句は俳句の道を歩むという耕二の覚悟の句だと思っている。静かに詠み上げながら固い決心が伝わってくる。俳句の基本形式にのっとることで俳句への信頼を示しながら、まだ何も俳句のことがわかっていない自分自身を丸木舟の頼りなさに表する。漕ぎ出そうとする岸には浜木綿が風に吹かれている。南国の暖かい風に吹かれながら耕二の眼は、はるか遠くの沖に向いている。

沖とは

それでは沖とはいったい耕二にとってどういう意味を持つのだろうか。まずは「沖」が出てくる句を見てみよう。

立 泳 ぎ し て は 沖 見 る 沖 と ほ し　（『鳥語』昭四十五）

泳 ぎ つ き し 岩 礁 に な ほ 沖 の 礁　（『鳥語』昭四十五）

春渚足あとのみな沖めざす　（『鳥語』昭四十七）

これら三句は、耕二が編集に携わり、「馬酔木」の中でいよいよその地歩を固めるスタートを切った頃に作られた。自身の未熟さを表した最初の句。一つの到達点は単に通過点に過ぎないことを自覚している二番目の句。まわりの仲間も沖をめざしていることを意識している三番目の句。いずれも当時の耕二の心情が吐露されている。

ところで、鹿児島は沖縄を除けば日本の最南に位置する県だ。生まれてから耕二はずっと鹿児島に住んでいる。そういう人にとって最南の地にいるという意識は、おそらく体感として沁みこんでいたであろう。その耕二が意志をもって沖をめざすと言うとき、その方角は北へと考えるのではないだろうか。実際、そのことを裏付ける俳句が耕二の晩年（昭和五十五年秋）の句にうかがえる。編集長を解任された後に作られた次の句である。

鳥渡る我等北さす旅半ば　（『散木』昭五十五）

この句は先述の浜木綿の句の二十二年後に詠まれた句だが、句のめざす方向は明らかである。北は方位においては基準とされ、地図では上を指す。時刻や角度においては、北極星にちなんで真夜中や0度を表し、始終点とされる。つまり、一般的に北というのは基準や終点のような指針となり得る方向なのである。

一方、耕二の俳句には北とは反対の南を表現した句がある。

夾竹桃旅は南へばかりかな　（『踏歌』昭五十二）

夾竹桃は南国的な濃い桃色の花で、その花の色の強さが南ばかりを旅している自身の傾向に思い当たらせている。この句の場合の南は、那智や潮岬などの紀伊半島の旅を指しているようだが、耕二にとって南北の基準は、住まいのある市川、あるいは「馬酔木」の編集所のある東京である。そこを基準にしたとき、旅はいつも南ばかりだというのである。鹿児島生まれで近辺の島によく旅行した耕二にとって、南国情緒漂う地はなつかしく、心癒される気分になるのである。

北にあるもの

話を沖に戻すと、丸木舟の進む方向は、浜木綿のある南の岸辺から北の沖をめざしたのではないだろうかと私は思うのである。この南北の動きは、耕二俳句の一つの特徴である。耕二の場合、めざす方向はいつも南から北へとなるのである。

それでは、北にはいったい何があるのだろう。「旅は南へばかりかな」の句では南国の夾竹桃が詠まれたが、次の句は耕二が生活をしている場所の夾竹桃を詠んでいる。

夾 竹 桃 日 暮 は 街 の よ ご れ ど き　（『鳥語』昭四十二）

夾竹桃の色の鮮やかさが日暮時の街のよごれを際立たせている。夾竹桃という南国的な花を配して街の疲れや暗さを浮き彫りにしている。しかし、この街こそ耕二が俳句生活をしている場所である。そこでは、次の句に見られるように人が多く、競争が渦巻いている。

鰯 雲 は た ら く 人 を 地 に 撒 け る　（『鳥語』昭四十三）

雪 の 夜 の 獣 の 息 に 満 ち て 街　（『散木』昭五十四）

耕二のめざした北とはそういう都市であった。だから、日常から離れた旅となると、心地よい南方面となってしまうのである。北は、耕二の俳句の言葉を借りれば、街、よごれ、はたらく人、獣の息となる。耕二は、そういう厳しく競争の激しい北の世界を選んだのである。

不動の覚悟

では、なぜ、そのような北を耕二はわざわざ単身でめざそうというのか。南にいれば両親や友達もいるし、心を癒してくれる南国情緒豊かな島もたくさんあるというのに。それを知るには、昭和三十五年五月号の「馬酔木」に掲載された「カミュの死」という随筆を読むといい。

この随筆で耕二は、カミュが突然自動車事故で死亡したことを新聞で知り、非常な驚きと悲しみをもたらしたと書いている。しかし、その後、カミュの作品を読みかえしても、カミュの死が実感として胸に響かないという。その理由は、「僕らが知っている作家はその作品の中に永遠に生き続けており、読む度毎に、僕らはその中で生きている作家の魂と邂逅する」からだという。また、「作家は、永遠にその作品の中に生き続けるために、その孤独という当然の犠牲を支払うのではあるまいか」「もし真の独創が、そのような孤独な魂に宿るものだとすれば、僕らもまた俳句作家として、まず最初に孤独を獲得する必要があるように思う」と、俳句作家としての孤独の必要性を述べている。

耕二が「馬酔木集」への投句を自選で出すようになったのは、「カミュの死」を出す三年前（昭和三十二年）からで、それまでは、毎月全作品を米谷静二に選句してもらっていた。もともと耕二は、「馬酔木」に属し、「ざぼん」を主宰する静二の手ほどきを受けて「馬酔木」に入門した。自選投句

を始めてから耕二は、俳句というものと深い関わりをもつようになったと書いている

啓蟄や怒りて折りしペンの先　　（『鳥語』昭三十三）

右の句はその頃作られた句だが、秋櫻子は昭和三十三年六月号の「馬酔木」の「選後小憩」で啓蟄という季語の使い方について書いている。要は、季語の使い方として、たまたま啓蟄のときにペンが折れたから使うというような簡単さはいけないが、一方で気持ちをわざと季語に結びつけてもいけないという。かねてから腹に据えかねることがあったのを、じっと忍んでいた気持ちが伏在している程度がいいというのだ。そして、この句には一種の力を感じると述べ、それは気持と季語との微妙な作用を相通わせているからだと推察している。

この句は巻頭を飾った浜木綿の句の一か月前だ。自分自身で句を選んで馬酔木集に出し始めたはいいが、自分の句がいいのかどうかよくわからない不安な状態だった。そこへ、秋櫻子の解説と評価が時宜を得てやって来たのである。このとき耕二は、すがるような思いで秋櫻子の文章を読み返したに違いない。この秋櫻子の迷いを吹き飛ばしてくれる評に出合い、覚悟は不動となり、めざすところも定まった。

それから十三年後、昭和四十六年八月号の「俳句」に、耕二の覚悟を示す文章が出ている。

　この最短詩型が僕の唯一の表現となってしまった今、砂漠の中のひとりとなっても、俳句を詠みつづける覚悟はできているつもりである。現代において、俳句作家はその俳句に対する姿勢によって、つまるところ作品によって、生き残る以外の生き方はないと思う。僕は多くの先輩俳人からそのことを学んだ。今後も作品の上で苦しんでゆきたい。

右は、実質「馬酔木」の編集長として走り出した頃に書かれた文章である。心は張り詰めていたはずだ。それが「砂漠の中のひとりになっても」というおおげさに聞こえる表現になった。しかし、耕二は大真面目に述べている。俳句を詠み続けると決めた以上、孤独になるのは当たり前だからだ。

浜木綿の句にもどると、北をめざして漕ぎ続けるという覚悟は、すでに二十歳のときにできていた。しかし、覚悟は必ずしも強固なまま続いたわけではない。むしろ何度も揺れ動いた。そういうとき、耕二は南へ進路を変えることで自ら心を癒した。そして再び北をめざした。めざす北には常に眩しく光るものがあった。北の海は荒れていても、その先の一点をめざして耕二は進んでいった。そのめざす光こそが「馬酔木」、否、秋櫻子その人だったのである。

「馬酔木」の香り

秋櫻子との初対面

耕二が水原秋櫻子にはじめて会ったのは、昭和三十二年、大学二年生のときである。その年、「馬酔木」の同人に推薦された同郷の米谷静二が耕二を伴って上京し、西荻窪の秋櫻子宅を訪れた。

「そのときの写真が残っているが、大学の制服を着て、両手を膝に置いている耕二さんの初々しい姿は、きっと水原先生の眼にもすがすがしく映ったに違いない」と、静二は昭和五十六年三月号の「馬酔木」に書いている。

実際、耕二は静二に、「私は水原先生の所にたびたび伺っていますが、伺うたびに胸がどきどきするのです」と語っている。死の四年前の発言である。編集長になったあとでもその態度は変わらなかったのである。そこには、四十五歳の年齢差だけで片付けられないものがある。律儀で潔癖な耕二の性格といってしまえばそれまでだが、私はむしろこういうところにこの師弟の純粋で深い信頼関係を感じるのである。

さて、静二とともに上京した耕二は、手賀沼の吟行にも同行している。軽部烏頭子、相馬遷子、石田波郷もいっしょだった。まだ駆出しの頃なのに、すでに錚々たる「馬酔木」同人のメンバーに会い、吟行を共にしている。秋櫻子のみならず波郷や遷子もいっしょの吟行とは、まことに幸運である。

同年、秋櫻子が九州に西下したときも二人は会っている。

いわし雲空港百の硝子照り　（『鳥語』昭三十三）

博多空港での句で、秋櫻子を迎える喜びがまっすぐ伝わってくる。この句が掲載された昭和三十三年二月号の「馬酔木」で、耕二は初めて四句欄に躍り出た。初めて二句欄に飛び出したのが一年前。そして、この四句欄に掲載された五か月後にはついに浜木綿の句をはじめとした五句で巻頭を飾っている。

めざましいばかりの躍進だが、昭和三十三年から三十五年までの三年間は、まさに耕二の鹿児島時代の絶頂期といえるだろう。その間、二度の巻頭を含め、上位につらなることがしばしばであった。昭和三十二年に秋櫻子と初対面し、秋櫻子の九州訪問の折に再会することで、耕二のモチベーションがぐんと上がったからであろう。

一方、秋櫻子にとっても耕二は印象的だった。まじめで好感の持てる大学生と思っていたはずである。事実、昭和三十三年の「選後小憩」には、三度も耕二の句が取り上げられている。「啓蟄」、「浜木綿」の句のほかに、十一月号の次の句がそうである。

海女の鶏波止にあそべり昼花火　（『鳥語』昭三十三）

秋櫻子は、類型のない面白い句として取り上げている。耕二が投句する五句のうちひどく類型的な句が必ず一句あると指摘するが、この句は悠々たる趣を持っていて悪くないと評価している。類型に陥る理由としては、多人数の句会がないからと述べ、多人数の句会があればそこで句の類型を覚える機会が得られると示唆している。この秋櫻子の言葉を耕二はずっと忘れずに心の中にしまっていた。日頃接することのできない秋櫻子からの指導の言葉は、遠く鹿児島にいる耕二には金科玉条のように思えたことだろう。

「馬酔木」運営方針

昭和三十五年四月号にある「選後小憩」は、秋櫻子の人を育てるやり方、方針が見られてなかなか興味深い。いかに勉強を促すかに腐心しており、そのために競争心を煽り、会員が切磋琢磨するよう仕向けているのである。

二千人を超す「馬酔木集」の俳人をどう管理、運営していくかは大結社として極めて重要なことで、秋櫻子の耳にはいろいろ雑音も入っていたにちがいない。毎年、会員も入れ替わり、新しい人が増えていく中、主宰がどう考えて「馬酔木集」の掲載に取り組んでいるか知らしめる必要があった。「選後小憩」を読むと、秋櫻子は「馬酔木」の停滞を恐れ、活性化を図ることに苦労していたことがよくわかる。そこには高度経済成長や学歴社会が始まる時代背景も反映していてたいへん興味深い。

具体的にみてみよう。それまで巻頭句は四句という月が続いていたが、この号では五句入選の投句者が多くなった。その理由をA、B二人の会話形式で解き明かしている。

B「どういう考えで五句入選を作ったのか?」
A「それはこういうわけなのだ。この頃はとにかく皆が勉強するからね。三句入選とか四句入選とかいう人達が非常に多くなったわけだ」
B「それはわかる。勉強はよくしているようだ」
A「そうするとね、三、四句の常連というのが殖えるだろう?」
B「それは殖えるさ」
A「そこが怖いのだよ。三句、四句の常連ということになれば、どうしても一安心ということになるからね。まずここまで来れば大丈夫という気持から腰を下ろしてしまう。そうして更に前進という場合、その腰がなかなかあがりにくいものなのだ」
B「して見ると、まだこの上には五句という階級があるのだということを知らせて、腰を下ろし放しにさせぬように、希望を持たせたというわけか?」
A「まず、そういうことだ」
B「前に、二句の常連を一句に落して、警告を発したことがあったけれど、つまりあれと似た意味を持つわけだな？」

Ａ「うん、警告という意味はたしかにある」

Ｂ「次には四句の下位の方を三句、二句級に落すということも考えているのだろうね」

Ａ「それも無論考えているさ」

Ｂ「君の考えていることはわかる。要するに馬酔木全体に動きをつけて、もう一倍の勉強をうながそうというのだね」

Ａ「その通り。それには沈滞しているときよりも、今のように勉強家の揃っているときの方が好機会と思ったわけだ」

「馬酔木」という俳句誌

さて、耕二が初めて巻頭を飾った「馬酔木」昭和三十三年七月号を見てみたい。まず表紙絵は、光風会会員で長崎大学教授である山中清一郎の描いた絵。天主堂の内部が描かれている。編集長の藤田湘子は、「斬新な感じを出したい」と記しているが、落ち着いた色調の中に「馬酔木」の特徴である光や美といった芸術性が伝わってくる。魅力的である。私は、すでに表紙絵を見ただけで心の奥にある昭和三十年代の匂いが立ちのぼってくるのを感じた。

第一ページは、「梅雨の浅間山」と題して、鬼押出しからの写真を掲載。次に「民俗散歩」シリーズが続く。この号では夏越祭を取り上げ、茅の輪くぐりの写真と小文である。そのあと、秋櫻子、「当月集」「風雪集」の同人俳句を掲げ、評論や随筆も交えながら、会員の「馬酔木集」へと続く。途中、写真も織り交ぜながら読者を視覚的にも楽しませてくれる。芸術の美を追求する「馬酔木」の姿勢が感じられる俳句誌だ。百三十四ページ、定価百円。会員は「当月集」七人、「風雪集」三十八人、「馬酔木集」二千百五十九人。優に二千人を超す大所帯である。

この俳句誌の放つ香りは、鹿児島の一青年を大いに刺激したことだろう。俳句誌でありながら、芸術の香り豊かな「馬酔木」、その頂点にいる秋櫻子の存在は、耕二にとって大いに眩しい存在だった。それが「空港百の硝子照り」の句に結実したのである。

秋櫻子の忠告

昇り調子の耕二だったが、それゆえの悩みもあった。そのことを随筆「カミュの死」(「馬酔木」昭和三十五年五月号)に正直に吐露している。耕二は四句欄に上がったあと、「馬酔木」の上位から落ちるのを恐れすぎ、自由な作句態度を縛ってしまった。性急に有名な俳人の作品を吸収しようとした結果、類想類型の作品を生み出してしまったというのだ。自分の心の中に孤独を持ち得なくなった結果だと反省している。

そのような混迷から耕二を救ったのは、秋櫻子の一通の葉書だった。耕二の手紙に対する返信に、秋櫻子は面白い句を作れとだけ忠告したのである。耕二はその言葉の意味を真剣に考えた。西行も芭蕉も、自分の心の姿をあるときは「をかし」と詠み、あるときは「かなし」と詠んだ。それら短い言葉に作家おのおのの面貌があらわれていると思い、作品がどれほど作者の心をあらわしているかが大事だと思った。また、西行や芭蕉の作品をとおして、模倣を絶した人間の歩みが俳句においても最も貴重な養分を与えると考えたのである。

秋櫻子は、「面白い句を作れ」としか言っていないが、耕二は「面白い」を「をかし」と解釈した。そして、西行、芭蕉に照らし合わせて、その心情が文学の本質を構成する抒情と理解した。自分なりの決着点を見出したのだ。このまっすぐでまじめな青年の姿勢に、私は人間としての良質さを感じるとともに秋櫻子の影響の大きさも思い知らされるのである。

随筆の結びは、

僕は今後、もっと自分の青春の哀歓を詠もうと思う。たとえそれが暗く閉ざされたものであろうが、また軽薄と言われようが、僕が今詠まなくては詠む時は二度と還ってこないのである。そして、自分の青春を詠むことのできる自分の幸せを感謝したいと思う。なぜなら、詠むべき青春を持つことが現代では非常に困難になりつつあることを、僕も身辺に感ずるからである。


と述べている。

「馬酔木」の香りは鹿児島の一青年を魅了した。停滞を嫌い、切磋琢磨を旨とした信条。俳句も一芸術ととらえ、明るさと美しさを信念とした秋櫻子の心の光。高度経済成長という時代が「馬酔木」の放つ光を一層強烈なものにした。特に、遠くにいる若者にとっては眩しすぎたことだろう。その光をはね返すには耕二はまだまだ若かった。しかし、若かったがゆえに、今は大いに青春を詠むと言い切ったのである。

鹿児島時代の青春俳句

「新樹賞」努力賞

青春の哀歓を詠もうと自らに誓った耕二。そこには今詠まなくては詠む時は二度と還ってこないという思いがあった。二十代の耕二は、いわば自ら意識的に青春俳句を詠もうとした。そのことが、耕二の俳句は青春性俳句といわれる一つの所以であるのかもしれない。

それでは、「馬酔木」ではその頃の耕二の俳句をどのように評価していたのだろうか。昭和三十四年十月号の「馬酔木」に、「馬酔木」の新人賞にあたる「新樹賞」の発表が掲載されている。この年、耕二の俳句作品が桑原四郎とともに努力賞の評価を受けた。「新樹賞」そのものは該当者なしとなったので、応募作品三十六篇の中では、耕二と四郎が最高得点だったということである。なお、審査員は秋櫻子と十名の「馬酔木」同人が務めた。耕二は、秋櫻子、篠田悌二郎、堀口星眠から入選点を、藤田湘子から佳作推薦三位の評価を受けたが、他の七名からは評価点を得られず、惜しくも入選を逃した。

それでは、まず耕二の作品を見てみよう。作品の表題は「梅雨穂草」で、二十句の俳句からなるが、ここでは、そのうち第一句集『鳥語』に収められた俳句のみを掲げることにする。

パン屋の窓いつも曇れり春嵐　（『鳥語』昭三十四）

風摶つてわが血騒がす椎若葉　（同）

心弛むとき蚊柱の立ちにけり　（同）

人待てばおろかに嵩む樟落葉　（同）
梅雨穂草抜きつつ思ひつめにけり　（同）
水着きてはにかむ若さとり戻す　（同）

青春を謳歌したような明るさはなく、むしろ内にこらえた抑制感のともなう句が多い、内向性とでも言おうか。弾けた感じはなく、句は地味な印象を与える。

次に、「馬酔木」で評価点を与えた面々はどういうコメントをしているだろうか。

まず秋櫻子は、地味で落ち着きのあるところを佳しと評価している。悌二郎は、素直で匂やかな作風に詩人として大成する資質があると将来性を期待している。星眠は、切味よく快調と評価するも、類型を脱して重みが加われば申し分ないが、未だ亜流の感拭えずと苦言も呈している。湘子は、作品の若々しさは群を抜いているが、俳句表現の特長を充分に生かし切っていない、力の弱さが気になると評している。

随筆「落花のころ」

それでは、ここで角度を変えて当時の耕二の随筆に目を向けてみたい。昭和四十一年五月号の「馬酔木」に掲載されている「落花のころ」という作品である。

この作品は、神風特攻隊で有名な知覧の飛行場へ行く途中にある蟹ケ地獄という桜の名所での話である。耕二は母と共に下宿していた女教師と女学生たちの遠足に便乗した。戦時中だったから幼い耕二以外は皆女性で、その集団に崖の上から降りてきた二人の兵隊さんが加わった。いっしょに歌を歌い、すっかり耕二も兵隊さんと仲良しになったが、やがて兵隊さんとの別れの場面がやってくる。

「今日はほんとに、ありがとうございました。お蔭で生涯の思い出になります」

「町においでの時はまたお寄り下さい」と母が言った。すると、その兵隊さんは眉毛一本動かさずに、

「実は明日出撃するのです」と答えた。

「えっ」と言ったきり、母も安楽先生も声を呑んだ。

「そのため半日休暇が出たのです。町に出ようと思ったのですが、もう充分楽しみましたので部隊に帰ります」

二人の顔には何とも言われぬ爽快な微笑が湛えられていた。

「明日はいつごろですか。お見送りしたいと思いますが」母が辛うじてそう尋ねた。

「明朝五時半です。出発の時には上空を旋回することになっていますから、お見送り下さい」

言い終ると、再び挙手の礼をした。

見事なやり取りである。そのあたりの短編小説をはるかに凌駕し、胸に迫り来る随筆である。耕二は、「落花のころになるとあの飛行士たちのことを思いださずにはおれないのである」と述べ、さらに「あの時のことを思い浮かべると、少年の時のような心の痛みが胸によみがえってくるのである」と記している。兵隊さんの潔さとそれに深く心を打たれた幼い耕二の純真な心。二十年の歳月が流れてもこの時のことを忘れない耕二に私は大いに心を動かされる。

この随筆を取り上げたのは、耕二の青春にある本質的なものを感じさせるからである。

梅雨穂草抜きつつ思ひつめにけり　（『鳥語』昭三十四）

「梅雨穂草」は、「梅雨時はちょうど一年の半ば。路傍の草には穂をつけ実を結んで枯れるものが目立つ。私はそれを「梅雨穂草」と呼んでいる」（宮坂静生『語りかける季語　ゆるやかな日本』岩波書店）とある。この句に象徴されるように、明るいだけが青春ではない。不純を忌諱することが激しければ激しいほど、はにかみや鬱屈、切なさや苦さ、あるいは潔さへの憧れといった感情が抑制された形で鬱積してくる。耕二の鹿児島時代の俳句にはそういう感傷的な傾向が強いのである。第一句集『鳥語』の鹿児島時代の句群のタイトルが「梅雨穂草」なのも首肯できる。

昭和五十二年十月の「沖」に掲載された「俳句は姿勢」という評論で耕二は、鹿児島時代の自分の作品を次のように述べている。

だが、当時の僕の作品は、まだ青春期の感傷に色濃く染まっていたので、その感傷性を脱するために悪戦苦闘しなければならなかった。

感傷をそのまま俳句にぶつけてもこの短詩型はすんなり折り合ってくれない。その格闘の末に真の俳句作品は生まれる。どう折り合いをつけるか、耕二の悪戦苦闘は続いた。

抒情と沈黙

抒情をめぐって

耕二は、俳句という短詩形に青春の感傷をどう折り合いづけようとしたのだろうか。いやもっと端的にいえば、抒情というものに対してどう折り合いづけようとしたのだろうか。

昭和三十五年九月号の「馬酔木」に、「抒情をめぐって」という表題で、鹿児島「ざぼん」グループの座談会が掲載されている。米谷静二を座長とし、「馬酔木」の鹿児島の国文学専攻の若手四名が出席者である。勿論、耕二も入っている。

座談会では、俳句における抒情を談じる前に、抒情そのものの概念をひもといている。「馬酔木」では、このときまでに抒情研究の論文を毎号掲載していて、八か月が経っていた。その中で平畑静塔の「人間存在の本質にかかわる高度な感情を抒べる」（昭和三十五年一月号）という主張に触れたり、「抒情とは、究極は恐らく他につたえ得べくもない人間一人一人の深部のこえを、ただ一たびコミュニケートするための、詩人の悲痛な、然もむなしい営為」という塚本邦雄（昭和三十五年三月号）の論などを紹介している。

これらに対し、耕二は、「抒情を含まない詩はあり得ない」と発言し、さらに塚本邦雄の「万葉より後では知性が増大した結果、抒情がしぼんでしまった」という論に対して異を唱えている。「言葉というものが上代と現代ではすでに違う。万葉の時代には言葉それ自体に意志と力があったが、現代では言葉は意志伝達のための符合に過ぎない」と指摘している。つまり、現代の抒情には知性的なものが入ってきており、その知性的なものに押しやられて抒情がしぼんでしまったとみるのではなく、抒情の質が変わったとみるべきだというのである。

それでは俳句における抒情とはどう捉えるべきなのか。座談会では、俳句における抒情は、詩や短歌と根本的には変わらない。したがい、その違いは方法論にあるということで意見が一致する。しかし、「十七音詩である俳句はその必然の要求として切れ字と季語がある」と細山田寛氏が発言した時、季語の存在の必然性に疑問が呈せられる。耕二自身は、季語は共通の場を提供すると同時に、一句の内容をそこで受け取る存在なので重要としながらも、芭蕉も四季の句のほかに旅や恋の句の可能性を述べていることを指摘して、季語を必然とは言い切っていない。むしろ、ここで耕二は、我々が決意をもって俳句という詩型を選んでいることを自覚することが重要だと述べている。

この発言を受け米谷静二は、俳句において俳句の持つ本来の特質である沈黙の感動を再認識することが大切だと述べている。ここで「沈黙」という言葉が登場するが、半年後に耕二は、「沈黙の詩型」という評論を出す。このときの座談会での静二の発言が契機となったと思われる。

それはさておき、座談会は、その後、抒情において詩因を大切にすることと言葉の再発見、再認識が重要と結論づけている。詩因とは、テーマ・対象があって、そこから受けた深い感動を伴うなまの感じを指す。それを育て上げ、一つの内的表現としてまとめ上げられたものが情で、その情が俳句という形態を与えられたとき初めて俳句作品となるというのである。言葉の再発見、再認識は、その情にまとめあげる過程と俳句形態に仕上げる過程の両方に重要なことなのである。

座談会の最後に耕二は、今回検討する機会を与えられたことに対し、「馬醉木」の編集部に謝意を表している。そして、半年後の昭和三十六年の三月、先述の「沈黙の詩型」という評論を「馬酔木」に発表することで見事に応えている。

沈黙の詩型

それでは、「沈黙の詩型」の骨子を見てみよう。

耕二は最初に、文学は言葉の芸術であると述べ、言葉に対する考察から評論を始めている。現代は科学万能主義の風潮が強く、その結果、言葉の符号化がほとんど定着してしまったという。符号としての薄っぺらな存在、それが現代における言葉の正体であるというのである。古代人が言葉を使う場合は、すべて祈りという形式をとって、一つ一つの言葉は生きた意味をもって、自然に人に訴えかけていた。しかし、言葉が文字に書き表されるようになると、言葉は祈りから保存されるべき認識の形式へ移行していったというのである。そして、その言葉によって真実さと正確さに近づこうとした自然主義文学が繁栄を誇ったとみる。事実を伝えればそれで事足りるというわけである。

その反動として叫ばれたのが抒情の回復で、その烽火は、フランスのランボー、ボードレールを中心とする象徴派詩人達の中に燃え上がった。言葉を符号的な地位から、形と意味とをもった「もの」にまで引き上げようとしたのである。

日本においても抒情の回復が叫ばれたが、耕二は、中でも短歌の斎藤茂吉と俳句の水原秋櫻子を挙げる。茂吉は「実相観入」という新しい抒情の方法を、秋櫻子は、自然上の真（即ち科学的真実性）と芸術上の真（即ち美）というものの明確な区分の上に立って、詩の抒情性を讃美した。いずれも短詩形を担う代表作家である。

そして、言葉を多く要しない表現形式においては、言葉の力が一層強く作用するので、そのような力をもった言葉を多くの言葉の中から発見するのが詩人の務めであるとした。これはいい換えれば、言葉にかつては存在しながら今では失われてしまった個性的な意味を復活させることを意味し、それこそが詩人の責務だと主張する。

なかでも、言葉の力が一番強く働くのは、最も短い詩型である俳句であり、実際、耕二は俳句の強靭な響きに魅せられていた。耕二は、その魅力を俳句における寡黙さとわれわれが美しいものに出合った時に感じる充実した沈黙がどこかで共通するからではないかと思った。

人に感動を語りたい欲求を抑えて、よき詩人はよき祈りをし、祈りの中で詩人は言葉を得る。だから、詩人はまず沈黙することが唯一の表現であるという思想を所有しなければならないと考えた。文学が饒舌になろうとしている今日、いま一度俳人がこの沈黙の意味を考えねばならないと提起し、最後に残った十七音の言葉に対するぎりぎりの愛情が人に訴え得ると考えたのである。更に、俳句における抒情の方法はこれ以外にはない、俳句とは沈黙の詩型であるとまで言い切っている。

以上が「馬酔木」に発表した「沈黙の詩型」と題する耕二の評論の骨子である。前章の鹿児島時代の耕二の俳句は、沈黙の意味を考え、苦悩しながら俳句に落とし込んでいった結果だったのである。抒情との折り合いのつけ方は、若いときほど困難であるが、それを考え、克服していくことは大事な問題だった。なぜなら、抒情は「馬酔木」本来の主張であり、耕二もそこに惹かれていたからだ。この評論を読むと、当時の耕二が抒情について真剣に考え、頭の中ではすでに一定の決着を付けていたことがわかる。

抒情と沈黙の詩型との折り合い

「沈黙の詩型」で論じたことは、その後もずっと揺るがなかった。昭和五十二年十月号の「沖」に、耕二は「俳句は姿勢」という評論を載せている。その中で、耕二は俳句形式における抒情（評論では「主観」と表現）との折り合いについて次のように記している。

　傑れた主観が純粋客観に近いものであることは確かである。特に俳句のような短い詩型に盛られる主観は、形式そのものの抵抗を受けて鍛練され洗練され、次第に普遍性を獲得するようになる。それは多くの現代俳人の作風の変遷の中に見られるもので、僕が能村登四郎、桂信子、野沢節子、鷲谷七菜子論などの中で見てきたところでもある。作家の主観が強ければ強いほど俳句の形式と折り合うことはむずかしいが、それを克服して成った作品は重い沈黙をその裡に孕んでいる。その沈黙が読む者の心を強く打つのである。しかしそこに至るまでには長い間の形式との孤独な闘いが必要である。そういう孤独を経験しないで、人に教えられたり、お題目に頼って、傑れた作品が生まれる筈もあるまい。

主観と俳句形式との折り合いの難しさを耕二ははっきりと述べているが、これは実体験からの言葉である。そして、折り合うためには、長い孤独の闘いが必要だという主張も実感を伴っている。理屈ではわかっていてもなかなか俳句作品に落とし込んでいくのは難しい。特に、若い頃は抒情が横溢してしまうからなおさらである。

スランプと上京

スランプ

昭和三十五年八月の二度目の巻頭後、耕二の俳句は一進一退を繰り返したが、昭和三十七年の後半からは、「馬酔木」への投句も途絶えがちになった。投句が途絶える前の昭和三十七年四月に次のような句がある。

いつよりぞ外套重く職に倦む　（『鳥語』昭三十七）

第一句集『鳥語』の鹿児島時代の句を集めた第一章「梅雨穂草」は、この句で終っている。第二章「今日の眺め」からはすでに上京後の句なので、昭和四十年の上京までの約三年間、耕二はほとんど句を作っておらず、句集においては一句も掲載していないことになる。

いったい耕二に何があったのだろうか。右の句を読む限り、職場であまりうまくいかなかったことが推察される。耕二は、昭和三十五年四月に、鹿児島市の純心女子高等学校の教師として赴任。その後、別の女子高等学校を経て、二十七歳で上京している。

鹿児島では女子高校の教師だった耕二。その頃の耕二の繊細な神経が垣間見られる文章がある。昭和四十三年七月号の「馬酔木」に掲載された「ベレーといたち」という随筆である。小さい頃から帽子を頭から離したことのなかった耕二は、大学三年生のときからベレー帽をかぶっていた。だから、つけられた渾名は「ベレー」だったが、自分ではこれこそ自分の帽子という自負があったので満更でもなかったようだ。ところが、当時日本全土を席巻したダッコちゃん旋風により、女子学園にまでビニール製の人形が鞄にしがみついて横行した。生活習慣係だった耕二は職員会で持込禁止を主張した。それがきっかけで女子高生から陰口をたたかれ、一時落ち込んだようだ。その様子が「ベレーといたち」に描かれている。

「あの先生、自分が似てるからじゃない。ひがんでいるのよ。」

「色が黒いとこなんか黒ちゃんにそっくりよ。」等々囀りだしたのである。何たる侮辱、恭作は辱めに合って呆然自失した。しかもその後、恭作の教えている教室では、教科書に「黒」という文字が出てくる度に生徒達は哄笑し、彼の心臓は鋭く傷ついた。

恭作というのは明らかに耕二自身のことである。勤めて二、三年目とこの前の文章に書いてあるので、ちょうど昭和三十七年あたりのことである。若い女性に陰口をたたかれると、たしかに青年は心臓が鋭く傷ついてしまうものだ。

もう一つ、当時の耕二の様子を描いた随筆がある。昭和四十八年三月号の「馬酔木」に掲載された「霜の樟」である。この随筆は、四十歳という若さで亡くなった島千秋という先輩を描いている。昭和三十二年頃の鹿児島で「馬酔木集」三句欄に名前を記したのは、島千秋と中條明くらいだったという。だから、この二人は耕二のよき先輩、よき目標になった。

島千秋は、耕二が二十歳の頃、バーの経営を始めた。彼がポーカーやダイスに凝りだしたのもその頃で、耕二も強引にポーカーの賭に誘われて、有り金はたいて帰ったことがあったらしい。でも、そういう悪魔的なところが千秋の魅力で、耕二は彼のバーに入り浸っていた。耕二は書いている。

お前はジンでは効くまい、アブサンを飲めといわれてアブサンを飲んでいたのだから、お互い最も心のすさんでいた時期であった。その後僕が一時俳句をやめてしまったのも、そういう生活が背景にあってのことだった。

投句も途絶えていた耕二だが、昭和三十九年七月、八月の「馬酔木」には久々に二句欄に顔を出している。その中に次のような句がある。

つばくらを見つつ上京の友送る　（「馬酔木」昭三十九）

句集には掲載されていないが、当時の耕二の気持がよく表れている。上京の友を見送る耕二にはすでに期するところがあったのかもしれない。

登四郎との出会い

そんなすさんだ状態の耕二を再び俳句に向かわしめたのは、昭和三十九年の暑い夏のことだった。「馬酔木」同人、能村登四郎が鹿児島を訪問、先述の中條明と共に、耕二は登四郎の案内役を買って出たのである。耕二が再び俳句をはじめるようになったのは、中條明の友情によるところが大きかったと耕二自身、「霜の橦」で書いているが、登四郎の案内役を買って出た裏には、耕二の俳句復帰のきっかけになってくれればという明の思いもあったにちがいない。

『福永耕二　俳句・評論・随筆・紀行』（平成元年、安楽城出版）に耕二と明がいっしょにいる写真が掲載されているが、この写真は耕二が亡くなる年、昭和五十五年の撮影である。くつろいだ二人の姿は、変わらぬ友情がずっと続いていたことを鮮明に物語っている。

さて、昭和五十年十月の「俳句研究」の「登四郎の歩み」の中で、耕二は登四郎のことを次のように書いている。

この時の登四郎ほど寡黙恬淡な俳人を僕は知らない。すぐ前を瓢々と長身痩軀を泳がせて歩く登四郎の姿は、僕の眼に高名な先輩俳人というより、一人の求道者、俳句以外のことは眼中にない一作家として映った。地方にくると指導者然として尊大な態度をとる俳人が多い中で、この登四郎の寡黙は、むしろ潔いものに感じられた。

口下手で人付き合いが不器用な登四郎に同じ口下手である耕二は、共感するところが大きかったことだろう。また、「沈黙の詩型」や「カミュの死」で主張した俳句の寡黙性や俳人は孤独な魂をまず獲得しなければならないといったことを、耕二は当時の登四郎に感じたのである。その風貌や歩く姿はまさに孤独な俳句作家そのものだった。

この時期の登四郎はちょうど第二句集『合掌部落』を上梓した直後で、俳句に対する熱気みたいなものを発していた。第三句集『枯野の沖』はこのあとの発刊だが、そこに登場する《火を焚くや枯野の沖を誰か過ぐ》や《春ひとり槍投げて槍に歩み寄る》といった有名な句に対し、耕二はさきほどの「登四郎俳句の歩み」でさらに次のように書いている。

これらの句はすべて、登四郎の「密室」から生みだされた佳作であり、登四郎の寡黙な心と俳句という寡黙な詩型との見事な共鳴を感ずることができる。

当時の登四郎が発する空気や熱は明らかにその「密室」から来るものであった。耕二はそれをじかに肌で感じ、それに冒された。まさに耕二のめざす俳句の姿勢を登四郎は具現していた。耕二は登四郎の俳句と共に、その俳句の姿勢に惹かれたのである。

上京のいきさつ

それでは、そのときの耕二を逆に登四郎はどのように見ていたのだろうか。昭和五十六年二月の「沖」に登四郎は、「福永耕二を悼む」と題して、追悼文を寄せているが、その中の一節を抜き出してみる。

帰京してまもなく耕二から手紙が来て、上京したいからというので待っていると、私の後を追うようにしてやって来た。薩摩隼人らしく色が黒かったが、白い歯が少年のようにあどけなさを見せていた。是非東京で勉強したいから就職の世話をしてほしいとのことであった。私もこの有望らしい青年を東京で存分に勉強させたいと思ったので、その日彼を連れて学校長に面会した。これも九州人である校長は、すぐに彼から真面目さと熱意を感じとったのか、来春四月採用を約束した。

上京は登四郎が勧めたわけではなく、耕二自らが乗り込んで来てのことだった。しかし、それに登四郎はすぐに応えた。そして就職がすんなりと決まり、耕二の上京も決まった。ことが成就するときというのはこんなものかもしれない。登四郎と出会って間髪入れず行動を起こした耕二。その電光石火のごとき行動は何かに取りつかれたかのようである。それが運命というものなのかもしれない。さらに耕二にとって幸運だったのは、就職先の市川学園には、登四郎のほかに、もう一人の俳人である林翔と歌人の小野興二郎が国語教師として勤務していたことである。

上京生活

こうして耕二は上京し、昭和四十年四月から市川学園の国語教師として教鞭を振るう、というより、「馬酔木」の総本山のもとで俳句に励み始めるといった方がいいかもしれない。しかし、上京したからといって耕二の気持はすぐに晴れたわけではなかった。それまで三十年近くずっと鹿児島で過ごしてきた青年が、いきなり東京に来てもすぐに慣れるわけがなかった。上京直後の俳句がそのことを物語っている。

花冷や履歴書に捺す摩滅印　（『鳥語』昭四十）
何か忘れゐて終日の花ぐもり　（同）
永き日や花瓶の底に水ふるび　（同）
黒穂抜く愉しさ心病むならむ　（同）
蠅生る密閉つねのわが部屋に　（同）

上京生活の戸惑い、淋しさ、孤独感といったことが句に滲み出ている。まだまわりの環境に慣れず、肩の力の抜けない耕二の姿がそこにはある。

しかし、耕二はしだいに東京の「馬酔木」に積極的にかかわり始める。また、久々に南の島への旅にも出かけたりして、公私の生活のバランスをうまく取るようになっていく。

萍の裏はりつめし水一枚　（『鳥語』昭四十一）

右の句は、上京して一年以上たった昭和四十一年八月の作品である。「水一枚」という表現が萍の危うさや水の緊張感をうまくいい得ているが、一方で充実感も感じ取れる。東京の水に慣れていなかった耕二がようやく慣れ、いい意味で緊張感をもって生活を送り始めた感じがするのである。実はこれ以後も、耕二は「水一枚」の緊張感で生きていく。萍のような不安定さを孕んではいたが、緊張感のおかげで耕二は前へ前へと進んでいくことができた。

「馬酔木」での存在感

耕二にとっての南の島

耕二の「馬酔木」への投句は、登四郎と出会ったあと毎月続いた。上京して生活が変わり、戸惑いのあった時期ですら投句は欠かさなかった。いや、それどころか耕二は、「馬酔木」で目立つ存在になっていった。それは、上京後の昭和四十年以降の「馬酔木」に耕二の紀行文が頻繁に掲載されたことからもうかがえる。昭和四十年七月と九月の「五家荘・椎葉紀行」、十月の「奄美大島紀行」四十一年九月と十二月の「ふるさとの山々」、四十二年一月の「沖永良部島紀行」、二月の「徳之島紀行」、四十四年一月から四月の「巡島記」、六月の「思い出の屋久島」といった具合である。

耕二は南の島へは鹿児島時代によく行ったが、上京後も夏休みなどを利用して訪れた。次の句などは、南の島への旅行計画をいきいきとして立てている様子が伝わってくる。

棕 櫚 の 花 卓 を 払 ひ て 地 図 開 く　（『鳥語』昭四十一）

南の島は耕二にとって憩いの場だった。上京した年の昭和四十年は対馬と隠岐。四十一年は沖永良部島で詠んだ句が『鳥語』に収められている。

対馬

沖つ藻は花咲くらしも朝ぐもり　（『鳥語』昭四十）

牛つれて来し若者の泳ぎいづ　（同）

向日葵に海峡の色またかはる　（同）

沖永良部島

さそり座をめざす航海夜も暑し　（『鳥語』昭四十一）

飛魚の翅透くまでにはばたける　（同）

磯までの跣足ゆるさぬ日の盛り　（同）

船下りてまつはる風と鳳梨売　（同）

船酔の眼に花莫蓙の花が燃ゆ　（同）

三句目の向日葵の句は、「馬酔木」五百号記念大会の特選句である。南の島の陽光に触れ、上京生活の疲れを吹き飛ばし、いきいきとした心を取り戻したかのようだ。

さて、対馬は違うが、沖永良部島などの南の島は、故郷の鹿児島から船で行くことになるので、耕二にとっては故郷の延長線、故郷の一部という意識が強かった。そこは癒しの場であり、耕二の青春を過ごした場所でもある。第一句集『鳥語』の劈頭の句、《浜木綿やひとり沖さす丸木舟》は、まさに南の島である奄美大島で生まれた。南の島は、耕二にとってなによりも俳句の出発点なのである。だから、耕二には南の島へ行くという感覚はなかったかもしれない。むしろ帰るという感覚に近かった。単に心を癒すだけでなく、俳句の出発点に還ることで再び旅立つという思いがあったのである。

文章会

耕二があれほどまでに多くの紀行文を「馬酔木」に発表したことには、実はもう一つ重要な背景があった。それは、喜雨亭（水原秋櫻子の家のこと）での文章会である。

この文章会は、渡邊千枝子の「俳句研究」（昭和五十六年十月号）に寄せた「秋櫻子先生の思い出」にその様子がうかがえて、たいへん興味深い。それによると、文章会は昭和三十八年から数年間続き、月一回開催されたという。足かけ五年ほど続いたようだが、そのあとしばらく休会となった。休会のあと文章会は復活しなかったが、会員の中から耕二と千枝子が秋櫻子の編集の手伝いをするようになった。昭和三十九年に藤田湘子が「馬酔木」を去ってから、編集は秋櫻子が一人でやっていたからである。

この文章会のことは、千枝子が秋櫻子の逝去に際し、思い出深い出来事として稿を寄せたのだが、そこで得たことを千枝子は、「人は信じられるもの、この世は生きるに値するものという思いで心を充たしてくれたことだ」と記している。

また、倉橋羊村の『水原秋櫻子に聞く』（平成十九年、本阿弥書店）によると、秋櫻子の文章の指導方針は、きっちりと整った破綻のない文章を良しとしていたことが記されており、当時の文章会を振り返っている。

途中から福永耕二が上京して参加したが、比較的個性の強い彼の文章なども、あまり手を加えずに、そのまま個性を伸ばすように指導しておられた。秋櫻子のエッセイや評論をそのまま学んだ私のような流儀と、自由にのびのびとかつ整った感性で書く渡邊千枝子の文章に加えて、ベテランの小野宏文、鈴木元のほかに耕二のエネルギーを得たことで、短い文章会の夏は最盛期を迎えたということだったかも知れない。

耕二は文章会で秋櫻子から文章の指導を受けつつ、「馬酔木」の仲間と切磋琢磨しながら文章を書いた。あれだけ多くの紀行文が掲載された背景に文章会の存在があったのである。

しかし、実は文章会はそれだけの意味にとどまらなかった。耕二と秋櫻子の深い絆のきっかけとなったのである。千枝子の言葉を借りれば、「先生と耕二さんの世にも美しい信頼関係」のさきがけとなったのである。

「新樹賞」受賞

上京後の耕二の俳句は、しばらくして「馬酔木」欄で上位を確保し続けるようになった。また、紀行文の発表も頻繁に行い、「馬酔木」での存在感は増していった。しかし、耕二の存在を決定的にしたのは、昭和四十二年の第十六回「新樹賞」入選という出来事だろう。

昭和四十二年といえば、耕二上京後三年目に当たるが、その年の「馬酔木」七月号に「新樹賞」の入選発表が掲載された。昭和三十四年は残念ながら努力賞だったが、耕二はこの年ついに「新樹賞」を受賞したのである。この賞は「馬酔木」の新人賞に当たるものである。

受賞作品は十五句だったが、第一句集『鳥語』に載せられた九句をここに掲げる。

雪の詩に始まる学期待たれをり　（『鳥語』昭四十二）
窓側の肘より冷えて雪後なり　（同）
草萌や燐寸もてるみどりの火　（同）
耳裏に風こそばゆし地虫出づ　（同）
絵筆買ふ贅沢ゆるす梅咲く日　（同）
花の種剰さず分ちこころ足る　（同）
菜の花や食事つましき婚約後　（同）
娶るまで曲折もあらむ蜷のみち　（同）
あたたかや水の匂ひを身辺に　（同）

東京の生活にも慣れた耕二には、教師生活も新学期が待たれるくらい充実していたのである。どの句にも生きる喜びが感じられ、明るい。文章会をとおして秋櫻子の薫陶を直接受けていたことも大きいが、それだけではない。この年、耕二は同じ「馬酔木」の川本美智子（のちの福永みち子）と結婚し、公私ともに絶頂だったのである。

それでは、選者はこれら耕二の句をどのように評価しているだろうか。選者は全部で四人、うち三人が耕二に最高点をつけている。

秋光泉児は、「安易な心境にたよらず、しっかりした叙景は自分の青春に溺れない力強さを感じた」として耕二を推した。

下村ひろしは、「みづみづしい感性は生来この人のものだが、それが一句一句に定着し、詩情豊かな生活詠になっている」として同じく一席とした。

黒木野雨は、直接、耕二を評せず、全体の傾向を「昨年度より今年度の方が数段よい出来ではなかったかと思う」と述べている。ただ、一点気になることとして、身辺俳句を詠むのに便利な言葉を乱用していて、マンネリ化が避けられていないと指摘している。身辺俳句を詠むのに便利な言葉とは、例えば、愚痴、嘆き、失意、孤独、病むなどのたぐいを指している。「心境というものは、そういう言葉でしか表現出来ないだろうか。むしろそれらの言葉を句の裡へ隠して、余情や余韻で心もちを表現する方が、作品を深くするのではないかと私は思う。意固地になったわけではないが、私の場合、そういう言葉は多少とも減点の対象となった」として最終的に耕二を一押ししている。

ただ、林翔だけは耕二を次点とし、石田波郷の妻、石田あき子を押した。耕二の句については、「この人の句が若々しいというのは、若々しい感動が素材との間に火花を散らしているということである」と評している。

耕二の句のよさは、下村ひろしが評したように瑞々しい感性にある。青春を詠むと誓った耕二の姿勢がまさに評価されたといっていい。この時期の耕二は結婚を目前にして精神的に最高の状態にあった。

秋櫻子は、「今年は誰が入選するか予想がなかなか盛んだったようである。勿論、句稿は見ていない予想だから、平素の実績だけで想像しているのである。その上に、ひいきひいきの見方も加わることだろう。その予想が、殆ど当たっていたのだから面白い」と書いている。

紀行文を寄稿したり、文章会に出席したり、編集の仕事を手伝ったりする耕二は、秋櫻子の中でも次第にその存在が大きくなっていった。選者のみならず、「馬酔木」全体が耕二を評価するというわば満場一致に近いかたちで耕二が「新樹賞」を受賞したことに、秋櫻子は安堵とともに満足だったにちがいない。先のコメントはそんな秋櫻子の思いの表れなのである。

昭和四十一年の「選後小憩」で、秋櫻子は耕二の句を二度取り上げてあと押ししている。

咳耐へに耐へ腹力なかりけり　（『鳥語』昭四十一）

船酔の眼に花莫蓙の花が燃ゆ　（同）

咳の句は、「俳句表現の型を大切にしている」、花莫蓙の句は、「表現の工夫と詠みぶりは強くて重みをもっている」と評価している。いずれも「新樹賞」受賞の前年のことである。

「馬酔木」の若手の旗手としてその存在を知らしめた耕二。上京直後の躓きは完全に克服した。新婚生活も始まり、秋櫻子にも認められ、「馬酔木」での俳句生活にどっぷりと入ってゆく。秋櫻子との信頼関係はこの時期に構築され、以後速度を増して深まっていくのである。

結婚と家族

かけがえのない出会い

「馬酔木」の若手の旗手として存在感を大きく示した耕二は、昭和四十二年八月に同じ「馬酔木」の俳人、川本美智子と結婚する。平成二十一年に第一句集『月の椅子』を上梓した福永みち子のことである。同じ鹿児島出身の二人だが、交際が始まったのは、耕二が上京し、みち子が鹿児島から大阪に転勤してからである。昭和四十一年夏のことである。

「当時かなり頻繁に行われていた馬酔木の関西吟行会を通じて、両者の交わりは深くなっていったらしい」（昭和五十六年三月「馬酔木」）と米谷静二は書いている。

また、能勢真砂子は、「馬酔木」昭和五十九年二月号での「耕二追悼特集」のなかで、「才能豊かなおふたりの結びつきこそ、最高の良縁だ」と記したあと、その頃の「ざぼん」誌上に耕二の句が見られるとして次の句を紹介している。

葛青し吹かれて白し愛を告ぐ　（昭四十一）

芝萌えぬ愛の手紙を手渡しに　（昭四十二）

また、同様にみち子の次の句も紹介している。

嫁ぐ日の布選びをり青嵐　みち子（昭四十二）

みち子の句に比べ、耕二の句は「愛」というなまなましいことばをそのまま出して、自分の気持を素直にぶつけている。耕二はこれら二句を句集には入れていない。しかし、葛の句は、耕二の没後出た俳句入門書、『俳句創作の世界』（昭和五十六年　有斐閣）の中で、「われを詠む」と題して書いた一章に掲載している。多くの先人の句に混じって自分の句を一つだけ挿入し、「こうして並べてみると、恋にもいろいろな形があり、いろいろな詠み方があることがわかります」と書いて、この句を青年のまっすぐな愛の喜びを表した句としている。

筑紫磐井は「俳句界」平成二十年四月号で、「その後の句集にも収録されなかった、若書きの句である。にもかかわらずこの入門書（たぶん最後の文章）にこの句だけが収められているところに、耕二の思いが伝わってくるようだ」と書いている。耕二にとって相当愛着のある句であることがわかる。

決断をしてしばらくの懐手　（『鳥語』昭四十二）

あたたかや水の匂ひを身辺に　（同）

花の種剰さず分ちこころ足る　（同）

菜の花や食事つましき婚約後　（同）

右の四句は、結婚の決断をしたあとの耕二の満ち足りた心がしずかに伝わってくる句である。掛け値のない穏やかな心持だったにちがいない。

娶るまで曲折もあらむ蜷のみち　（『鳥語』昭四十二）

明星と逢ふまでこともなき花野　（同）

結婚するまでは曲折もあったようだが、みち子との出会いは耕二の行き先を定めた。かけがえのない出会いだった。「吹かれて白」くなった心の日々は、あとで振り返っても忘れられない青春の一ページだったのだ。

妻恋の句

結婚してからも耕二の妻を見つめる眼差には愛情の深さが見てとれる。

触れぬものの一つに妻の香水瓶　（『鳥語』昭四十二）

冬鳥は群なす吾に妻あるのみ　（『鳥語』昭四十三）

ふとりゆく妻の不安と毛糸玉　（同）
ありありと妻の雀斑菜も咲くよ　（同）
春夜子に妻を奪はれひとりの餉　（同）
子の螂に妻ゐて妻もうすみどり　（同）
花蓼やつたなさが佳き妻の唄　（『鳥語』昭四十四）
寝待月子を眠らせて妻と出づ　（同）
泳ぎ来し髪をしぼりて妻若し　（『鳥語』昭四十五）
妻の腕日焼がのぼりつくし秋　（同）
花曇妻の素顔は病むごとし　（『鳥語』昭四十六）
香水瓶涸れて久しき二児の母　（同）

子が生まれてからは、子へ注ぐ母親としての妻の情愛に一層愛おしさを感じている。中でも六番目の螂の句は秀逸である。妻が子に同化している姿を夫の眼で静かに見つめている。子を包み込む妻が母親へ昇華してゆく姿を、下句の「うすみどり」が見事に言い止めている。

香水瓶に妻の女性としての神秘さを感じていた耕二だが、その香水瓶も二児を得た母となっては、使われることがなくなった。

吾子俳句

それでは、耕二の子供に対する俳句はどうだったのだろう。耕二の吾子俳句を読んでみると、大きく三つのパターンがある。第一は、子への慈しみのあらわれた句。第二は、父親としての実感や喜びを表した句。第三は、親としての子育ての態度や厳しさを感じさせる句である。また、三つの句集それぞれに吾子俳句はあるが、二児が生まれた時期に当たる第一句集の『鳥語』には、吾子俳句が四十五句あり、子が誕生してからは七句に一句の割で登場していて圧倒的に多い。

それでは、まず第一のパターンの句から見てみよう。

まだ吾子に見えぬ蝶さへ来て祝す　（『鳥語』昭四十三）
風車子の眼遊びてまだ見えず　（同）
秋風に睫毛吹かるる子の熟睡　（同）
林檎汁子に初めての冬寧かれ　（同）
でで虫は静かなる虫子が捉ふ　（『鳥語』昭四十四）
子の泪なかなか涸れず草の絮　（『鳥語』昭四十五）
野火を見て緊りし吾子の両拳　（『鳥語』昭四十六）
冬めくや子が曳きあそぶ捨箒　（『踏歌』昭四十八）
呂律まだ整はぬ子にリラ咲ける　（『踏歌』昭四十九）
ふたり子に虫籠ふたつ帰郷行　（『踏歌』昭五十）
靴の紐結べざる子の進級す　（『踏歌』昭五十二）
いつまでも露台の子らよ星座表　（同）

耕二の子の様子を静かに見つめる視線はやさしく温かい。最後の星座表の句はなんと心の和む風景だろう。
他にも《入学の子に見えてゐて遠き母》（『鳥語』　昭四十四）という句がある。これは吾子ではないが、子の心になって詠んでいて、「見えてゐて遠き母」の心理は普遍である。

父となるたやすさ春の鳩見つつ　（『鳥語』昭四十三）
秋の夜や膝の子にわが温められ　（同）
草芳し子を走らしめ後追へば　（『鳥語』昭四十五）
麦笛を吹くや拙き父として　（同）
子に見せて人の庭なる鯉幟　（同）
梅雨や子の電車に股を潜られて　（同）
子にゑがきやる青き蟹赤き蟹　（同）
子と二日会はねば渇く山葡萄　（同）
子の服にうつしやるわが虱　（同）
春疾風子の手摑みてわが堪ふる　（『鳥語』昭四十七）
冬雀父とゐるとき子はしづか　（『踏歌』昭四十七）
鞦韆のわが座より子の授業見ゆ　（『踏歌』昭五十）

右の十二句は第二のカテゴリーで、父親としての実感を表した句である。一句目の「父となるたやすさ」には私も実感があるが、「春の鳩見つつ」が言い得て妙である。子供がまだ小さいときは、麦笛を吹いたり、鯉幟を見せたり、蟹の絵を描いたりして、父親として精一杯尽くしている。しかし、最後の二つの句のように、すこし子供が大きくなると、子との距離を意識的に保とうとする父親像が見えてくる。

泣く吾子を鶏頭の中に泣かせ置く　（『鳥語』昭四十四）
蟬捉へきて活殺を子にまかす　（『鳥語』昭四十五）
日永きや子にひたかくす砂糖壷　（『鳥語』昭四十六）
目守る子の目の高さにて西瓜切る　（同）
かの枯野子の手袋を隠し了ふ　（『踏歌』昭四十八）
草千里白靴の子を放ちやる　（『踏歌』昭四十九）
長き夜を読みつぐ童話子は眠り　（『踏歌』昭五十三）
子のために童話濫作して夜長　（同）

右の八句は第三のカテゴリーで、耕二の子育ての姿勢がはっきり見て取れる。特に最初の鶏頭の句や二番目の蟬の句は、まだ二、三歳の子ながら、その人格を認め、自主性を重んじる親としての姿勢が明確に出ている。

こうして耕二の吾子俳句を三十句以上見てみたが、きわめて普通の父親であり、父として子に対する当たり前の感情を素直に俳句に表現している。市民感覚が如実でやや予定調和的との指摘はあるかもしれない。しかし、青春時代に「僕が今詠まなくては詠む時は二度と還ってこないのである」と言い切った耕二の姿勢を私はこれら吾子俳句にも感じるのである。今しか詠めないのだから大いに吾子俳句を詠もうではないか、と何ら気おくれもせず詠み上げる耕二の気分が伝わってくる。

さて、さすがに子供が小学校の高学年になってくると、吾子俳句の中身も子の成長ぶりを詠んだ句へ傾いていくが、父親としての温かな視線が注がれていることに変わりはない。左の一連の句は耕二の亡くなる一、二年前の句である。

遊ぶ子のふと消ゆ茅花流しかな　（『散木』昭五十四）
子を呼ばふ声のおところへ木槿垣　（同）
子の服をこのむこころだの草虱　（同）
花冷やわが古シャツを子に与へ　（『散木』昭五十五）
諭す子の口一文字青あらし　（同）
郭公に耳立てて子も少年期　（同）
十字架山蟬採りの子が蹂躙す　（同）
病室に子恋つのらす十三夜　（同）

最後の句。病気になって入院したとき、子どもたちとの日々が思い出されたことだろう。秋風の中でまだ開かない眼の子。梅雨で外に行けない子どもたちに股をくぐらせて遊んだ日。虫籠を持って楽しく帰郷するわが子二人。星を眺めながらいつまでも露台に坐っている二人の姿。童話を読み聞かせた秋の夜、などなど。後の月がわが子に会いたいという思いを一層つのらせる。子どもたちと過ごした時間が十三夜に美しく蘇る。

耕二の俳句仲間

「亀戸研究会」

結婚して子供もでき父親となった耕二は、妻に支えられながら俳句の道を突き進んでいった。昭和四十四年七月に「風雪集」同人、昭和四十六年四月には「当月集」同人となったのである。大結社「馬酔木」の上級クラスの同人である。

昭和四十六年に「当月集」同人となった同期メンバーは、これを機に「亀戸研究会」、通称「亀研」という俳句の作品研究を行う目的のグループを結成した。メンバーには、石田あき子（波郷の妻）、白岩三郎、黒坂紫陽子、藤原たかを、和田祥子、根岸善雄、渡邊千枝子、岡本まち子、斉藤道子、朝倉和江などがいた。昭和四十七年の春のことである。名前の由来は、市川と東京のほぼ中間にあたる亀戸の勤労福祉会館が会場に選ばれたからである。

この会は誰が指導者というのではなく、お互いに率直に批評し合って作品を向上させようということで結成された。だから、石田あき子が加わっていても、対等の立場で激論を交わした。当時の様子は、和田祥子の特集「耕二追憶」（昭和五十九年十二月号「馬酔木」）に寄せた文章に、「石田あき子さんも元気に出席しておられ、独特の批評がさすがにするどく、福永さんとの応酬の面白さは（共に風雅をかたるべきもの也）というのはこういうことであろうと胸を打たれた。九時の閉館の時が来ても討論は尽きず、亀戸駅のそばでお茶を飲みつつ名残の論が続くのであった」と記されている。同期同人が集まって、口角泡を飛ばしながら切磋琢磨する様子が臨場感をともなって伝わってくる。

連翹や朝のひかりのまつしぐら　（『鳥語』昭四十七）

右の句は「亀研」の第一回目に出された耕二の句で、参加者全員が採った句である。朝日を浴びて連翹の黄が一層勢いを得て鮮やかである。「まつしぐら」というぶっきらぼうな表現が連翹の輝きを一層際立たせている。同人となり、よき仲間に囲まれ、思いの丈を俳句にぶつける耕二の面目躍如たる様子がこの句からいきいきと浮かび上がってくる。句に勢いがあるのは、耕二自身の心も充実していたからであろう。

「亀研」の仲間たち

「亀研」の仲間の人となりは、耕二がそれぞれの同人の句集評を「馬酔木」に載せていることで多少なりともうかがい知ることができる。

昭和五十四年九月号の「馬酔木」に掲載された朝倉和江句集『花鋏』の評を見てみる。朝倉和江は耕二と同じく昭和四十年に上京した。上京当初はお互い俳句がふるわず、題を出し合って作句したり、投句の相談をしたりする仲だった。父の転勤で和江は再び長崎に住むことになった。

亀戸研究会には、その後も朝倉さんの欠席投句が続いた。俳句を小短冊に書いて幹事の黒坂紫陽子君へ送ってくれるのだが、句会が始まるまで、その小短冊を見てはいけないと封がしてある。律儀さでは朝倉さんに負けない紫陽子君はその封を僕等の前で切るのを常とした。しかし朝倉さんの俳句はすぐそれとわかる場合が多かった。

和江は長崎に移っても、「亀研」メンバーだったのである。「亀研」の結束の固さはたいへんなもので、鍛練会でみなが長崎へ行ったときの様子が次のように書かれている。

六月の鍛練会の時、僕は参加せず朝倉さんとも会えなかったが、亀戸研究会以来の仲間はみな朝倉さんと会うことを楽しみに出発した。そして長崎で別れる時になったら、みな泣き出してしまったらしい。白岩三郎さんや根岸善雄君の泣顔も想像しがたいが、そういう弱さを見せる朝倉さんも朝倉さんらしくないと思った。朝倉さんにはいつも毅然としていてもらいたいと僕は思うのである。

和江は病持ちでありながら、精神までは病むまいと意志の強さを俳句にする人だった。持ち前の負けず嫌いの性格が病気の前に屈することを許さなかったのである。その和江が泣いたという。和江の弱さというより、「亀研」の仲間たちの強固な絆がそういう形で露呈してしまったと見るべきであろう。

句集評に「亀研」のことが書かれているのは、和江の『花鋏』に限らない。他の亀研仲間の句集評にも「亀研」のことは書かれている。これは耕二にとって「亀研」が極めて大切な結びつきであったと同時に、「亀研」が彼ら同人をいかに深く結びつけていたかということの証左である。研究会のレベルを越え、精神的支柱としての存在だったのである。

編集仲間

さて、最後にもう一人の「亀研」の仲間である渡邊千枝子のことに触れておきたい。千枝子は同期同人で「亀研」の仲間というだけでなく、喜雨亭（秋櫻子の家）の文章会からの仲間であり、編集長である耕二を編集スタッフとして支え続けた人である。特集「耕二追憶」に、千枝子は次のような文章を寄せている。

幡ケ谷の印刷所で出張校正を終えたあと、永峰久さんと三人、時には手伝いに来てくれた小野恵美子さんを交えた四人でよく新宿へ出て食事をした。帰りの時間を急ぐので、外へ出ないでルミネの上階の食堂街で済ませることが多かったが、校了のあとなど、印刷所の岩井柳蛙さんも誘って、住友ビルまで足を伸ばして東京の夜景を俯瞰しながらいささかのお酒に酔い、啖い、語った。（中略）

恵美子さんは当意即妙、福永さんと掛合いで何の話でも面白くしてしまうが、福永さんは話の中に「光る」だの「励ます」「薄い」などの話が入ると大げさに「ふかーく傷つく」という。まさに同じ釜の飯を食った編集仲間であり、当時の編集に精魂を尽くしたあとの気心知れた仲間との楽しいひとときがうかがえる。耕二が編集長の任を全うできたのも、同期同人をはじめすばらしい仲間に支えられていたからなのだ。

動く編集室

歩く編集部

昭和四十七年に入り、耕二はついに秋櫻子から編集を全面的に委任され、同年の「馬酔木」四月号より編集長としてその任に就いた。喜雨亭の文章会に始まり、上京以来ずっと秋櫻子のそばで学び、編集の仕事の手伝いをしていた耕二だが、この年、ついに「馬酔木」編集長としてスタートを切ったのである。ちょうど一年前に「当月集」同人となっていた耕二は、その一年後には編集長となり、秋櫻子の右腕として「馬酔木」を支える立場に立ったのである。

耕二が編集長に就任した頃の「馬酔木」は、「馬酔木賞」のやり方の変更、同人作品の停滞の打破、「馬酔木集」の活発化という課題をかかえていた。耕二自身、「編集部だより」(「馬酔木」昭和四十七年四月号)に次のように記している。

四月号から僕が編集を全面的に委任されるような形になったが、自分がその任でないことは充分自覚しているつもりである。今後も水原先生の手足となって働くつもりで、特に編集上の新奇な企てなど思いつきそうもない。幸い渡邊千枝子さんが協力して下さるので、読み物の多い紙面にしてゆきたいと思っている。

耕二は秋櫻子の手足となり、渡邊千枝子という絶大な協力者を得て、「馬酔木」の発展、同人作品の停滞を回避するための相互批評の活発化などに取り組んでいった。

耕二の編集に取り組む姿は、当時、「動く編集室」とも「歩く編集部」ともいわれた。いつもふくらんだショルダーバッグを提げ、その中に原稿を入れて持ち歩いていたからである。

校 正 の 朱 を 八 方 へ 冴 返 る　(『踏歌』昭五十二)

右の句は、まさに当時の編集に取り組む姿を詠んでいる。真剣に編集に向き合い、粉骨砕身する耕二が如実に表されている。妻、福永みち子の第一句集『月の椅子』にも当時の耕二の様子を詠んだ句がある。

渡されし夫の鞄の重き冬　　　　みち子（『月の椅子』昭五十二）

同人会長、相馬遷子

実際の編集作業を行う上で千枝子の存在はなくてはならなかったが、もう一人、別の意味で編集長としての耕二を支えた人がいた。同人会長の相馬遷子である。遷子の場合は、編集長としての耕二だけではなく、耕二の俳句に対する考え方、あるいは、もっと大きくいえば生き方そのものに影響を与えた人だった。遷子のことは章をあらためて書きたいと思うが、ここでは編集長の耕二にとって遷子の存在がいかに大きかったか、触れておきたい。

昭和四十五年七月、圧倒的多数をもって遷子は「馬酔木」の同人会長に選出された。波郷の死後、空席となっていた席で、その重みは「馬酔木」内だけにとどまらぬ意味を持っていた。その同人会長である遷子が、編集者の心得について耕二あてに書いた手紙がある。耕二はそれを「相馬遷子覚書」（「馬酔木」昭和五十一年六月号）に記している。

「もし馬酔木のためにならないと貴兄が判断したら、たとえ同人会長（遷子……筆者注）の意見であろうと他の編集委員の意見であろうと無視して、貴兄の思う通りにやってください。遠慮する必要はありません」とあるのを読み、改めて編集者の責任の重さを思い知らされたのであった。実際にはそういう事の起る道理もなかったが、編集を気兼ねなくやれるようにと若年の僕を気遣っての励ましであった。

「馬酔木」の同人会長がまだ若輩の編集長にこのようなスタンスで接するとはなんとすがすがしいことだろう。もともと遷子という人は、潔い清涼感の漂う人柄だったようだが、右の手紙は、遷子の耕二に対する信頼感のあらわれとともにその人柄を如実に物語っている。さらに耕二は記す。

馬酔木の毎月の出来具合について電話で感想を聞かせてくれるのも習慣となり、昨年十一月まで続いた。原稿の依頼にも快く応じ、一度として断られたことはなかった。論旨は明快で、どんな難しい内容でもよく解きほぐし誰にもわかるように書かれながら、科学的な明晰さと文学的な香気が渾然と一つになり、文章は独特な気品を具えていた。

このように遷子は裏から耕二を支えていたのである。主宰の秋櫻子に編集を任され、遷子に支えられた耕二は極めて恵まれていたといえる。しかし、それは耕二の「馬酔木」や編集に対する真摯な姿勢がもたらした結果である。上京以来の努力の賜でもあろう。だが、上からの信頼に応えなければならないという思いが常に耕二にはあったはずである。そのことが、一方では「歩く編集部」といわれるほどの激務ぶりの一因になったのではないかと思われる。後年からみるとそう思うが、当時の耕二は張り詰めた気持のなかで輝いていたし、やりがいを感じていた。

編集者座談会

昭和四十九年二月号の「馬酔木」は六百号の記念号となった。この機に秋櫻子から座談会の企画が一つ欲しいとの希望があった。それに応じて、耕二は他結社の編集者に来てもらって、「俳句と俳句雑誌のあり方」について、座談会を開いた。六百号に先立つ昭和四十八年十一月四日、東京、京橋の「ざくろ」でのことである。彼らは編集者と同時に俳句作家でもあった。メンバーは、岡田日郎（「山火」）、川崎展宏（「杉」）、成瀬桜桃子（「春燈」）、林翔（「沖」）、福田甲子雄（「雲母」）、森田峠（「かつらぎ」）、そして福永耕二（「馬酔木」）の七名である。司会進行役は、当然のことながら企画側の耕二が行った。

座談会は始めに秋櫻子と「馬酔木」俳句についての意見が述べられる。この中で「馬酔木」同人でもある林翔の次のコメントは、「馬酔木」の内部から見たものとはいえ、当時の「馬酔木」の課題をいい得ている。

俳句というものが、芭蕉以来の非常に長い伝統を脊負って来ているけれども、まあ少なくとも「馬酔木」の作家の場合にはその長い伝統の中の、また五十年余という「馬酔木」の中での一つの伝統を持っている。それを持ちながら、尚かつ新しく、若々しくなきゃいけない。

「馬酔木」は五十年の歴史を持つ結社であり、その主宰である秋櫻子の句集『葛飾』は、岡田日郎がいうように、現代俳句の出発点である。そういう主宰、そういう結社が背負う伝統というものは相当の重さである。林翔はそれを枷と呼び、そこから新しくしていくには相当の覚悟が必要だと述べている。これは、林翔という「馬酔木」の先輩が、単に「馬酔木」だけに向けて発したのではなく、耕二に向けて激励をこめて発したメッセージでもあると解釈すべきであろう。

そのあと岡田日郎が、「馬酔木」の特徴を自選欄の発明にあると述べ、それに対して功罪があると指摘する。しかし、川崎展宏は、「馬酔木」は非常に近代化に尽くした雑誌であると指摘する。それゆえ、徹底的な指導で鍛えた面と同人誌的な面とを合わせ持っていて、いつもいいところと悪いところが並行しながら出てくるという。しかし、結果としては成功してきた俳句誌だと述べている。

以前も見たように、「馬酔木」という俳句誌は、会員を切磋琢磨させて結社全体を伸ばしていこうという方針を持っていた。また、有志による句会や若手の指導なども耕二の行動を見ているとわかるように、極めて積極的に行っている。その一方で石田波郷をはじめ、藤田湘子や能村登四郎といった優れた俳人を出している。今日、「鷹」や「沖」が俳壇の中でも有力結社として存在していることを思うと、川崎展宏の言は間違いなかったといえる。

さて、座談会はそのあと編集者のあり方、伝統と前衛、俳句のあり方といった話に移っていく。その中で耕二が作家と編集者との関係を問うたとき、林翔は時間的にはものすごくマイナスと答えるが、耕二はとてもできそうにもない仕事が、なんとなく生活の中で消化されていくと発言している。この時期、すでに耕二には編集の仕事が生活のリズムに組み込まれていたことを証明している。

一方、福田甲子雄は、編集者の気持というのはいかに主宰のマイナスの面をプラスに補っていくかが大事だと述べている。主宰のプラス面を多く出し、マイナス面をカバーしていくという態度である。そのためには泥をかぶることもあるが、そういう決意が編集者には必要だというのである。

そのような編集者の姿勢の議論からさらに話は俳句に対する姿勢へと進む。林翔が俳壇におけるプロと一般にいうプロとは意味が違うと述べたのを受け、成瀬桜桃子が、俳句におけるプロとは貴重な人生と引きかえに俳句をやり抜くのがプロであって、メシが食えるというプロとは違うと喝破する。それに対し耕二は、自分が俳句に何を賭けているか、何を作ろうとしているかが重要だと述べる。耕二自身は新しい「自分俳句」をつくる、今までと違う感覚や見方でつくるという。ただその場合でも、成瀬桜桃子は、古いもののよさをもう一度洗い直して究めていくこともあり方の一つだと述べる。一方で林翔は、新しい俳句をつくるということは新しい自分を生かすということだと言明する。それらの意見を括るように、森田峠が一人一人がそういう決意を持ってやっていくことが大事で、俳句誌も「全」をあまり考えずに、もっと「個」に徹していくことの方が大事ではないかと主張する。

以上、「馬酔木」への評価や編集長の姿勢を述べた意見を中心にみてきたが、締め括りに林翔がこういう画期的な企画を実行したこと自体、「馬酔木」の一つの若返りの方法として福永編集長が考えたんだろうとエールを送っている。冒頭と締め括り、ともに翔の耕二へのあたたかな心遣いが心を打つ。

座談会を終え、耕二は編集長の役割の重さを痛感する一方、新たな気持で「馬酔木」の再出発へ発進する。編集長としての耕二は、秋櫻子や遷子をはじめ翔のような兄貴格の存在、そして俳壇での他結社の仲間に囲まれながら、その後も「馬酔木」を引っ張っていくのである。「動く編集室」はこの後とどまることを知らず、八面六臂の活躍をしていく。

秋櫻子の生き方

秋櫻子の耕二への期待

秋櫻子と耕二の年齢差は四十五もあった。耕二は生涯、師として秋櫻子を仰ぎ、慕い続けた。しかし、秋櫻子と耕二が渡邊千枝子のいう「世にも美しい信頼関係」に育つには、耕二からの思い入れだけでは無理だっただろう。秋櫻子からも耕二に対する絶大な信頼がないと成り立たなかったはずである。では、秋櫻子は耕二をどう見ていたのだろうか。

秋櫻子が波郷に目をかけ信頼していたことは、波郷の学費まで面倒をみたり、戦後戻ってくるや否や波郷を「馬醉木」の編集長にしたことでも明らかである。その波郷に耕二は案外近いのではないかと秋櫻子は耕二の第一句集『鳥語』の序文に書いている。編集に熱心で決して発行日を遅らせることはないこと、どんなに忙しくても校正のときは秋櫻子の分まで引き受けること、少しでもページを割いて、「馬醉木」同人の登場の機会を与えること、そういう誠実で親切なところが波郷と共通だというのである。他にも文章が巧い、読書の範囲が広い、旅行好きと登山好きも似ているといい、俳句の特徴も、緊張した調べを持ち、難解性を含んでいないところは同じだと指摘する。秋櫻子は耕二の中に波郷との相似性を見たが、一方で将来への注文として、耕二の俳句にもっと明るさと美しさが加わると素晴らしいとも書いている。

秋櫻子は、二人の相似性が相当深いところに根ざしていると見ていた。耕二の将来性に大きな期待を寄せていたのである。日頃、誰にも言わなかったことを耕二の初句集上梓のタイミングで吐露してみせたのだ。大きな功績を残した波郷に根本的に似ているというのは、耕二に対して最大級の餞の言葉であり、愛情表現だった。耕二と俳句との出合いは自句自解付きの『波郷百句』だったというのも偶然ではないかもしれない。

耕二の秋櫻子像

昭和四十九年八月号の「俳句」に耕二の「永遠なる華」という秋櫻子の近作を展望した小論が掲載されている。この小論を読むと、上京して十年近く秋櫻子の身辺に侍した耕二から見た秋櫻子像がうかがえる。いくつか抜粋してその秋櫻子像を覗いてみよう。

耕二は秋櫻子の俳句作品が新しい魅力に輝いているのは、常に精神を潔くして停滞を憎む心があるからだという。また、たえず自然に問いかけることによって自己を練磨しているからだともいう。そして、耕二は次のように続ける。

　秋櫻子の俳句に対する厳しさは常なる精進から生まれ、その厳しさは自分の作品に対するとき最も苛酷を極めるのである。権威はそのみずからの光によって他を導かねばならぬ。その権威にぶっつかっていってこそ僕ら若い作家は自己を磨き、向上を図りうるのである。

耕二が秋櫻子から直接言葉で学んだことは多くない。「胸中山水を蓄えよ」、「面白い俳句を作りなさい」、「明るさと美しさが加わればもっと素晴らしい」といったくらいしかない。それらの言葉はその時々の耕二の俳句姿勢を正してくれる言葉であったが、実は耕二が秋櫻子から学んだのは何よりも秋櫻子の俳句そのものからだった。そのことを耕二は「秋櫻子の俳句そのものがその生活態度、人生観の反映であることを思い、僕の学んできたものも結局はそうした生き方に関わるものであることに気付くのである」と記すのである。

耕二が秋櫻子の俳句から学んだことは、必定、「明るく健康で美しいものでありたい」という秋櫻子の生活上の信念であり、作句上の信条そのものだったのである。

身心健康なる人間から生みだされる文学思想は、かならず人生に対する救いを、そうした明るさや美を包含しているに違いない。そして、そういう弛緩することのない平和の観念を保持してゆくということは、本当は至難の業なのに違いない。秋櫻子の俳句の世界は、現実を抽象化した一つの独立した世界を完成させている。それはあくまで秋櫻子の創りだした世界だが、何者も参入を妨げられることはない。秋櫻子の「葛飾」は現実の葛飾ではないが、多くの読者にとって「こころの葛飾」である。現在果してそういう独自の世界をもった俳人が何人いることであろうか。

耕二は秋櫻子を「真にすぐれた創造力を発揮している作家」として仰いでいる。先に耕二が書いているように、秋櫻子は権威なのである。これが耕二の秋櫻子像ということになるが、大事なことは、その権威は不断の努力で自己への厳しさを貫き通していることである。だからこそ権威は輝き続けるのであり、若い作家はそれにぶつかっていき、向上していけるのである。耕二はその権威の俳句に日々ぶつかることで権威の生き方や生きる姿勢を直接学びとっていた。

さて、秋櫻子を権威として仰いでいた耕二は、常に秋櫻子の前では緊張していた。そのことは耕二の次のような句にも如実に現れている。

霜の菊見ゆる座にゐて怠れず　（『鳥語』昭四十五）

翳幾重封じてまぶし今日の菊　（『鳥語』昭四十六）

菊日和いづこにゆくも子が重荷　（同）

菊はもちろん《冬菊のまとふはおのがひかりのみ》と詠んだ秋櫻子その人である。第一句のように、秋櫻子を間近に見ていた耕二は常に緊張を強いられていた。また、時には第二句のように、師の輝きに圧倒されることもあった。そして、第三句のように、権威のもとで俳句に精進する耕二にとっては子が常に重荷に感じられた。しかし、耕二はそのことを嘆いているのではなく、大いに喜んでいるのである。「僕ら若い作家は自己を磨き、向上を図りうるのである」という耕二の文章がいきいきと脈打っていることが何よりもそのことを物語っている。

伝統の考え方

耕二の、俳句作家としての秋櫻子の生き方に触れた文章が、「秋櫻子と蕪村」と題して、昭和四十六年五月号の「沖」に出ている。ここでは伝統継承のあり方という切り口からそのことを次のように論じている。

伝統とは決して古いものの形容詞ではない。伝統とは古いものの中に僕等が良いものと認めて継承する対象であり、それを現在の僕等の生き方の中に生かす精神であり、後世に伝え遺すべき僕等の成果でもある、と僕は信じる。

そう述べた上で、秋櫻子が芭蕉ではなく蕪村研究を続けていることに着目し、秋櫻子が蕪村に対して親近感をもっていることを指摘している。蕪村は芭蕉のように初めから俳諧一筋でなく、文人画と俳諧の二筋を通した。秋櫻子も医師を本業とし、窪田空穂に短歌を学んだ。だから、俳諧に余裕をもって対した文人蕪村に秋櫻子は親近感をもったのではないかというのである。多趣味で多岐多様な蕪村の俳句を鑑賞するには、同様に多趣味で古典に造詣の深い秋櫻子のような人材を要したとまで書いている。
平成三年十月号の「馬酔木」に大岡信が秋櫻子の作風に関して詳論を寄稿している。その中で、秋櫻子はもともと短歌に惹かれ、短歌から俳句作者になった。だから、「自然観察」に没入するだけでは満たされない内面の欲求を強く感じていて、小説、絵画、芝居など多面的な好奇心と関心を文学・芸術の世界に抱いていたと指摘する。そして、そういう人が俳句を表現手段として選べば、自分にとって呼吸しやすい詩形に変革していこうとする欲求を持つのは当然だと述べている。その上で大岡信は、伝統についてこう記す。

伝統ある形式の中で最もよく伝統を生かす者は、必至やむを得ざる欲求のおもむくままに伝統を変革しようとする者だけである。

この評論で大岡信が論じたのは、秋櫻子の重んじた「調べ」の本質についてであったが、俳句の中に「調べ」を生かそうとすることは、伝統を変革するという課題を自らに課すことであると述べ、それは秋櫻子自身の生の欲求に深く根ざした衝動であると考察している。そして、この調べを生かした秋櫻子俳句はどんな失意の時代にあっても、ぴんと張りつめた「美」への献身の情熱を感じさせると述べ、そのことこそが秋櫻子の人格の中心に最初から植えつけられ、磨かれ続けた秋櫻子の本質そのものであると結論づけている。
翻って耕二の「秋櫻子と蕪村」では、伝統というのは古典からの伝承だけでは現代に成立し得ず、伝統精神を拡充することで発展継続されていくと主張する。独自の興趣を深め、伝統に立ちながら悠々自適に自在さを発揮する秋櫻子こそ、まさにそういう伝統作家の生き方を示しているというのである。この秋櫻子の伝統作家としての生き方こそ、大岡信のいう人格の中心に最初から植えつけられ、かつ磨かれた本質そのものなのである。

秋櫻子の光

耕二は秋櫻子を権威ある伝統作家として仰ぎ続けた。しかし、耕二は権威といって秋櫻子を恐れ慄いていたわけでも、奉っていたわけでもなかった。耕二が秋櫻子に惹かれていたのは、己に厳しく不断の努力で自らを常に磨いていたこと、伝統の変革者として停滞を忌み嫌い、常に緊張をもって俳句に臨んでいたこと、この二つに裏打ちされた生き方を貫いていたからなのである。だからこそ、その生き方は明るく、美しかった。

平成二年の「沖」十月号に筑紫磐井の「虚子の系譜と子規の系譜」といういたいへん興味深い論文が掲載されている。近代俳句を確立した正岡子規の文学理念は、虚子よりも秋櫻子にこそ色濃く承継されているとの指摘だが、伝統の変革者、拡充者として意識して俳句に向き合い続けた秋櫻子を見てきた今、その指摘は正鵠を得ている。

《冬菊のまとふはおのがひかりのみ》という句は、秋櫻子の生き方であり、句として今も美しく輝き続けている。

市川学園の国語教師たち

市川学園の句碑

「沖」創刊三十五周年記念事業として、千葉県市川市にある私立市川学園の国語教師三人の句碑が建立された。平成十七年三月十六日のことである。三人の国語教師とは、「沖」を興した能村登四郎、林翔そして福永耕二である。句碑には上から登四郎、翔、耕二の順に次の句が刻まれている。

ひらく書の第一課さくら濃かりけり　能村登四郎
梅雨ふかき声はげましつ教師われ　林　翔
落葉松を駆けのぼる火の蔦一縷　福永耕二

耕二の上京の契機となったのは、能村登四郎の鹿児島訪問だった。昭和四十年に上京した耕二は登四郎の斡旋のもとに市川学園に勤務した。そこには登四郎の他にもう一人の「馬酔木」同人、林翔もいた。三人が揃えば職場でも俳句の話になったであろう。安楽城出版の『福永耕二』に掲載されている昭和四十年の写真は、市川学園の校舎をバックに三人が自然に三角形をかたどるようにして立っている。

そういえば句碑も三人の句が三角形になるように配されていた。このトライアングルの配置は偶然とは思えない。おそらく三人の関係をそのまま表している絶妙なバランスなのであろう。

もともとは寡黙に向き合う登四郎の俳句姿勢に惹かれて上京を決意した耕二だが、市川学園に就職したとき、登四郎は既に教頭の立場であった。一方、翔はベテランの国語教師という立場で、耕二からすれば翔の方が相談しやすい位置にあったといえる。また俳句においては、のちに登四郎は「沖」の主宰となる一方、翔は「沖」の編集長となった。立場的には翔も耕二も同じ編集長なので、何かと編集長という視点で話をすることも多かったにちがいない。だから、翔と耕二は兄弟に近い関係だった。そして、三人の関係はトライアングルによる良好なバランスを保ち続けた。

登四郎、翔という「俳句」と「職場」とを共にできる先輩を持ったことは、耕二にとって大きな幸運だった。「沖」創刊後もこの二人は、「馬酔木」で活躍していく耕二にときには助言も与え、見守り続けたのである。

「沖」創刊

さて、能村登四郎俳句が確立したのは、第三句集『枯野の沖』と言われている。第二句集の『合掌部落』で社会性俳句を詠んだ登四郎は、爾来長いスランプに陥り苦しんだが、やがて短詩型の中に広い詩の世界を求め、イメージの詩、心象風景の俳句を詠みあげていった。《火を焚くや枯野の沖を誰か過ぐ》は、まさに心の奥の方から湧いてくるように出てきた句であり、句集の表題にもなった句である。

その登四郎が「沖」の創刊を思い立ったのは、『枯野の沖』を上梓した年であった。昭和四十五年秋のことである。創刊の際には、翔と耕二に手伝ってもらうことは前から登四郎の計算に入っていた。翔の方は大学初期からの親友であったので、賛同して編集を快く引き受けてくれた。ところが、耕二の方は中々そうはいかなかった。当時「馬酔木」は、藤田湘子が去ったあと、秋櫻子自らが編集を行い、若い耕二らが秋櫻子を補佐するという状況だった。「沖」創刊から二年もしないうちに耕二は「馬酔木」の編集長になるが、昭和四十五年の時点ですでに「馬酔木」の編集の仕事にどっぷり浸かっていた。それに秋櫻子もいずれは耕二を編集長にと目をつけていたのである。したがって、登四郎が「沖」創刊のことを耕二に打ち明けたとき、耕二はかなり苦しい表情をしたらしい。耕二の頭の中には、「馬酔木」のこと、秋櫻子のことだけが詰まっていたからである。けっきょく、耕二は「沖」の同人となり、「沖」立ち上げの協力者となるが、その力の大半は「馬酔木」の編集に注がれていくことになる。さらに、耕二は歳時記や全集の仕事、人の句集などを常に引き受けて暇なく仕事をしていた。毎月の俳句さえ「沖」に出して貰うのが気の毒だと登四郎が思うほどの状態で、「沖」とはやがて縁が薄くなっていった。

しかし、「沖」創刊当初の頃は、耕二の存在は「沖」にとって大きかった。耕二のような若手（当時三十二歳）がいるお蔭で若い俳人がいつの間にか参加して、「沖」を活気ある結社に育てていった。平成十五年の「俳句」八月号に「私にとっての青春俳句」という特集が組まれている。その中で、正木ゆう子が次のような文章を寄せている。

浜木綿やひとり沖さす丸木舟　　福永耕二

「奄美大島」という前書きがある。昭和三十三年の作だから、作者はこのとき二十歳。この句を収める第一句集『鳥語』の出たのが昭和四十七年で、私はその翌年に俳句を始め、「沖」の〈二十代の会〉で福永耕二の手ほどきを受けた。だからこの句は私が真っ先に出会った青春俳句である。

この文章に記されているように、耕二は「沖」の「二十代の会」を指導していた。同様に、昭和四十七年の「沖」五月号にも、「二十代作家特集評」と題した耕二の評が見られる。ここでは二十代の若手に対し、「まず言語感覚を養い、表現研究を深めよ」と呼びかけている。言語表現の研究、実践は、必ずや俳句を俳句たらしめている俳句性というものへの認識を開くと主張している。このように、若い作家の多い「沖」において、耕二は若手育成の指導者として活躍したのである。

「沖賞」受賞

四十八年、耕二は第二回「沖賞」を受賞する。

「馬酔木」の編集のかたわら、「沖」に協力していく耕二は多忙を極めた。それでも若手育成に労を惜しまず、「沖」立ち上げに尽力する耕二に、登四郎も翔も報いることを忘れなかった。昭和四十八年、耕二は第二回「沖賞」を受賞する。

僕は十何年という初学修練の期間を「馬酔木」で学んだが、常に能村・林両先生の俳句の新しさに啓発されつづけた。「沖」創刊後はまた新しい句友と共に、自分の俳句の世界を拡張深化する機会が得られたことは、大きな喜びであった。しかし、その後の繁忙は、いつかまた僕を孤独な作家にしてしまったようである。『鳥語』を編んで一年。自分の句がどう変ったか、何か新しいものがつけ加わったかと考えてみる時、忸怩たらざるを得ない。そういう時に沖賞を下さるという。うれしいには違いないが、僕の受賞が沖賞の価値を低めるのではないかという恐れもある。ただ年齢的にはまだ若いので、これからの作品で不足を補ってゆけばよいと自分を納得させ、受けさせていただいた。これからが大変である。

（「沖」昭和四十九年一月号）

以上が沖賞受賞時の耕二の感想である。同時に自選二十句も掲載。内、第二句集『踏歌』に収められた句を次に掲げる。

夢に触れし父の荒髭露あした　（『踏歌』昭四十七）（句集では「晨」）
八つ手咲くほとり日の蟆子影の蟆子　（同）
捉へむとせし綿虫の芯曇る　（同）
葬送の列後にしばし蹤きて冬　（同）
北山やしぐれ絣の杉ばかり　（同）
オリーブの暗緑叢中夏帽子　（同）
衣更へて肘のさびしき二三日　（同）
夾竹桃ほのほの色の見えぬ昼　（同）

この中で五番目の句の「しぐれ絣」は造語である。杉を背景にした時雨が絣模様のように光って過ぎていく様をいうが、なかなか味わい深い造語である。景の実感があるし、「しぐれ」も「絣」も共に情趣のあることばで、響きも品があって悪くない。俳句で造語を打ち出すというのはなかなか勇気のいることだが、「沖」は新しく、若手の多い結社だからだろうか、この句から耕二の挑戦する姿勢やフロンティア精神を感じる。そして、「沖賞」受賞の大きな理由の一つがこの句に表れているようにも思える。若手を引っ張って「沖」を切り拓いていってほしいという登四郎、翔の期待が込められているように思えるのだ。

もう一人の国語教師

耕二が就職した市川学園には、実はもう一人国語教師がいた。のちに耕二の親友となる小野興二郎である。興二郎は耕二より三歳年長の歌人だった。耕二が市川学園に来た昭和四十年の四月、二人は校長室で初めて会った。その出会いのことを耕二は昭和五十一年九月号の「沖」に書いている。

自己紹介しあって同じく新任の国語教師だと知ったが、山賊 ― 生徒のつけた仇名 ― のような風貌に似合わず、人なつこい笑顔とあたたかい話し振りで、最初から何となくウマの合うものを感じた。その時交した今後よろしくという世間的な挨拶は十一年間のお互いの歳月の中に生きつづけ、深い哀歓の襞を刻みながら今日に至っている。こういう付き合いが得られたのも、彼が短歌、僕が俳句というそれぞれ別の短詩型に携わり、程よい距離を隔てた関係にあったからであろうと思う。

耕二と興二郎はお互いの世界を理解し合い、付き合いを深めていった。同じ職場で登四郎や翔より年齢がはるかに近かった興二郎は、耕二にとって極めて親しみを感じる同僚であっただろう。先述の耕二の文は、興二郎の第一歌集『てのひらの闇』が上梓されたことを受け、「沖」に寄せたものである。

歌人であった興二郎は俳句も作った。生徒総会で教師が生徒の見張り役をしていた時に、退屈だったので耕二に季語を五つほど出してもらった。そのとき、《長梅雨の指ふるるものみな匂ふ》という句を作り、耕二に二重丸をつけてもらった。以後「馬酔木」の新人集団の句会や「亀研」の一泊句会などにも誘ってもらうようになったという。また、耕二と吉野、奈良、九州にもいっしょに旅を重ねて交流を深めていった。

当時の学園の風景として、職員会の後など、登四郎、翔、耕二の三人の編集会議になることがしばしばで、興二郎は用もないのにそばで見物していたらしい。そうすることで俳句の世界を学ぶ一方、耕二がいかに「馬酔木」や秋櫻子を深く愛しているかを誰よりも知ることになった。登四郎、翔とは違う位置から耕二を眺め続けたという点で、興二郎は極めて貴重な存在であったといえる。また、市川学園にこれだけの国語教師が揃ったことの奇蹟とその中で耕二の俳句が育まれたことの幸運を思わざるを得ない。

第一句集「鳥語」上梓

『鳥語』の序文について

昭和四十七年、耕二は待望の第一句集『鳥語』を上梓する。先述のように、秋櫻子は序文で波郷との相似性を指摘し、耕二を波郷の再来のように称揚している。『鳥語』を語るとき、まずこの序文が重要な意味を持つ。

下田稔氏は、『鳥語』の鑑賞文「爽やかな人間味」(「俳句」昭和四十八年六月号)で、「師秋櫻子の言う相似性とは何よりも両者のもつその曇りのない青春性を身をもって感じた所以のものではないだろうか」と記している。しかし、何度もこの序文を読み返すうちに、私には秋櫻子の意図が単に同質の作家であることを指摘しただけではないと思うようになった。むしろ、耕二も波郷のように「馬酔木」の志や伝統を継承するにふさわしい俳人になって欲しいとの期待の表れであり、さらにいうと、これから耕二の進むべき道筋を最大級の愛情表現で示したともいえる。

秋櫻子のこの序文は、当然ながら俳壇の注目を引いた。秋櫻子の期待どおりに捉える俳人のいる一方で、耕二を厳しくみる俳人もいた。『鳥語』の評価もおおむねそうした二つの相反する方向に分かれた。具体的に『鳥語』の句を見てみよう。

『鳥語』の評価

『鳥語』は昭和三十三年から四十七年までの四四九句を収めた耕二の第一句集である。句の並びは制作年代順となっていて、六つの章に分かれている。第一章の「梅雨穂草」は鹿児島時代の句。第二章「今日の眺め」は、上京して結婚、第一子が生まれるまでの句である。第三章以後は一年ごとに章を設けており、耕二の「馬酔木」での責任が重くなる一方で、同人、編集長として活躍していく時期である。また、第三章に波郷の死、第六章（最終章）に父の死が入っている。この句集は耕二が俳句を始めてから「馬酔木」で確固とした地歩を築くまでの時期を対象としている。

これまで見てきたように、鹿児島時代の句は抒情豊かで瑞々しくも、青春の揺れ動く感情や鬱屈した気分を表した句が多い。既に取り上げた句がほとんどだが、今一度掲げる。

浜木綿やひとり沖さす丸木舟　（『鳥語』昭三十三）
いわし雲空港百の硝子照り　（同）
啓蟄や怒りて折りしペンの先　（同）
颪摶つてわが血騒がす椎若葉　（『鳥語』昭三十四）
梅雨穂草抜きつつ思ひつめにけり　（同）

しかし、第二章以降は、上京、巡島、結婚、「新樹賞」受賞、第一子誕生という変化の多い、充実した時期の句が収められている。特に家族や子を詠む普遍性あるあたたかな眼差の句や、抒情性のある俳句の骨法をおさえた句が多く、「馬酔木」一筋に俳句に精進してきた成果を感じさせる。これまで触れた句を含め、そう思う句を各章から拾ってみる。

沖つ藻は花咲くらしも朝ぐもり　（『鳥語』昭四十）
萍の裏はりつめし水一枚　（『鳥語』昭四十一）
鶏頭や波にさびしき波がしら　（『鳥語』昭四十二）
子の蟵に妻ゐて妻もうすみどり　（『鳥語』昭四十三）
泣く吾子を鶏頭の中に泣かせ置く　（『鳥語』昭四十四）
わが息に触れし綿虫行方もつ　（同）
菊人形胸もと花のやや混みて　（『鳥語』昭四十五）
かたまつてゐて裸木の相触れず　（同）
レグホンの白が混みあふ花曇　（『鳥語』昭四十六）
紅葉して桜は暗き樹となりぬ　（同）
春疾風子の手摑みてわが堪ふる　（『鳥語』昭四十七）
朧月母ねむらせてのち眠る　（同）
陽炎につまづく母を遺しけり　（同）

六句目の綿虫の句は波郷の死を詠んだ句であり、終わりの三句は、父の死に際して詠んだ句である。『鳥語』はそうした人生の節目の句を含み、生活に則した俳句を展開している。そのため写生というより人間を中心にした俳句が多い。その中で七句目の菊人形の句は写生の目が行き届いた句だが、どこか人生を象徴するような詠み方である。

十四年の歳月を詠った『鳥語』は耕二の人生そのものであり、人生の確立期にその足跡をしっかり刻み込んだ句集といえる。しかし、次のような飛躍のない句も『鳥語』にはある。このような句に出くわすと一市民の安定した生活を見せられるようで、正直物足りないものを感じる。

さきがけて秋声聴くや沖の耳　（『鳥語』昭四十）
遠火事をめざすにあらず急ぎ足　（『鳥語』昭四十一）
冴かへる日は塵もなし漆塗り　（『鳥語』昭四十五）
教材の花の詩も了ふ散るさくら　（『鳥語』昭四十六）
枯蔓のまだ生きてゐて手に粘る　（『鳥語』昭四十七）

「秋声」と「耳」、「遠火事」と「急ぎ足」、「冴返る」と「漆塗り」、「詩も了ふ」と「散るさくら」、「まだ生きてゐて」と「手に粘る」がつきすぎて、下五の着地が順当すぎるのだ。

冒頭に、秋櫻子の序文を受け、俳壇での評価が分かれたと書いた。「俳句研究」昭和五十五年七月号の中で耕二についての小論が出ているが、評価する側は、宮津昭彦のように、「耕二の作品の端正さに触れると、そういう誘惑（定型を踏み外すこと……筆者注）を懸命にこらえて、あえて定型に耐えている姿が思われる」点に好感が持てるとしている。謙虚な姿勢や句の緊張感を評価し、伝統芸を見る安心感や内実のしっかりした表現美を堪能するのである。一方、批判する側は、宇多喜代子のように、「俳人である前の通念や秩序に忠実な一人の青年像が、句集一巻に先だってみえてくる」と指摘する。秩序、節度、誠意といった市民感覚がそのまま俳句になっているというのである。だから予定調和的な句になるというのだ。

『鳥語』というタイトル

錦木や鳥語いよいよ滑らかに　（『鳥語』昭四十五）

右は『鳥語』のタイトル句だ。「馬酔木」の編集を実質的に任された年であり、「沖」創刊の年でもある昭和四十五年の作である。意味は、鳥の言葉、会話ということだが、「囀」という季語が春にあることからそれと対比させて、「錦木」を巡る秋の鳥の鳴き声を表現したものである。

当時三十四歳だった耕二の年齢を考えたとき、「囀」という明るく軽やかな言葉とは違う、もう少し地に足のついた賑やかさを「鳥語」という言葉で表現したのだ。「亀研」の仲間や「沖」の若手と活発に論を交える当時の耕二の姿が、この言葉に滲み出ているようだ。また、「いよいよ滑らかに」の措辞が当時の耕二の勢いを物語っている。

一方、素直な表現の多い耕二の句集において造語という試みは珍しく、耕二にとって新しさを示した句ともいえる。それを句集のタイトルに持ってきたところに耕二の新しさへの挑戦が感じられる。耕二自身は句集の後記で、文字、響きともに何となく好きだったから「鳥語」を句集名にした、というがどうだろう。馬酔木俳句の声調の正しさ、美しさという伝統を受け継ぎ、それをうたっていく姿勢を生涯貫き通した耕二にとって、この造語は伝統の範囲の中で新しみを出した言葉だった。

そして、それを句集のタイトルに持ってきたところに、耕二の大いなる実践があった。「伝統とは現在の生き方の中に生かす精神である」という耕二の主張が初句集のタイトルにこめられている。

俳壇の期待

しかし、耕二の考えや挑戦が「馬酔木」俳句の枠内に留まる限り、俳壇の期待に応えることは難しかったといえる。鳥海むねきの『鳥語』への書評（「俳句研究」昭和四十八年四月号）には『鳥語』の著者と「馬酔木」という大結社での新進作家との間に大きなギャップのあることが記されている。この書評では、俳句作家として、より強くその存在を主張するためには、まず作家としての普遍性を身につけ、さらに結社の枠を超えようとする心構えが必要、と結んでいる。

秋櫻子がその第一句集『葛飾』で実現した抒情と韻律に耕二はひたむきに傾倒していったが、その傾倒ぶりが『鳥語』の底流をなしている。成熟した「馬酔木」の抒情俳句をひたすら吸収し、実践した結果が、『鳥語』に集約されているのだ。しかし、そのことがかえって耕二の俳句そのものを小さくしているのも否めない。耕二のもっている個性を「馬酔木」という型に嵌めこみすぎる窮屈さとでもいおうか。決して乱れない、節度をわきまえた秩序正しい俳句だが、その分、意外性に乏しく、大きな飛躍がない。

このように、秋櫻子の序文は俳壇に一石を投じるかたちになった。それは、秋櫻子と俳壇の期待にずれがあったからである。秋櫻子は、「馬酔木」の抒情俳句の継承者を耕二に期待したが、俳壇は、現代俳句を代表する抒情の変革者を耕二に期待したのだ。先の宇多喜代子の「市民感覚」という評は、実は耕二のみならず、俳句全体の状況を指摘している。高度成長を終えて生活が安定し、主婦層を中心に俳句人口が増えていく当時の時代背景は、俳句をマンネリ化させる毒素を持っていた。

当時の俳壇を代表する飯田龍太は、『現代俳句全集　第六巻』（昭和五十三年、立風書房）において、耕二の人柄を感じさせ、表現の節度を心得た句として次の二句を掲げている。

身辺に母がちらちらして涼し　（『鳥語』昭四十六）
冬めくや子が曳きあそぶ捨箒　（『踏歌』昭四十八）

そして、そのあとで「過度の節度は、ときに俳句の足をひっぱることもあり得るだろう」と耕二へ警鐘を鳴らしている。

私は《萍の裏はりつめし水一枚》のように、鹿児島時代や上京当時の抒情性のある句に耕二の美しい資質をみる。なぜなら、そこに作者の身の内から出たことばを感じるからだ。一方で、《錦木や鳥語いよいよ滑らかに》の句のように、知性を感じさせながらも伝統芸に新しさを加えた句にも別の耕二の資質をみる。俳壇は、前者の資質をもっと発揮して、抒情の変革を実践してほしいと期待していたようである。

「馬酔木賞」受賞

「馬酔木賞」選考経過
耕二の第一句集『鳥語』は、昭和四十八年度俳人協会賞候補として最後まで残り、惜しくも逸した。しかし同年、耕二は当然のように「馬酔木」の中で推され、「馬酔木賞」を受賞した。前の年には次点だったが、この年は過半数近い得票を獲得しての堂々の受賞だった。同人になると共に「馬酔木賞」を受賞することで、耕二の俳句人生は一つの節目を迎えた。

賞は六人の選考委員により審議決定された。相馬遷子、能村登四郎、林翔、堀口星眠、千代田葛彦、有働亨である。審議の前までに三十六人の「当月集」作家（そのうち一名は該当者なしの回答）が各人二名ずつの推薦を行う形式で選考された。その結果、耕二に過半数近い票が集まったのである。

選考は遷子の「句集や特別作品を対象にすると不公平になる場合もあるので、それは参考にとどめ、毎月の作品を受賞対象とすべきだ」という意見が多くの賛同を得て、方針が決まった。この年、耕二には句集『鳥語』、特別作品「帰郷」もあったが、方針に従い、それらは参考扱いにとどまった。

前年の耕二は、次点で候補に上がったが、まだ若いので今後の活躍に期待するという意見と、もう一歩ふっきれないところがあるという厳しい注文の前に次点止まりで終わった。それに比べ、この年は文句なしの受賞だった。一方、能村登四郎の「若い作家が台頭して馬酔木賞を受賞することは賞の魅力にもつながる」というコメントにあるように、若手作家を待望する空気が「馬酔木」内にあったのも事実である。

この選考から結社の賞のあり方がみえてくる。毎月の作品を受賞対象とするという考えは、実作尊重の立場を貫く姿勢として、本来の結社としてのあるべき姿である。また、これから伸びてほしい会員、特に若手に対して、挑戦しようという気を起こさせることを勘案している点も結社の活性化という点で重要である。まだ年功序列の時代のなかで、「馬酔木」という大結社は、作品本位を貫き、地に足のついたやり方で賞の選考を行った。相馬遷子という同人会長を軸に同人がしっかりと脇を固めているからこそできたのであろう。前年に次点となり、翌年に賞をとる耕二の力と勢いは、「馬酔木」のぶれない強さの上に成り立っていたのである。

自選句

耕二が受賞した「馬酔木賞」は、昭和四十八年度の作品を評価してのことであった。『鳥語』上梓の翌年一年の活躍が評価されたが、自選十五句からいくつか句を見てみよう。

錦木も暮れてまじるや露葎　（「馬酔木」昭四十八）
男の鞭ときどき駈けて野火を打つ　（同）
空を飛ぶ塵やひかりや柳萌ゆ　（同）
父在らば図らむ一事朴咲けり　（同）
唐黍の苗をそだてて母在らむ　（同）
水打つやわが植ゑし樹も壮年に　（同）
法師蟬声降るなかに白髪殖ゆ　（同）
あどけなき声の二いろ木槿垣　（同）
露の空いくたび尾長掠めても　（同）

第一句集『鳥語』にある句に比べ、また一つ落ち着いた感じがする。父を亡くし、一人となった母のことを思い、二児の父として壮年を迎えた耕二。そうした家庭人としての耕二の自負が「水打つや」の句によくあらわれている。
「馬酔木賞」を受賞した耕二は、すでに「馬酔木」の編集長として活躍していたが、壮年への感慨は家庭人としてのみならず、俳人としてのものでもあったにちがいない。

同人鍛練会

この時期の「馬酔木」同人は、遷子会長をはじめとするベテランから耕二をはじめとする若手まで約八十人という陣容だった。当時の「馬酔木」の充実ぶりは、秋櫻子を頂点にこの同人の層の厚さに象徴されている。

昭和四十七年夏に行われた同人鍛練会のことがその年の「馬酔木」十月号に掲載されているが、それを読むと「馬酔木」同人の熱気と俳句への意欲が伝わってくる。中でも秋櫻子の挨拶にある、「馬酔木の同人鍛練会もいまや全俳壇注目の行事となったが、充分練りあげて立派な作品を見せてほしい」という言葉から、当時の「馬酔木」同人の俳壇での位置づけが読み取れる。また、同人鍛練会記を書いた渡邊千枝子は、「馬酔木という大樹の、なお伸びようとする力が内に漲っているようだった」と句会の様子を記しており、当時の同人の気概が今でも溢れてきそうな雰囲気である。

この同人鍛練会は、一泊二日の日程で岡山で開催された。岡山とはいえ、参加者は七十二名という大人数で、ほとんどの同人が出席している。あらかじめ皆、最優先でこのスケジュールを確保していたのだろう。初日は午後六時半から同人総会が、二日目は午後一時から句会が催された。初日の五句出句と二日目の三句出句をとおして、最も互選の多かったのが耕二の二十三点で、二位の大島民郎の十四点を大きく引き離した。同鍛練会が終了したとき、皆去りがたく、受付ロビーで時を惜しんで語り合う人が多く見られた。岡山という地に当時の「馬酔木」のほとんどの同人が一堂に会する光景は圧巻であっただろう。

同人作品合評会

どの結社誌でも同人作品はその中核に当たるが、「馬酔木」という大結社においては、同人作品を活性化させ、充実させることが殊に重要であった。会員からも「馬酔木」が昭和四十六年に五十周年を迎え、さらに内容の盛り上がりを期待する声が上がった。それを受け、年に二回、同人作品合評会なる座談会が企画された。

第一回の同人作品合評会は、昭和四十七年六月に開催された。秋櫻子と司会の耕二の他に遷子と翔の四人の座談会である。座談会は、同人の個々の作品に触れながら、「馬酔木」の未来への展望を開こうというのが趣旨だった。

この座談会の冒頭で秋櫻子は、「馬酔木」において独立した同人がまだ多数健在していることを評価しながらも、彼らの句の難解性を指摘し、それでは困ると苦言を呈している。読者が「馬酔木」を手にとって一番先に見るのが、彼ら「当月集」作家の句であることを秋櫻子は気にしていた。ここで難しいと思われるとこれから伸びようとする人のやる気をそぐことにもなりかねない、と懸念していたのである。秋櫻子の考えは、「馬酔木」が俳壇を牽引する結社なのだという自信と自負の表れでもある。

耕二は、句が個性と結びついているものなら構わない。その場合、句を理解し得ないのは読者側にあるといい切っている。やや強引すぎる主張だが、普遍性を帯びた上での個性の輝きという意味での主張であろう。第二回のときに、千代田葛彦がそのような発言をしているが、当時の「馬酔木」が難解性を嫌いつつ、個性的な俳句を追求していたことがわかる。

第二回の合評会は、昭和四十八年三月に行われた。このときの出席者は、秋櫻子、耕二に加え、能村登四郎、堀口星眠、千代田葛彦、有働亨という「馬酔木」を引っ張る同人達だった。内容的には、個性的な俳句と信念をもって俳句をやり続ける覚悟の必要性を説いているが、ここでもさらに一段上をめざすためには、という視点で語られている。秋櫻子が自分で気がついて人より抜きんでようという気概が必要と述べる一方、登四郎が句会、吟行で鍛練するだけでなく、自分の力で自分の俳句が分かるようにならなければ駄目であると主張している。

座談会の最後は耕二の句に対する評だった。亨が若手ナンバーワンとの評のとおり句はしっかりしているが、少し心象に走り過ぎていると評している。葛彦は、耕二の句には独自の開拓というより先人の佳い句や素材から得ている栄養が支えているようなところがあり、そこが弱いと指摘している。

以上見てきたように、「馬酔木」の同人は俳壇から注目を浴びる存在で、そのことを秋櫻子も同人も意識しながら俳句に向き合っていた。秋櫻子は、同人に句の平明性、華やかさを求め、俳句世界に捉われず、他文芸にも目を向けることを薦めた。耕二を含めた同人の間では、難解でなく、普遍性を帯びた個性が重要との認識があった。耕二の「馬酔木賞」受賞は、そういう考えの支配する中での出来事だった。

『鳥語』での秋櫻子の序文の期待に加え、「馬酔木賞」受賞という重みが耕二にのしかかった。俳壇という外からの期待と「馬酔木」という内からの要請の狭間で、耕二は俳句に向き合う宿命にあった。だから、合評会にある「孤独」や「覚悟」の必要性を誰よりも耕二は感じていたはずである。また同様に、普遍性を伴った個性を出していく必要性もである。その宿命が耕二の俳句への考え方を固めさせ、第二句集『踏歌』へと結実していくことになる。

俳句は姿勢

「葛飾賞」

耕二の生涯は短かったが、その中ですばらしい師との出会いが何度もあった。生涯の師である水原秋櫻子、鹿児島時代の恩師である米谷静二、上京の契機をつくった能村登四郎、職場を共にした林翔などである。しかし、「馬酔木」同人となり、編集長となってからの耕二に最も大きな影響を与えたのは、相馬遷子だと思われる。「馬酔木」の良心、否、俳壇の良心とさえいわれ、秋櫻子から絶大の信頼を得、その温和で誠を貫く姿勢から人望を集めた人物である。

昭和四十五年、石田波郷の後を継ぎ、「馬酔木」の同人会長となった遷子。その風貌は清秀、容姿は端正、印象は爽やか、それは第一印象から亡くなる最後まで変わることのない印象であった、と耕二は記している（「相馬遷子覚書」、「俳句とエッセイ」昭和五十一年六月号）。

「葛飾賞」という「馬酔木」の中の最高の賞がある。第一回は石田波郷が受賞。その後十八年間受賞者が絶えていた。誰もが「葛飾賞」は波郷一人だけの賞と信じて疑わなかった。しかし、遷子の病床から詠み起こした絶唱の数々は大きな反響を呼び、これを顕彰するには「葛飾賞」しかないとの声が興り、「葛飾賞」が十八年ぶりに遷子に与えられた。

寒牡丹白光たぐひなかりけり　　秋櫻子

秋櫻子は右の句を詠んで遷子の業績を讃え、半切に認めて副賞として贈った。副賞は病床の枕頭に届けられたが、このときすでに遷子には断続的な昏迷が始まっていた。

白牡丹総身花となりにけり　　遷子

秋櫻子の句は、右の遷子の句と見事に響き合っている。師弟の絆の太さであり、「馬酔木」という結社の美しさである。

相馬遷子の略歴

相馬遷子については、非常に魅力的な俳人なのでたくさん触れておきたい誘惑にかられるが、ここでは略歴を簡単に記すにとどめておく。

遷子は長野県佐久で生まれ、その後東京に移り、東大医学部に入学、医局の卯月会で俳句を始めた。そこで秋櫻子の指導を受け、「馬酔木」の新人として活躍し、同人となった。戦争中は陸軍に応召したが、病気のため除隊し、函館の病院勤務となった。戦後佐久へ戻り、死ぬまで開業医として医院を営んだ。

戦後の遷子は、まず堀口星眠、大島民郎、岡谷公二等と高原逍遥を共にした。そのため高原派の作家と呼ばれた。しかし、波郷がはっきり指摘しているように、遷子俳句は高原派とは異質のものだった。やがて、開業医としての生活を中心に社会性のある俳句を詠み続ける一方、波郷亡きあと、「馬酔木」の同人会長を務め、秋櫻子を支えた。第二句集『雪嶺』では俳人協会賞を受賞。最晩年は闘病生活の中で俳句を詠み、昭和五十一年一月、惜しまれながら六十八歳の生涯を終えた。

冬麗の微塵となりて去らんとす　　遷子

右の句は死の一か月半前に詠まれた句である。遷子自らが辞世の句と耕二に言った句だが、この一句に遷子の生きざまが結集されている。こんな句が作れたら、あとの句はすべて捨ててしまってもいいと思えるほどに美しい句である。

すこし駆け足での紹介となったが、遷子については、『相馬遷子　佐久の星』（平成二十三年、邑書林）という筑紫磐井、中西夕紀、原雅子、深谷義紀、仲寒蟬の共著に詳しい。これを読むと遷子の人となりや生き方、俳句がよくわかり、遷子という俳人の魅力が伝わってくる。

耕二と遷子

耕二自身は遷子の俳句をどのように見ていたのだろうか。先述の「相馬遷子覚書」では、遷子の俳句の世界は、自然と生活が一体化し、境涯と風土が馴致してそれらが土壌として深く根を張りながら、遷子独自の思想を形成していったと評している。また、第一回の同人作品合評会では、耕二は遷子の句を骨格の正しい句だが、そのことが却って息苦しい感じを受けることもある、と述べている。ちょっと厳しいコメントではあるが、耕二の率直な思いが表れている。

しかしながら、遷子の人となりや生きる姿勢への評は、俳句とはちがい、絶賛といっていい書きぶりである。昭和五十年八月号の「俳句」で遷子は、角川源義の俳句の熟成不十分な点を指摘し、その言動に見られる高圧的な態度に対して反省を求める文章を書いた。俳壇に物議をかもすことを承知の上での行動である。それを踏まえ、「相馬遷子覚書」に耕二は次のようなことを書いている。


これは一例に過ぎぬが、優しい風貌に似ず厳として中正を貫くその態度の潔さは際立って見事だった。極端な政治嫌い権力嫌いであったから、俳壇政治的な俳人の言行には敏感で、それを嫌悪指弾することも徹底していた。反面、これはと想う新人は人に先んじて注目し、時には激励の手紙をということもあったらしい。


そして何より遷子の人柄があらわれているのは、同じ「相馬遷子覚書」にある次の文章だろう。

その頃貰った遷子の手紙を僕は大事に蔵っている。編集の心得について種々の助言が書き込まれていたからであるが、なかでも、「もし馬酔木のためにならないと貴兄が判断したら、たとえ同人会長（遷子）の意見であろうと他の編集委員の意見であろうと無視して、貴兄の思う通りにやってください。遠慮する必要はありません」とあるのを読み、改めて編集者の責任の重さを思い知らされたのであった。実際にそういう事の起る道理もなかったが、編集を気兼ねなくやれるようにと若年の僕を気遣っての励ましであった。

一部は二度目の引用となったが、何度読み返しても胸のすく思いがする。同人会長からこのようにいわれたら、編集長もさぞやりやすかったにちがいない。三十歳ちかい年の差だが、何ら気がねすることなく編集長の任を全うせよというのである。同人会長の言があっちに振れこっちに振れていては、編集長の任など務まるはずがない。それは「馬酔木」にとって百害あって一利なしである。立場にまかせて権力を振るうことを潔しとしない遷子の生き方が如実にあらわれた話である。鮮やかというほかない。

「山河復活」という耕二の遷子への追悼文がある（「馬酔木」昭和五十一年五月号）。それによると、毎月十五、六日の夜八時過ぎに遷子は必ず耕二に電話していたらしい。「馬酔木」の新号が発刊されるタイミングである。電話の内容は雑誌の出来具合、誤植の指摘から、俳壇の情勢、他誌の批評などだったが、耕二も気を許して編集者としての愚痴をこぼすこともあった。そういうときでも遷子は熱心に耳を傾け、適切な助言を与えた。耕二にとって遷子は大きな支えになっていたのである。

俳句は姿勢

昭和五十二年十月号の「沖」に「俳句は姿勢」という感銘深い評論が発表された。そこには耕二の俳句観が明快に述べられている。耕二畢生の名評論といっていい。

　俳句は姿勢だ、と僕は考える。俳句はそれを生きて行ずる人の姿勢である。俳句という表現形式を愛し、それを人生と等価のものにして生きようとする努力が俳句の歴史を貫いてきたと思っている。

いいたいことはここに集約されているといっていいが、そう耕二に言わしめたのが相馬遷子の生きざまだったのである。

死と対峙して詠みあげたすさまじい遷子の作品に息苦しさを覚え、俳句は業の深い文芸と感嘆させられたことが記されている。俳句を行じて生きることの厳しさを遷子が身を以て教えてくれたと次のようにいい表すのである。

俳句は遷子の生活を覆いつくし、全人的な人間性の発露となっていたことを肯わぬわけにはいかない。肉体は亡んでもその精神は、俳句の中にいまなお脈々と流れつづけているのである。

俳句は自己変革を迫る厳しい形式であること、気楽には続けられない文学であるという耕二は、それゆえ人に俳句を勧めたことがない。人から勧められて俳句を作り始めても、どこかで一度、自己表現の道として俳句を選び直すはずだという。そうでなければ真の俳句作家ではない、とまでいっている。耳の痛い話だが、そのくらいの覚悟がないと作者の思いは読者に伝わらない。なぜなら俳句には作者の生きざまがごまかしなしに現れてしまうからだ。

耕二に「俳句は姿勢」と言わしめた遷子の死と対峙して詠みあげた作品とは、次のような俳句だった。

冷え冷えとわがゐぬわが家思ふかな　　相馬遷子
鏡見て別のわれ見る寒さかな　　同
大幅に余命を削る菊の前　　同
入院す霜のわが家を飽かず見て　　同
死の床に死病を学ぶ師走かな　　同
冬麗の微塵となりて去らんとす　　同

耕二は遷子没後、遷子を偲ぶ句をいくつか詠んでいる。

師を葬る日も浅間嶺の雪縤　（『踏歌』昭五十一）
大雪小雪遷子葬後の空狂ふ　（同）
雪嶺にまむかひあゆむ胸に雪　（同）
遷子亡き信濃は寒し木の葉飛ぶ　（同）
君遷子釣瓶落しの落ちてなほ　（同）
寝酒二合三合亡師おもふ夜は　（『踏歌』昭五十二）
きのふよりけふ冬麗の遷子の忌　（『踏歌』昭五十四）
雪嶺を見ずに日暮るる遷子の忌　（同）

寝酒の句では、耕二に思い悩むことがあり、遷子をしきりに思い出しては酒が進んだにちがいない。「俳句は姿勢」である、と身を以て教えてくれた遷子の存在は、耕二の俳句観を固め、信念を揺るぎないものにした。秋櫻子が虚子から独立宣言したように、遷子も源義に反省を促す文章を書いた。己に厳しく、正しく、美しくという姿勢は、秋櫻子から遷子へ確実に受け継がれていた。「俳句は姿勢」というのは、まさにこの「馬醉木」の良心を主張したものなのである。

第二句集「踏歌」上梓

忽忙と充実

相馬遷子の死後も耕二は「馬醉木」編集長として活躍し続け、昭和五十四年には『水原秋櫻子全集』を完結させた。心血注いでの作業は、準備期間を含めると二年五か月の歳月を要した。ときには、一巻分四百ページを三日で校正しなければならないような時もあったし、学校行事と重なる時は徹夜することもあった。秋櫻子の六十年の句業と弛まぬ執筆活動を全集という形で残すことは、並大抵なことではなかった。秋櫻子の超人的な業績に立ち向かうには、尋常ならざる思いと姿勢で向き合う必要があった。すさまじいまでの集中力と熱意がないと到底できることではなかった。「馬醉木」編集長、福永耕二はまさにその資質を備えていたのである。

『水原秋櫻子全集』を終えたあと、耕二は自らの第二句集『踏歌』を上梓した。第一句集からちょうど八年たった昭和五十五年七月のことである。句集は第一句集後の昭和四十七年から五十三年までの七年間の作品をまとめて、『踏歌』とした。句集名は李白の詩に出てくる「連袂踏歌」から採った。足踏みしてうたう歌という意味だが、仲間と交歓し、編集長、同人として活躍した耕二の充実した時期を記念する意味もこめている。年齢的には三十代後半に当たり、忽忙極まる日々の連続であっただろうが、心は充実していた。よき師、よき先輩、よき仲間に囲まれていたからである。

この『踏歌』に対して、秋櫻子は次のような短い序文を寄せている。

「あの頃はこれほど作句に力を打ち込んでいたものか」と自分でも読み返して驚く句集があ

る。句の出来栄よりも、その迫力がわれながら頼もしくなるほどだ。こういう句集は何年を経ても色が褪せぬ。そして、読み返すうちに次第に迫力よりも、句の本当のよろしさが滲み出てくるものだ。作者の力が充実していると、次の句集でもまたこれと同じものになる。決して一度では終わらない。この句集もそうしたものの一つになることは確かである。

秋櫻子は、「馬醉木」を引っ張り、『水原秋櫻子全集』を完結させた当時の耕二の充実ぶりを「迫力」と見た。「迫力」に裏付けられた句集は色褪せず、また次の句集につながっていくという。第一句集で波郷の再来と期待した秋櫻子は、第二句集でも、確実に俳句の道を歩み、深化している耕二に今のままの勢いで進んでいけばよいとエールを送っている。心強い限りである。

交歓

『踏歌』は、ちょうど耕二が「馬醉木」の編集長になったあとの昭和四十七年から秋櫻子の全集を完結させる前の昭和五十三年までの作品四六二句を収めている。ただ、あとがきは昭和五十五年七月とある。つまり、句集上梓は句集の最後の句から一年半後である。『水原秋櫻子全集』編纂という「馬醉木」にも俳壇にも大きい意味をもつ仕事をやり遂げたあと、ようやく時間と心に余裕ができ、取りかかったのだろう。

それはともかく、句集の句はすべて「馬醉木」編集長時代の句である。第一句集のときに比べ、「馬醉木」の抒情俳句を一層深化させた句が集まっている。まさに「馬醉木」のど真ん中にいて、編集長として「馬醉木」の先輩や仲間を思い、「亀研」などの会で仲間と交歓した時期である。また、「沖」でも「二十代の会」の育成をして仲間を引っ張った時期でもある。『踏歌』という句集名は、当時の耕二の俳句生活を象徴しているのである。

実際は、句集のなかに「踏歌」ということばを使った句はないが、次の二句が句集名に近い句である。

踏青や手をつなぐ雲ひとり雲　（『踏歌』昭五十）

山垣のかなた雲垣星まつり　（同）

「歌垣」ということばがある。男女による歌のかけあいを中心とする集団的行事で、もともと国見と結びついた農耕儀礼として始まり、予祝的意義をもち、飲食、性的解放などを伴った。古代の礼として大和の海柘榴市《つはいち》、筑波山の歌垣が有名だ。その後「歌垣」は、奈良時代末期に中国から移入した「踏歌」に取って替わられたという。

このことを念頭において右の二句を読んでみると、古代の「歌垣」のイメージにつながってこないだろうか。一句目の「踏青」は男女それぞれが二組に分かれて、あるいは一人になって歌のかけあいを行っているようであり、二句目にいたっては、「山垣」、「雲垣」ということばそのものが「歌垣」を踏まえて創出されている。それが「星まつり」という季語で結ばれたとき、自然と人間とが見事に溶け合い、宇宙規模での壮大な交歓が繰り広げられるかのようである。何と明るく気分を大きくしてくれる句であろうか。

この句は技巧的と捉えられる危険性があるかもしれない。しかし、抒情性、調べ、叙法の点で俳句の型に見事にかなっているため、それは単なる懸念でしかない。「馬酔木」の仲間との交歓の中で切磋琢磨し、俳句に向き合っていた当時の耕二の思いや高揚感鮮やかに詠われている。八月の七夕祭の日に関東と関西の待宵会のメンバーで構成された合同句会で生まれた句だという。まさに「馬酔木」の仲間との交歓の結果、授かった句である。心身ともに充実した耕二の絶頂期にできた句なのである。

声調の厳しさ

『踏歌』には、調べのよさとあいまって、明るさや光を感じさせる句がある。作者の高揚感が気持よく伝わってくるのだ。たとえば次のような句である。

茂吉らが歌の雄ごころ朴咲けり　（『踏歌』昭四十九）
燕が切る空の十字はみづみづし　（同）
浮寝鳥海風は息ながきかな　（『踏歌』昭五十一）
吹きあぐる風青揚羽黒揚羽　（『踏歌』昭五十二）
全身の夕焼を見よと海豚跳ぶ　（同）

どの句も勢いがあり、伸び伸びとしている。「朴」に「雄ごころ」をぶつけ、「燕」は「十字」を切り、「浮寝鳥」は「息なが」く、「青揚羽黒揚羽」は「吹きあぐる風」となり、「全身の夕焼け」を見せて「海豚跳ぶ」。ちなみに「浮寝鳥」の句は、飯田龍太のその年の俳壇十句に選ばれている。

茂吉、秋櫻子にはじまった耕二の執着は、この時期では、遷子にも向かっていたはずである。『踏歌』に流れる年月のなかで耕二は遷子の死を迎え、遷子の句を詠んでいる。それは前章に掲載した

《大雪小雪遷子葬後の空狂ふ》《雪嶺にまむかひあゆむ胸に雪》などであるが、第一句集の『鳥語』に比べ、『踏歌』の声調が内容の深さと共に厳しさを増しているのは遷子の影響もあるように思う。また観照の目が行き届き、対象の奥深くに入り込んでいる句が目立つのも『踏歌』の特徴といえる。

かなかなや夕暮に似て深曇　（『踏歌』昭四十七）
捉へむとせし綿虫の芯曇る　（同）
衣更へて肘のさびしき二三日　（『踏歌』昭四十八）
寒星をつなぐ絲見ゆ風の中　（同）
蛍火やまだ水底の見ゆる水　（『踏歌』昭五十）
省くもの影さへ省き枯木立つ　（同）
水澄めば水底のまたみつめらる　（『踏歌』昭五十一）
日盛や椰子にをさまる椰子の影　（『踏歌』昭五十二）
いとけなき木に木の丈の雪囲　（『踏歌』昭五十三）

『鳥語』のときから飛躍や断絶を許さない手堅い表現ではあったが、作者の思いが一層内に沈んでいくようである。それは作者自身が心の動きに耳を傾け、対象を凝視し、それらにことばを添わせつつ、俳句の定型に耐えているからである。それがときには過度の節度とか秩序正しい市民感覚とか予定調和という批判につながった。しかし、これこそが耕二の俳句に対する姿勢であり、耕二が「馬酔木」から薫陶を受けてきたことなのだ。

六番目の「枯木立つ」の句は、まさに俳句のあり方を詠んでいるようでもあり、「椰子」と「雪囲」の最後の二句など、句意とともに俳句の定型に耐えている姿そのものを想起させる。だから句に緊張感が生まれるのである。さらにリフレインが効いていて、よき調べが奏でられている。秋櫻子が『葛飾』の序文で強調した「調べ」に乗って心を表出するということをいずれの掲出句も実現しているといえる。「馬酔木」の抒情俳句たる所以であり、『踏歌』でいかんなく発揮されている。

第四回「俳人協会新人賞」

昭和五十五年の第四回「俳人協会新人賞」は、候補作品十二編から選ばれた。句歴二十六年で第二句集とあれば、俳人協会賞こそふさわしいが、『踏歌』は新人賞にノミネートされた。

選考では、委員から座談的に活発な意見の交換が行われた。『踏歌』については、「古い伝統を新しく現代に生かした作家。馬酔木の甘美な抒情の本流にある作家。第一句集よりふくよかで、コクがある。愛誦性のある代表句を遺した」といった発言要旨が記載されている。(「俳句とエッセイ」昭和五十六年四月号)。愛誦性のある代表句とは、もちろん次の句のことである。

新宿ははるかなる墓碑鳥渡る　(『鳥語』昭五十三)

この句については、次章でじっくり鑑賞してみることにしたい。

選考は、各候補句集をそれぞれ委員が評したあと、三名連記による記名投票で行われた。その結果、耕二が十三票で断然のトップ。五票を獲得した辻田克巳と伊藤通明が二位となった。その結果、ほとんど満票に近い票を得た耕二の受賞が決定した。

歿後「俳人協会賞」が贈られた西東三鬼以来、作者の死後に開かれた選考委員会で受賞が決定されたのである。ちなみに二位の二人も、その後の投票を経て同時受賞となったが、選考委員の一人清崎敏郎は、『踏歌』に対して、句にこめられている思いの深さ、表現技法の確かさ、どれをとっても一頭地をぬいていると評した。

しかし、受賞が決まったのは昭和五十六年一月。このときすでに耕二はこの世にいなかったのである。

愛誦句

青春俳句

新宿ははるかなる墓碑鳥渡る　（『踏歌』昭五十三）

昭和五十九年四月号の「俳句」は、近代を代表する百俳人の「句とことば」を特集している。耕二は百人の一人として右の句とともに選ばれている。耕二といえば、まず思い当たる句であり、そのことに異を唱える人はいないだろう。では、いったいこの句のどこに魅力があるのだろうか。

誰もが最初にこの句を読んだとき、青春俳句と感じるはずである。過ぎ去った青春の日々の苦渋や孤独を想起させられるからだ。さらに、新宿の高層ビルの景を「鳥渡る」という季語に配合し、青春の感傷をも詠み上げている。一読、惹かれてしまうのは、青春の陰翳が読者に響くからだろう。しかし、青春俳句と一言で片付けてしまうのは、あまりにも乱暴すぎる。「俳人協会新人賞」で「愛誦性のある代表句を遺した」といわれ、実際、今日でも俳人の間で人口に膾炙している句だけに、もう少しこの句を丹念に鑑賞してみる必要がありそうだ。

新宿

まずこの句は、いきなり大上段に「新宿は」と斬り込んでいる。新宿という東京あるいは若者を代表する都市を読者に提示し、それが「はるかなる墓碑」だといい切っている。実にインパクトある詠みぶりである。いい切ったあとは、「鳥渡る」空に視点を移し、新たな生の営みに心をゆだねる。中七までの強い調子に対し、下五は軽く締めくくられている。この緩急の加減が絶妙である。

この句ができた昭和五十三年は、私がちょうど大学入学とともに上京した年である。新宿はすでに高層ビルが林立する街だった。関西から出てきた私には、東京といえば新宿であり、同時に都会の象徴でもあった。通学はいつも新宿で乗り換えていたので、新宿の街に立ち寄ることが多かった。最初は高層ビルのイメージだけだったが、しだいにいろいろな顔を持つ街であることがわかってきた。紀伊國屋書店、伊勢丹、中村屋といった当時の新宿を代表するものに加え、ガード沿いの戦後の闇市にルーツをもつ「思い出横丁」や歓楽街の歌舞伎町をはじめさまざまな飲食店や娯楽施設が密集する街だった。当時はやり始めたディスコもあちこちに出現していた。要するに、新宿はいろいろな人や施設を簡単に取り込んでしまう坩堝のような街だったのである。

耕二も新宿にはよく立ち寄ったようだ。上京生活に慣れない初期のころは頻繁に新宿で飲んでいたようだし、何よりも「馬酔木」の校正のあとは、渡邊千枝子や永峰久、小野恵美子らとルミネや住友ビルで飲み、語り合った。編集作業のあとのささやかだが大切なひとときを、「馬酔木」の仲間とともに過ごしたところが新宿なのである。

上京した者にとって新宿は東京の代名詞であり、都会そのものである。それは単に高層ビル群があるという外面だけでなく、都会特有の匂いや音、光や翳といった要素をも内包している。昼と夜では顔も変わり、都市の香りと誘惑が充満している。青春時代を過ごした者にとっては哀楽の詰まった街であり、青春の象徴となり得る場所なのだ。

墓碑

昭和五十九年十二月号の「馬酔木」は福永耕二特集号だった。その中で橋本榮治が「はるかなる墓碑」と題して、この句の経緯について触れている。それによると、編集の帰り道の新宿で、鹿児島時代の高校の友から声をかけられたという。その友は東京での生活に疲れ、近々職を辞めて郷へ帰るという。二人は泥酔するまで旧交を温め合い、別れた。しかし、しばらくして耕二のもとに届いた報せは、友の入水自殺というものだった。昭和四十六年六月二十九日の毎日新聞の片隅にも掲載された。また入水自殺と同じ月に、新宿に初めての高層ビルが完成したとの記事が掲載された。友が住んでいたのも新宿だった。だから、この句は友への追悼歌なのである。

これとは別に、上谷昌憲が「俳句」平成十五年八月号にこの句の背景を書いている。それによると、上京したばかりの頃、心の晴れぬ日を送っていた耕二は、毎晩一人で歌舞伎町に飲みにでかけた。そのとき、とある酒場で知り合った流しのおじさんと意気投合した。しかし、その人があるときからはたと姿を見せなくなった。風の噂によると、交通事故で亡くなったという。その流しのおじさんを偲んでこの句を詠んだというのである。この場合も追悼句であり、また、耕二自身の青春哀歌でもある。

どちらが実際の背景だったのかはあまり重要ではない。むしろ、どちらも句を作る上での背景だったのだろう。要は、耕二の心の中に友や知人への追悼の気持と自身の青春への挽歌の思いがあったということである。「墓碑」は実際に亡くなった友や知人の墓碑であると同時に、上京後、ずっと俳句の編集に携わってきた耕二自身の青春の墓碑でもあったのだ。

鳥渡る

この句の季語は、「渡り鳥」の傍題「鳥渡る」である。秋になって北方から鳥が渡ってくることをいう。

鳥渡るこきこきこきと罐切れば　　秋元不死男

「鳥渡る」といえば、まず右の句を思い浮かべる。初出は昭和二十一年十一月一日の「日本俳句新聞」である。戦争中二年ほど拘留された作者にとって、自由に空を飛ぶ鳥たちに羨望の気持があったとしても不思議ではない。「こきこきこき」と缶詰を切る音が哀しいが、生きていることを噛みしめているかのような音でもある。一つ一つの「こき」にこめられた作者の気持が切ない。

鳥渡る旅にゐて猶旅を恋ふ　　能村登四郎

右は同じ「馬酔木」の能村登四郎の句である。八十九歳のときに詠んだというが、旅をしてもなお、旅をしたいと願うのは詩人の心である。登四郎の生涯を貫く姿勢が感じられる。ここでの「鳥渡る」も自由に飛び回る鳥の姿が彷彿としてくる。《旅に病で夢は枯野をかけ廻る》の芭蕉の句にも通じる句境を感じさせる。

それでは、耕二の句での「鳥渡る」はどうだろうか。自由に飛び回る鳥という感じはあまりしないが、いきいきとした姿は伝わってくる。今年も元気な姿を見せて渡ってきた、という作者の感慨があるからだろう。自由というより新たな生への賛歌がある。「墓碑」を高層ビルに見立てた場合、「鳥渡る」は実景である。そこには静と動の対比、物体と生き物の対比だけでなく、死と生の対比も感じる。「鳥渡る」には、再び新しく始まることへの作者の深い思いが託されている。

愛唱性

「新宿」、「墓碑」、「鳥渡る」と分解して鑑賞してきたが、一般にいわれるこの句の愛誦性についてはどうだろうか。

まず音律をみてみると、上五は、２２１のリズムで自然になだらかに中七へ続く。中七は、２１２２のリズムで静かな律奏ゆえ句の内容を生かす。また、名詞で断定しているため安定感がある。下五は、２２１で落ち着かないリズムだが、動詞の終止形で終わっているため、句をしっかり押さえた仕上がりになっている。一方、母音は雄大に響くア音が多く、暗鬱に響くウ音が次に多いことで全体にまろやかで哀しい響きを醸し出している。こうしたリズムと音の微妙な調和が、青春の挽歌と呼ぶにふさわしい調べとなっている。愛誦性のある句といわれる所以はこうした調べにも起因している。

しかし、愛誦されるということは時代精神によって読まれることでもある。高度経済成長による繁栄の結果の高層ビル、それは明らかに繁栄の象徴だが、高層ビルが林立する姿は異様であり、その圧倒性は人間の欲望の行き過ぎを感じさせるものでもある。それを墓碑だとすれば、この句には文明批評の眼が宿っているとも鑑賞できる。

ところで、この句の発表は昭和五十三年十二月号の「沖」で、ちょうど耕二が四十歳のときだ。「馬酔木」の編集長として辣腕をふるいつつ、『水原秋櫻子全集』への取り組みの真っ最中である。多忙のなか耕二はあるとき、自身の住む千葉方面から新宿を眺めたのだろう。そのとき、ふと上京間もない頃のことが頭をよぎった。友のこと、流しのおじさんのこと、自分自身が苦しんだ上京生活のことなど。「馬酔木」を引っ張る立場となった今、当時を思うとなんともいえない感慨が湧いたことだろう。「馬酔木」をよりどころに、秋櫻子をめざした耕二は、今や編集長として秋櫻子を支える存在になっている。上京当時のことはすっかり過去のことになってしまった、という感慨が起こったとしても不思議ではない。そう思うのは、「はるかなる」の措辞がこの句に空間のみならず時間の広がりを与えているからである。このことばにより、現在と過去の距離感の大きさが示される。十三年の歳月は、耕二にとり隔世の感があったに違いない。

さて、もう一度この句全体をみてみよう。俳句の構造としては名詞切れによる取り合わせの句で、緩急の切れが効き、リズムのいい句である。一方、「新宿」は青春を表す場所、「墓碑」は高層ビルに象徴される栄枯盛衰とともに青春の日々の苦渋と孤独。「鳥渡る」は毎年繰り返される新たな生の営み、と観賞したとき、この句はたしかに時代精神があり、調べもよく、句の終わり方に希望が持てる。つまり、愛誦される要素が十分に備わっていることがわかるのである。

しかし、真にすぐれた作品は時代を超えた普遍性を備えていなければならない。普遍性がなければ、時代の変遷とともに見向きもされなくなる。この句が真に愛誦されるのは、「はるかなる」の措辞に負うところが大きい。この措辞により、読者は作者の青春のみならず、自身の青春の陰翳にまで思いが及ぶ。そして、それがよき調べに乗ると青春挽歌を奏で始める。そのとき、句は読者の心の襞に触れ、普遍性ある愛誦句として一人一人の心に定着するのである。

耕二の死

編集長解任

耕二が心血を注いだ『水原秋櫻子全集』は、秋櫻子に見守られながら、一巻一巻が刊行された。一巻出るごとに秋櫻子は耕二らの労をねぎらった。この全集は昭和五十四年夏に完結したが、その年の十二月三日、秋櫻子は突如心臓発作を起こし、緊急入院した。秋櫻子は正月を初めて病院で迎えたが、やがて回復が進み、一月末にはリハビリを行えるまでになった。その後、一進一退を繰り返しながら、三月に退院した。

しかしその間、「馬醉木集」の選は堀口星眠に託され、秋櫻子は退院後も選に復帰することはなかった。昭和五十五年八月号の「馬醉木」に星眠は次のように書いている。

先生への恩返しとよい俳句社会の建設、選者として同人会長として、今までとちがった一種のリーダーシップをとらせていただきたい。

これに対し、秋櫻子は「君は決断したのだから、新しく同志を率いるつもりでしっかりやりなさい。自分も後盾になって『馬酔木』のために援助する」と星眠への支援を言明している。秋櫻子のいう「君は決断したのだから」という言葉の裏には、星眠が苦悩の末に「馬酔木」を引き継ぐ決心をしたことがうかがえる。これだけの大結社を引き受けるには不退転の覚悟で臨むことが必要だった。

一方、星眠のいう「恩返し」とは、「馬酔木」を一層発展させて、秋櫻子の敷いた大道の上に「実力の花」を咲かせることだった。また、全国の「馬酔木」会員の結束を図り、新人の教育に力を入れることでもあった。そのためには、これまでのやり方だけではうまくいかないと星眠は考えた。「一種のリーダーシップ」という星眠の言葉は、新しい「馬酔木」を打ち出していかねばならないという意欲と危機感の表れであった。秋櫻子という重心が弱まることで、これまでと同じやり方で進めていっては、「馬酔木」はいずれ衰退していくと星眠は感じていた。星眠としては、おのれの独自色を打ち出す必要があった。

昭和五十五年六月の同人総会で、同人会と馬酔木会の運営窓口の一本化が図られるとともに、企画編集は耕二から市村究一郎に交替することが決議された。但し、編集の実務はこれまでのスタッフが続けることになった。新しい「馬酔木」を打ち出すためには、秋櫻子と一体だった耕二を究一郎に替えることが必須だったのである。秋櫻子の築いた大きな道に秋櫻子色でなく、星眠色を出して「馬酔木」を変革していく。そのためには、耕二はあまりにも秋櫻子色が強すぎた。

十年近く続いた福永耕二編集長時代は、秋櫻子が退くことで幕を閉じた。しかし、編集の引継ぎのため、実際には九月まで耕二は編集に留まった。「馬酔木」昭和五十五年十二月号の「編集後記」が耕二最後の編集の筆となった。

耕二の心境

昭和五十九年十二月号の「馬酔木」は、「耕二追憶」と題して耕二特集を組んでいる。そこでの岡本まち子の「無念の時」という小文にその頃の耕二の心境が描写されている。

亡くなった年の八月末、志賀高原の旅を共にすることが出来たが、その折の一齣ずつは今でも脳裡から離れない。当時はすでに馬酔木の編集の責任ある立場から離れた状態にあった。その日、時折降る小雨に秋冷はひときわ加わり、やり切れない心の傷は深まるばかりだったと思う。いつものように朗らかに装ってはいるものの、どうしても沈みがちで哀しい表情をかくすことは出来なかった。

耕二はこのとき、高原の花に語りかけることで無念の思いをぶつけていた。

雲表につづく径あれお花畠　（『散木』昭五十五）
綿菅のしろたへ寂びて雲の秋　（同）
柳蘭揺れどほしなる花酔ふや　（同）
九階草裾は千草にとりまかれ　（同）
還らざる旅は人にも草の絮　（同）

花野いま木道の隙も花のいろ　（同）

この三か月後に耕二は亡くなるが、同じく吟行を共にした渡邊千枝子は、一句目の句を踏まえ、「まなうらのその姿は、追うほどにどんどん小さくなってそのまま天に続く径へ消えてしまうのだ。あたかも還らざる旅への出立に似て」（「馬醉木」昭和五十六年三月号）、とそのときの耕二を記している。

五句目の句は自身の運命を予知していたかのように思えるが、それは後世の見方なのだろう。このときの耕二は、これからどうしていけばいいのか考えがつかなかった。いわば茫然自失の状態だったのだ。

当時の状況については、「馬醉木」当月集同人である根岸善雄の「福永耕二の俳句の世界」という貴重な講演録に詳述されている。（俳人協会創立五十五周年記念、第十二回九州俳句大会講演［平成二十七年九月十三日、かごしま県民交流センター］）（「馬醉木」平成二十七年十一月号・十二月号）。善雄は「亀戸研究会」発足の契機となる相談を耕二から持ちかけられた人物で、耕二と非常に近い関係にあった。だからこそ、善雄の証言は信頼に足る。それによると、耕二が入院中の秋櫻子を見舞うことを星眠に止められ、秋櫻子から遠ざけられたこと、その遠因に、秋櫻子が「馬醉木集」の選を千代田葛彦、堀口星眠、福永耕二の三人に託そうとしていたこと、「亀研」の仲間が独立するという噂や、鍛錬会で麻雀や卓球に耽っていることが秋櫻子の耳に届けられたことなどが、事細かに記されている。耕二が秋櫻子を見舞う事も出来ないまま、同人総会で星眠が正式に後継者と決まった後、

『俳句小歳時記』の編集打合せのために、編集担当者をした我々が福永耕二宅に居る所に、星眠から電話がかかって来て、打合せをしている隣りの部屋で電話を受けていた耕二は、電話を切ったあと、急にその場に蹲ってしまいました。何があったのかわからなかったので、「どうしたの。」と声をかけると、「今、星眠さんから電話で『君を編集長から解任する事にしました。水原先生も了解しましたから。』」と言って理由も言わずに電話を切ってしまったそうです。

という「昭和五十五年八月のある日」の事実は衝撃的である。

上京を決意し、秋櫻子のもとに飛び込み、ここまでひたすら走り続けてきた耕二。それが今、秋櫻子が病となり、編集長を解任され、心の持って行き場がなくなってしまったのだ。秋櫻子が主宰として存在しない「馬醉木」だからこそ、自分が一層編集に携わる必要があると思っていたのに、携わることができない。そんな事態を耕二は思ってもみなかっただろう。しかし、句よりも秋櫻子に「馬醉木」ではなく「沖」に傾注しているかのように誤解されたことが耕二には衝撃だった。誰よりも「馬醉木」のことを考え、愛している耕二だからこそ、秋櫻子が退いたあとは、自分が「馬醉木」を支えていかなくてはいけないと思っていたはずだ。ところが、実際はまったく想定もしない事態になってしまった。愕然たる思いだったにちがいない。

その日のこと

九月に編集の筆をおいた耕二は、しばらくして病に倒れた。

侘助や生徒に会はぬ五十日　　（『散木』昭五十五）

右の句は、死の三日前、十二月一日の句である。十二月四日、敗血症がもとで心内膜炎を起こし、更に脳内出血を起こして意識不明となった。最初の自宅近くの病院で敗血症を発見できなかったのが致命的だった。大きな病院に移って初めて敗血症とわかり治療を施したが、手遅れだった。享年四十二。

この日、俳句や職場の先輩である林翔は耕二の死に接した。そのときのことを追悼文「その日のことなど」（「沖」昭和五十六年二月号）として次のように記している。

いきなり熱いものが私の胸を駆け昇った。「君は、君は、何という運命を背負って生まれてきたんだ」と思わず私は口走った。「死んでしまったら、俳句も作れないじゃないか」と涙声が続いて出てきた。「バカ」という言葉が続きそうになったのを、私は食いしばった歯で嚙み殺した。涙がはふり落ちた。

俳句よりも大事な筈の妻子がそこに居た。しかし私は俳句のことを口走った。彼の句業がまさに大きく飛躍しようとする機会が近いことを確信していた矢先に、運命は彼を俳句から奪ったのだ。それが口惜しかった。憤ろしかった。

すさまじいまでの、俳人耕二への想いである。編集長という同じ立場で「沖」を愛し、「馬酔木」を愛する翔は、「馬酔木」の将来を耕二に賭けていたのだ。俳人としての耕二は、この時期絶頂に近い状態であったが、登四郎や翔に対する態度は、上京当時と寸分も違わなかった。先輩に対する礼儀を終生忘れなかった耕二だからこそ、翔にとってはその死が一層こたえた。登四郎も翔と同様、耕二の冷酷な運命に渾身からの憤りを感じていた。「第三句集のころはもっと自分を吐き出せる俳人になれたと思う」と無念を抑えて記している。

職場の友人で歌人でもある小野興二郎も臨終に立ち会った。興二郎にとっても耕二の死は痛恨極まりなく、そばに居ながら為す術もなく死に至らしめてしまったという自身の悔恨とないまぜになりながら、歌を詠むことで心を慰めている。

君ありし日々を思へば翔けて来る光りも風もただかぎりなし　　小野興二郎

昭和五十六年二月号の「馬酔木」の「当月集」には、耕二追悼の句が多く掲げられた。ここでは、耕二と共に編集に携わった千枝子、誰よりも耕二の死を悼んだ翔の句を掲げる。

君逝きてはじめての雪新宿に　　渡邊千枝子

無明ゆく君にせめては冬茜　　林　翔

枯菊の見ゆる辺に

病室で耕二が亡くなったあと、翔は幾日も前からつききりで看病していた興二郎と共に控室に入り、電話で秋櫻子の妻に耕二の死を告げた。しかし、心臓と血圧のすぐれない秋櫻子には、しばらく耕二の死は伏せられた。少し日が経って知らされた秋櫻子は、「馬酔木」に次の追悼句を寄せた。

烏頭子波郷わかさぎ焼いて待つならむ

天上で「馬酔木」の軽部烏頭子、石田波郷が待っているという。耕二は「馬酔木」の殿堂入りを認められたのである。この俳句は星眠の弔辞とともに掲載された。星眠は弔辞で、耕二の早すぎる死を悼むとともに家族や母を見守り、安らかに眠らんことを願っている。

秋櫻子の句や星眠の弔辞が掲載された昭和五十六年三月号の「馬酔木」は耕二の追悼号だったが、この号をかぎりに耕二と一緒に編集に携わった渡邊千枝子、永峰久、小野恵美子は編集を降りた。その小野恵美子によると、秋櫻子は耕二の死を知らされた際、「俺も耕二と一緒に逝きたかった」と呟いたという。この時点では秋櫻子の耕二に対する誤解は溶けていた。耕二が聞けば天にものぼる思いで喜んだであろう。

耕二の死後、しばらくして善雄が秋櫻子を見舞う。再び、根岸善雄の講演録から抜粋する。

秋櫻子のショックも少しは落ち着いた頃と思い、水原家に伺った所、

「耕二はどうして亡くなったのかね。」

と、秋櫻子に聞かれましたので、『水原秋櫻子全集』の編纂等で多忙だったと同時に、星眠に先生への病気見舞を故意に止められていた事や、ストレス解消のために卓球等を行った事、一誌を持つという あらぬ噂があったという事、編集長を解任されて本当にショックだった事等、私の聞き知っていた事をすべて話をしましたところ、

「本当はそうだったのか。誤解していたな。耕二にすまない事をした。」

と言って、ベッドに臥してしまいました。

この善雄の証言はなまなましい。

耕二自身の俳句は、昭和五十六年二月号の「馬酔木」に掲載された次の七句が最後となった。

栃落葉了へたる庭に戻り来ぬ

海桐の実砕けてものを思へとや

山茶花の散華いちじるしき一樹
病室に子恋つのらす十三夜
退院の祝杯のまだ林檎汁
侘助や生徒に会はぬ五十日
ぼろぼろの身を枯菊の見ゆる辺に

最後の二句は、官製葉書にメモのような走り書きで書かれていたが、けっきょくそれが絶筆となった。枯菊の句は耕二渾身の絶叫である。先の秋櫻子のことばはこの句に応えているかのようで、秋櫻子のことばを照射すると句が断然光り輝いてくる。さらに秋櫻子の《冬菊のまとふはおのがひかりのみ》の句と並べると、両句が不変の師弟愛としていつまでも光り合い、後世に救いの光を与えてくれるようである。

「馬酔木」の耕二特集

耕二死後の「馬酔木」

四十二歳というのはあまりに若すぎる死だ。しかも俳句に携わった時期は、昭和三十年から五十五年までのわずか四半世紀である。しかし、その生涯は太く、豊かだった。その証拠に耕二は死後も「馬酔木」の会員の心の中で生き続けた。そのことにすこし触れておきたい。

昭和五十五年十二月四日、耕二は逝去した。秋櫻子もその翌年七月に亡くなった。秋櫻子は心臓発作で倒れたときから選を堀口星眠に託し、自身が死んだら「馬酔木」の主宰は星眠と決めていた。実際、秋櫻子の死後、名実ともに星眠が「馬酔木」を牽引することになった。

しかし、星眠体制は長くは続かなかった。昭和五十九年四月、秋櫻子の息子である水原春郎が主宰となったのである。秋櫻子の死後三年が経過していた。春郎は「馬酔木の再出発にあたって」と題して、「馬酔木」の主宰を引き継ぐことを表明し、同時に選者に杉山岳陽を指名した（「馬酔木」昭和五十九年六月号）。

星眠の考える「馬酔木」像が春郎の考える「馬酔木」像と喰い違っているというのが主宰交代の理由だった。春郎が秋櫻子の指名した星眠とあえて袂を分かつ決断をした背景には、秋櫻子の「馬酔木」を守るという姿勢を鮮明にする必要があったのである。また、秋櫻子時代を知る会員にとって星眠の選に対する不満もあったようだ。春郎の決断には並々ならぬ苦しみがあったにちがいないが、多数の会員のあと押しが春郎の決断を促した。

主宰になって春郎はさっそく耕二特集に取り組んだ。その年の「馬酔木」十二月号は大々的な耕二特集となった。春郎は編集後記に「悲願であった福永耕二特集をお届けする。原稿が届く度に、私は貪るように読ませていただいた。思わず笑いが出るかと思うと眼頭が熱くなり今にも涙がこぼれそうになる。感情を抑えるのに一苦労した。取り上げられた題材は各人違っているが評価は全く同じ惜しい人物を失った。馬酔木だけではなく俳句界全体の損失が大きかったと今更のように思うのは私一人ではなかろう」と記している。

実は星眠も耕二の死後すぐに耕二特集を組んでいる。秋櫻子の耕二への追悼句や星眠の弔辞、さらには、市村究一郎、米谷静二、黒坂紫陽子の追悼文を掲げたのである。しかし、耕二と交流の深かった林翔や能村登四郎、さらには他の「亀研」の仲間からの追悼文はなかった。あれほど「馬酔木」に貢献し、秋櫻子に尽くした耕二に対し、その扱いはあまりに小さすぎると、耕二への想いの強い会員には大きな不満が残った。

　一方、春郎の組んだ耕二特集では、翔の「耕二五十句抄出」とともに二十名近い人の追悼文が掲載された。耕二を慕う会員がそれだけ多くいたということであり、同時に秋櫻子の「馬酔木」を愛し、守り続けたいと思う会員もそれだけいたということでもある。秋櫻子に生涯を尽くし捧げた耕二は、死後も「馬酔木」に生き続けたのである。

第二部　俳句への考察

俳句における師弟関係

秋櫻子への思いの深化

耕二のいう〈俳句は生きる姿勢〉とは、生きざまこそが俳句ということで、その理想像に秋櫻子がいた。では、耕二はなぜ秋櫻子をそこまで敬い、慕ったのだろうか。

私は耕二の秋櫻子への思いには四つの段階があったと思っている。第一は秋櫻子その人に会う前のあこがれの時期である。虚子と袂を分かつことになった秋櫻子がその主張を具体化した句集が『葛飾』だが、その『葛飾』に耕二は大いに魅せられた。具体的には、風景の瑞々しさ、外光の豊かさ、主情的な調べといった特質に見られる豊かな抒情性の虜に耕二はなったのだ。たとえば次のような句である。

葛飾や桃の籬も水田べり　水原秋櫻子
梨咲くと葛飾の野はとの曇り　同
蟇鳴いて唐招提寺春いづこ　同
来し方や馬酔木咲く野の日のひかり　同

近代という時代は、化学万能主義の風潮が起こり、その中で言葉は真実と正確さに近づこうとした。その結果、散文に見られるように、言葉は符号的な意味で十分と思われた。抒情は押しやられ、抒情の回復が叫ばれることになったのである。『葛飾』は、自然上の真と芸術上の真の明確な区別の上に立って、詩の抒情性を詠い上げ、抒情の回復を俳句において具現化した句集だった。耕二が

『葛飾』に惹かれ、秋櫻子にあこがれたのは、まさにこの抒情性だった。そして、ここに耕二の俳句の原点があるといえる。

その後、耕二は鹿児島で秋櫻子と初対面した。そのとき、耕二は秋櫻子の前では緊張し通しだった。さらに俳句に迷ったときに秋櫻子からの一枚の葉書が耕二の俳句姿勢を正した。そこには「面白い俳句を作りなさい」としか書かれていなかったが、それだけで十分だった。その結果、ますます秋櫻子に対する尊敬の念が深まっていった。この時期が第二段階である。

そのあと上京し、文章会などで秋櫻子の謦咳に何度も接するうちに、耕二は身をもって秋櫻子の俳句信条を実感する。秋櫻子の俳句そのものが生活態度、人生観の反映であると認識するのである。明るく健康で美しくありたいという秋櫻子の信念を耕二自身も己の俳句信条とし、貫いていこうとする。これが第三の段階である。

そして最後は、編集長として秋櫻子に向き合った時期である。晩年の秋櫻子は、美しさのなかに重厚さと軽妙さを調和させながら、静謐な世界を繰り広げていった。俳句への情熱は健在で、生きる限りの美の使徒たらんとする生き方が鮮やかに展開されていったのである。ここに至って秋櫻子は耕二の生きる上での永遠の理想像となり、耕二の秋櫻子への想いは、宗教にも近い尊愛の念へと高められたのである。

俳句の師弟関係

秋櫻子と耕二の師弟関係は、渡邊千枝子が指摘したように、「世にも美しい師弟愛」だった。時間が経過すると人間は馴れ合いになったり、師が齢をとると心身ともに衰えて、弟子の立場が強くなったりする。しかし、この二人においては、終始そのようなことは起こらなかった。耕二は最後まで秋櫻子の前では緊張感を持ち続けたし、秋櫻子も「耕二といっしょに逝きたかった」というくらいに耕二を愛していた。

では、なぜ二人の信頼関係はそれほど深く純粋でいられたのだろうか。そこには、秋櫻子の生き方が大きく影響している。秋櫻子は常に精神を潔くして停滞を憎み、自己を錬磨する努力を続けた。昭和俳句の大きな流れを創り出した立役者で俳壇では権威なのに、絶えず自己に厳しい姿勢で臨み、俳句作品を練り上げていった。生活信条である明るさと美しさを作品の礎として創造力を発揮し、句を作っていったのである。この姿勢と具現化された俳句作品は、常に耕二の道筋に光を照らし続けた。それは秋櫻子の人間としての生き方がもたらす明るい光だった。

一方、秋櫻子からみた場合、耕二は俳句に真っ向から向き合い、生きることに熱心な青年だった。また、常にまわりに気配りをすることを忘れない編集長だった。さらに、文学に精通し、教養も深く、俳句作品においては、緊張した調べを保ちながら難解性を含まない句を紡ぎ出す俳人だった。秋櫻子は、耕二は波郷と類似していると『鳥語』の序文で指摘したが、それは俳人、否、人間としての耕二に対して、最大級の賛辞だっただろう。秋櫻子自身も耕二の生きる姿勢に惹かれ、愛情を持ち続けたのである。

ところで、俳句にとっての作者と読者の関係は不思議である。作者でない人が読者には簡単に成り得ず、その逆もまたしかりで、これは小説には見られない現象である。俳句は短詩型であることからコンテクストの上で成り立つ文芸である。コンテクストとは、共通の理解が成り立つための共通した認識や感覚とでもいおうか。季語はその最たる例だ。だから俳句は座の文芸といわれるわけで、それが社会的な形となって、最も強固なコンテクストの基で運営されているのが今日の結社である。

結社は基本的には主宰と会員の一対多の関係で成り立っている。会員である作者は主宰という読者に選句してもらい、読んでもらうのである。会員はいわば主宰という読者のために俳句を作っているのだ。句会で点数が入ると嬉しいが、主宰から選がないと寂しいと感じるのはそのためである。逆に会員に採られなくても主宰が採ってくれればそれで十分である。むしろ主宰だけにしか採られなかった方が嬉しい。そう考えると、会員は一義的に主宰に読んでもらうことを目的として俳句を作っているということになる。主宰の選を信頼し、主宰の俳句観に敬意を持つことで会員は俳句を続けられる。逆に、主宰も会員を信頼することで読むことに力が入り、鑑賞もより深く進む。また、そのことで主宰自身に新たな発見があるかもしれない。

この俳句における作者と読者の特異な関係は、俳句そのものの特異性でもある。つまり、俳句は作者の手を離れたときには未だ完成しておらず、読者の想像力と鑑賞力をもってはじめて作品として完結するのである。いわば、読者の感性や人生観がこの創作活動を完成させる。だから、作者と読者の信頼関係が強いとその分、作品は力を持つ。耕二と秋櫻子の関係を見ているとそのことを強く感じる。『鳥語』、『踏歌』での秋櫻子の序文に見られる耕二への期待と信頼、耕二の俳句に見られる秋櫻子への信頼と薫陶の成果は、まさに二人の師弟関係の強さを示しており、そのハーモニーこそがこれら句集の力になっている。

そう考えると、俳句における師弟関係は単に重要であるというレベルではなく、むしろ力のある俳句を生み出す上で必然の環境ではないかと思える。お互いの生き方、人生観をどれだけ理解し合い、尊愛し合えるかが俳句の力を決めるからだ。耕二は〈俳句は生きる姿勢〉と主張したが、実は師弟関係の根幹部分をも指摘しているのである。師弟関係というのは、俳句を生み出す土壌と考えられるが、土壌はお互いが生きる姿勢に共鳴し合うことで深く肥やされていく。耕二は秋櫻子をめざして土壌を作り、生涯、肥やし続けた。生きる姿勢を照らし合うことで土壌を輝かせた。「世にも美しい師弟愛」とは、その土壌を肥やす「馬酔木」の光だったのである。

俳句の結社

結社の存在意義

前章で俳句における師弟関係は必然の環境と論じた。しかし、もしそうなら何も結社である必要はなく、師と弟子の一対一のかたちでもいいはずである。しかし、俳句の世界では、主宰を頂点にした結社という形態の中で師弟関係が成立している。なぜ結社なのだろうか。

以前触れた昭和三十三年の「馬酔木」は、水原秋櫻子を頂点に同人と一般会員で構成された結社だった。人数にして二千人を超す大所帯で、「ホトトギス」の雑詠欄にあたる「馬酔木集」が一般会員の俳句作品発表の場だった。ここでは、会員の俳句作品の質に応じて、発表する句数と掲載順序が決められた。決めるのはもちろん主宰の秋櫻子である。それが五句欄から一句欄まであった（耕二はその中で二度巻頭を飾った）。

会員数が二千人を超すなか、秋櫻子は毎月自ら選句し、会員の掲載順序を決めていた。毎月の順序が前に上がったり、後ろに下がったりすることで多くの会員は一喜一憂したことだろう。

このやり方は、よき作品、よき俳人を生み出すため、会員間の切磋琢磨を促すことが目的で、そのことが「馬酔木」の活性化に繋がることを秋櫻子は知っていた。高度成長と学歴社会という時代背景もあと押しした。「選後小憩」を読むと、会員のモチベーションをいかに向上させ、俳句の勉強を促すかに秋櫻子が腐心していたことがよくわかる。また、「馬酔木」を優れた俳人集団に作り上げ、その運営を堪能していた様子も伝わってくる。

当時の「馬酔木」の運営の仕方から思うことは、結社は俳句道場のようなものだということである。道場主である主宰は会員と一対一でつながるだけでなく、会員相互の競争心を煽ることで向上心を引き出していった。また、主宰がどういう選句をし、どう順序づけているかを知らしめることで、主宰の俳句に対する理念や考え方を伝えた。その器として結社が機能していた。主宰の側からみればそういえるだろう。

一方、会員側からみれば、同じ俳句理念の道を進む仲間がいるというのは心強い。そもそも俳句は創作の現場として「座」を必要とする。これは、創作活動は一人ではできず、前章でも述べたように、受け止める読者がいてはじめて作品が完結するからである。「座」というのは、いわば仲間という多くの読者がいる場である。そこでは、主宰の俳句理念や考え方を基に共通感覚や認識ができ上がり、その基準で作句方法や読む力が鍛え上げられる。それが俳諧の時代では連衆であり、現代では結社であるといえるだろう。俳句を学び、作品が鍛え抜かれるためには、「座」としての修業の場がどうしても必要なのである。

ここで、結社では何を修業するかをもう少し突っ込んで考えてみたい。というのは、結社は、主宰と一対一の師弟関係だけでは得られない部分を持っているからだ。

秋櫻子は、耕二が鹿児島にいたとき、毎月の耕二の投句の中で類想類句が必ず一句混じっていると指摘した。それを避けるためには、もっと「馬酔木」の句会に出ることが大事だと助言した。それは、まず多くの人の句に接し、主宰や同人がその中でどういう句を選ぶかを学べということだったのだ。結社では、自身の句を出すことで評価を受け、作句力を鍛えていく。これが一義的に結社が俳句修業の場といわれる所以だ。しかし、人の句に多く接することで、読む力、選句力を鍛えることも同じくらい、あるいはそれ以上に重要である。そのとき、他の人の句が主宰や同人にどう評価され、選句されるかを同時に学びとることができるのである。「選は創作なり」と高浜虚子は言ったが、蓋し名言である。ここに結社の存在意義があり、師弟関係だけでは得られないものがある。つまり、作句と選句両方の力を結社という座で鍛え上げるのである。さらに加えるなら、主宰の俳句観に裏打ちされた選句の指標という基準が結社内にあるから、一本筋が通っていて、修業の場となり得るのである。

結社の強さ

さらに、「馬酔木」の画期的なところは、同人欄を設け、同人は自らの選で作品を発表していたことである。つまり、同人は秋櫻子の選を受けなかった。この点が「ホトトギス」の虚子一辺倒とは違う結社のあり方である。「客観写生」をスローガンとして大衆化の道を拓いた虚子に対し、秋櫻子は近代的な自己表現をめざした。主観、自己というものこそ近代俳句の要であると考えた秋櫻子にとり、この同人欄のあり方も、その具体的な現れであっただろう。俳人は大衆ではない、一人一人が自己をしっかりと持った作家であるという意識である。

そのせいか、同人欄にいた俳人の一部は既に自身の結社を持っていたか、あるいは、新たに結社を起こした。たとえば、石田波郷の「鶴」、加藤楸邨の「寒雷」、藤田湘子の「鷹」、能村登四郎の「沖」などである。鈴木六林男のいう「俳句は作者が読者を選ぶ形式である」とすれば、「馬酔木」の同人は既に秋櫻子の選を受けていないのだから、自身が読者（主宰）となって新たな結社を起こすことになるのは当然の帰結だったかもしれない。また、「馬酔木」で鍛えた俳人たちが、「馬酔木」の衛星結社であるかのように独立していくことを秋櫻子も望んでいたのかもしれない。俳句表現において主観を主張した秋櫻子は、俳句作家としても自己を打ち出す作家を期待し、育成した。会員から同人に上がった俳人は、いわば免許皆伝を得たように次のステップへ移った。「馬酔木」はそんな結社のあり方を率先して実行したといえるだろう。

一方、編集長として「馬酔木」を背負った耕二は、秋櫻子の俳句理念を体得し、秋櫻子の考える「馬酔木」を一層押し進めた。既に述べたように、結社は単なる師弟関係の集合体ではない。同人や会員の質的向上を図ることで結社は強靭となる。そのためには、同人や会員が絶えず切磋琢磨することが必須である。結社では主宰との縦の関係だけでなく、会員との横の関係も重要なのである。横の相互作用により結社は活性化される。

耕二が「亀研」の活動を推進し、『葛飾』について同期仲間を秋櫻子との座談会に出席させたのは、まさにその一環である。主宰の俳句理念を誰よりも理解し、率先してそれを結社内に知らしめ、具現化していく、それが編集長の最大の役割であると耕二は認識していたのだろう。秋櫻子との師弟関係が誰よりも強く、太かった耕二だからこそ実行できたのである。

当時の「馬酔木」という結社の幸せは、秋櫻子という明快な俳句理念を掲げた主宰を持ち、耕二というその理念を具現化できる編集長を持ったことであろう。畢竟、結社の強さとは、縦軸の強力な師弟関係がまずあり、その上で横軸の会員相互の切磋琢磨により実現されていくものなのだ。そう考えると、当時の「馬酔木」は結社のあるべき姿を実現していたといえる。

結社の本質

今日、俳句界は〈超結社の時代〉といわれる。それは、同人誌や超結社句会、それにインターネットが台頭し、結社にいなくても作品発表、自己鍛錬、批評活動ができる環境が整っているからだ。また、必要なら個人的に師弟関係を結ぶ俳人もいる。これまでは、そうした俳句活動をワンセットで得られるのが結社だったが、現在は一つ一つの俳句活動を個別に選ぶスタイルを取る俳人が増えている。なぜだろうか。

耕二の時代の「馬酔木」と照らし合わせてみると見えてくるものがある。一つは師弟関係の希薄さ、あるいは価値の低下。もう一つは結社内での切磋琢磨の弱さである。結社の意義であるこれら縦、横関係のあり方が弱くなっているのである。

そもそも結社という言葉自体、現代社会では異様な響きがする。何か地下活動でもやっているような怪しげな響きである。そのことは時代錯誤のイメージをもたらし、若者の結社離れを助長しているかもしれない。事実、私自身も最初に結社と聞いたとき、違和感をもった。でも、それは結社の二面性からくるのではないか。つまり、文学運動体と経営体という二面である。前者は俳句を志し、自ら師を選ぶという強い意志発動で成り立つ。いわば俳句修業の場としての結社である。結社という言葉はこの面からきているのだろう。後者はいわゆるサロンや仲良しクラブとしての結社である。厳しい俳句修業よりも仲間と俳句を楽しむ場として結社を運営した方が会員は増える。経営も楽になる。結社という言葉に今日違和感があるのは、多くの結社が仲良しクラブの面を強く持っているからだろう。

耕二の時代は、高度成長とそのあとの豊かさが中流層を形成した時代だった。ちょうど主婦層が俳句に流入し始めるあたりまでの時代である。主宰クラスは、「馬酔木」の秋櫻子のように、新興俳句を創出した一世の俳人が主だったので、結社はまだ文学運動体としての匂いを帯びていた。

しかし、耕二の時代から半世紀近くたった今日、俳句人口は増え、結社の数も増えた。主宰クラスも二世、三世と変わってきたが、その分、厳粛性は薄れ、サロン的な性格が増した。いわば大衆性の台頭であり、これを頭から否定すると結社としての存続が難しくなる時代となった。ところが、この動きに迎合しすぎると、今度は文学運動体としての結社を望む会員から反発を呼ぶ。その結果、超結社の動きへ走ることになる。

　このように、今日の時代は会員の目的意識が多様化しているので、耕二の時代のように、文学運動体主体のあり方では結社は成立し得なくなっている。しかし、信頼に基づく師弟関係と会員間の切磋琢磨という二点は、結社として絶対に失ってはいけない本質的な部分であり、かつ、結社にしかできないことである。そこから師の俳句の精神、生き方を伝え、それに重ねて一人一人の俳人が自分の生き方を見出していく。そのことを耕二の「馬酔木」が教えてくれた。

　今日の結社は、文学運動体と経営体という両面のバランスを取る必要がある。そのためには開かれた感覚が結社に求められる。超結社の動きには、修業の場のバリエーションを増やすという感覚が必要だし、大衆性の動きには、今後老齢化社会が進む中、結社が社会のコミュニティの一つとして役割を果たすくらいの使命感を持つ度量が必要だろう。ただいずれの場合も、先述の結社の本質部分をしっかり持っていないと、結社は蛇蜂取らずの状況に陥ってしまう。主宰は優れた読み手であり続け、会員は切磋琢磨してレベルの高い作者と読者への努力を継続する。そうすることで結社は活性化し、超結社の活動もサロン的な親睦も共に堪能できる存在となり得るのである。

俳句形式との闘い

俳句を選び直すということ

　これまで俳句を作る上での土壌として、師弟関係や結社について論じてきたが、この章では、なぜ耕二が俳句を選んだのかを検証し、抒情や主観表現という俳句の本質部分を論じてみたい。

耕二は、俳句を作る人はどこかで一度、自己表現の道としてこの詩型を選び直すものだ、逆にそういうことがなければ、その人は真の俳句作家といえないのではないかと書いている。実際、耕二自身は生涯に二度、俳句を選び直した。

そもそも耕二が俳句を始めたのは、先輩からすすめられたからである。昭和二十八年、十六歳の高校生のときである。当時、俳句は隠居文学といわれ、また、桑原武夫のいわゆる第二芸術論の余波がまだ残っていた。一方、社会は内灘闘争（昭和二十八年）、砂川事件（昭和三十〜三十二年）、第一次安保闘争（昭和三十四年〜三十五年）と、反政府、反米運動が次々に展開する時代だった。この時代相への関心は、俳人の中にも起こり、「社会性俳句」勃興の起因となったりもした。

しかし、耕二はそうした動きには興味なく、また、短歌に表白するだけの心理的屈折もなかったため、俳句を作る理由根拠を探すのに苦労した。詩や短歌へ転じようと思ったこともあったようだが、それでも俳句を続けたのは、その無思想性とともに僅か十七音の定型で詩が完結することに魅力を感じたからである。また、口下手で饒舌を好まない性格から、俳句に生理的な親近感を持ったことも理由の一つだった。

しかしながら、俳句に対する劣等意識は続いた。あるとき、耕二は、小林秀雄の『私の人生観』を読み、「俳句ぐらゐ寡黙な詩型はない、と言ふより、芭蕉は、詩人にとって表現するとは黙する事だといふパラドックスを体得した最大の詩人である」という一文に出合った。体内に衝撃が走ったという。この一文に励まされ、耕二は「馬醉木」（昭和三十六年三月号）に「沈黙の詩型」という小論を寄せた。そこには、抒情の回復を唱えた秋櫻子と、一頁一句による余白の魅力を句集で示した波郷への思いがあった。最後に残った十七音の言葉に対するぎりぎりの愛情が俳句の抒情の方法だと論じ、俳句を「沈黙の詩型」と称し、俳句への信頼を示したのである。鹿児島時代のことで、耕二がはじめて俳句を選び直したときである。

このあと耕二はスランプに陥るが、登四郎との出会いを契機に上京を決意。以後、秋櫻子のもとで「馬酔木」の編集に携わり、俳句への信頼を深めていった。遷子の死に触れ、寄稿した「俳句は姿勢」（「沖」昭和五十二年十月号）で俳句は自己変革を迫る厳しい形式、生きて行ずる人の姿勢だと論じた耕二は、この小論で、生きざま、生き方として俳句を捉え直している。秋櫻子は勿論のこと、寡黙恬淡、孤高の登四郎、爽涼端正、高潔高邁な遷子など、「馬酔木」諸先輩の生き方を学び、今一度俳句を見つめ直した小論である。十六年前の「沈黙の詩型」で、自己表現の形式として捉えた俳句は、ここにきて人生と等価という捉え方にまで深化した。

俳句は抒情詩

耕二は俳句を二度選び直したと書いたが、俳句への思い、信頼は終始不変だった。選び直したというより、再確認したというべきかもしれない。

ところで、「馬酔木」という結社は、抒情と調べを大切に、伝統を守りつつ革新をめざすことを旨としている。いわば抒情は「馬酔木」の俳句の根幹といえる。「馬酔木」の圧巻は、昭和三十五年から一年以上かけて、抒情の特集を組んだことである。当時の俳壇の内外から稿を集め、毎月掲載した。その特集の中で平畑静塔は、抒情を「人間存在の本質にかかわる高度な感情を抒べる」（「馬酔木」昭和三十五年一月号）と定義づける。耕二自身は、抒情を「人間の生命の表白の方法」と「沈黙の詩型」で記しているが、抒情とは生命感の表現と考えていいだろう。

近代の俳句史で抒情をみてみると、虚子の唱える「客観写生」は俳句の大衆化に貢献したが、ありのままを描くという部分が強すぎたため、抒情を隅に追いやってしまった。そこで抒情の回復が叫ばれ、秋櫻子の万葉回帰による抒情の復活が起こった。秋櫻子の狙いは、それまでの季題趣味の俳句の世界を近代知識人としての主観を描くことで一新することにあった。この動きは、自我を基調とする近代文学において、俳句も近代的な自己表現の抒情詩であるとする秋櫻子の自負でもあっただろう。

秋櫻子の瑞々しい抒情への回帰は、国文学を専攻する耕二には鮮烈だったにちがいない。なぜなら、そこに明快な文学への自覚があったからだ。近代以降、自我が叫ばれたが、自我の声の詩的表現こそが抒情の精髄である。秋櫻子が虚子の「客観写生」に苛立ち、主観を主張したのは、抒情詩の出発点はあくまで作者の個性、つまり主観にあると考えたからだ。主観は常に抒情詩の本質であり、そこに文学たる所以がある。詩人の務めは、力をもった言葉を多くの言葉の中から発見することで、今は失われてしまった言葉の個性を復活させ、抒情を取り戻すのが詩人であり、その点を最も厳しく追求するのが短詩型の俳句だと耕二は考えた。この主張の原点にあるのは、俳句は抒情詩であり、俳人は詩人であるという思いである。そして、抒情詩人の典型が秋櫻子なのである。

主観表現

既に述べたように、抒情詩というのは主観表現である。しかし、俳句のような短詩型には主観への抵抗が強い。俳句という器は、主観が強ければ強いほど抒情がはみ出してしまう。故に、俳句は抒情詩といい切れるのか、意見の分かれるところである。しかし、耕二は迷いもせず俳句は抒情詩であり、それこそが俳句の本質だと考えた。それでは、耕二は俳句における主観の問題をどのように消化したのだろうか。

よき詩人は、感動を語る欲求を抑え、祈りをし、祈りの中で言葉を得る。したがい、詩人はまず最初に、沈黙することが唯一の表現であるとの思想を持たなくてはいけない。俳句においても、今一度この沈黙の意味を考え、饒舌を避け、最後に残った十七音の言葉に対するぎりぎりの愛情をもって人に訴えるべきである。それ以外に俳句における抒情の方法はあり得ない。

以上が「沈黙の詩型」における耕二の主張の骨子である。耕二の論はたしかに主観の問題を巧みに解消しているかにみえる。しかし、実際に俳句を作る段になると、俳句形式に主観を溶け込ませることは容易ではない。俳人は常にそのことと葛藤し、また実感しているはずである。「本当の詩人とは、凡庸な人間が苦しまないところを苦しんで表現する人をいうのだ」と耕二はいう。耕二自身も俳句に主観を溶け込ませることは容易でないことはよくわかっていた。だから「沈黙の詩型」では、けっきょく、この問題を作家根性の問題であると結論づけているのだ。俳句の本質論を精神論にすりかえた感は否めないが、そうならざるを得ないところに、実は俳句というものの正体があるように思える。さらに、十六年後の「俳句は姿勢」では、作家根性のあり方に一歩踏み込んで、沈黙が読者の心を打つまでには、長い間の俳句形式との孤独な闘いが必要だと論じている。踏み込んではいるが、ここでも精神論の域は出ていない。

俳句は抒情詩であるという視座を持つ場合、十七音という短詩型とどう折り合いをつけていくかが主観表現の要諦である。抒情詩の面では、WHATにあたる主題、つまり、何を詠むかが重要であり、短詩型の面では、HOWにあたる表現手法、つまり、いかに叙述や詠嘆を断絶するかが肝要であると私は考える。季語、切字、文語はまさにそのための本質的な要素である。ここのせめぎ合いが、耕二のいう「本当の詩人とは、凡庸な人間が苦しまないところを苦しんで表現する人をいうのだ」ということなのだろう。

それでは、俳句における主観はどのようにして表現されるのだろうか。私は、着眼（主題性）、表現（言葉の発見、選択）、調べの三位一体から醸し出されるものが主観ではないかと考える。この三位は、それぞれ俳句を作る工程に呼応する。俳句を作る工程とは、もののリアリティをよくつかみ、そこから情のリアリティに移り、さらに詩としてのリアリティに高める、という一連の流れである。その結果、生まれてきた抒情詩は、主観を表現することになる。その抒情詩の性質は、もののリアリティという具象性を基にしているので、硬質、強靭で乾燥しているが、それ故に純粋な生命の響きを帯びるのである。

もののリアリティを把握する段階では、主題の捉え方が出発点になる。何にどう「着眼」するかである。この段階では、理屈ではなく、感性やものの見方が出発点を決める。感性は、耕二のいう生きる姿勢から生まれ出てくるものだろう。その上でものを写生し、主観でとらえ、最終的に客観移入することでもののリアリティを見定めていくことになる。

次に情のリアリティだが、ここでは耕二のいう力をもった言葉を多くの言葉の中から発見することが大事である。その上で言葉と言葉の奏で合いを吟味し、言葉同士のひびきや関係性を創り出していく。この作業が「表現」であり、「表現」を固めることで情のリアリティが打ち出されるのである。

そして、最後は抒情詩としての仕上げである。ここでは、韻文としてのリズムに仕立て上げ、俳句として「調べ」を創り上げる。秋櫻子の『葛飾』の序文にいう「如何にして心を調の上に表はさんかといふことに苦心した」というのは、まさにこの段階に当たるだろう。

これら三つの段階それぞれに俳句の苦しみがあり、醍醐味がある。優れた主観というのは純粋客観に近いものである。というのは、俳句では作者の感情でなく沈黙が読者に伝わったとき、最も大きな共感と感動を呼ぶからだ。だからといって、主観が全くにじみ出ないと作者の抒情は伝わらず、類想句に陥ってしまう。この加減が厄介なところで、まず、抒情は何にどう着眼するかでその質が決まる。俳句の個性もここから出発する。それに言葉を発見、選び出し、調べを奏でることで抒情性ある主観表現が生まれるのである。

次章では、耕二の俳句作品を具体的に取り上げ、俳句は抒情詩かどうか、そこに主観表現がどう展開されているかを考察したい。着眼、表現、調べという三つの視点を踏まえ、耕二俳句、ひいては俳句そのものを追究する。

抒情と主観表現

着眼と表現

俳句は抒情詩であり、俳人は詩人である。これが耕二の俳句への基本的な考えであることを前章で指摘した。それでは、実際の俳句作品において、耕二はどのように抒情を詠んでいるのだろうか。いい換えれば、抒情の本質である主観をどのように表現しているのだろうか。

昭和五十三年一月号の「俳句研究」に耕二の代表作自選十五句が掲載されている。自選の代表作というだけあり、どの句もそのときどきの耕二の感情がうまく表現されている。このうち次の八句を取り上げて、主観表現をみてみたい。

萍の裏はりつめし水一枚　（『鳥語』昭四十）
明星と逢ふまでこともなき花野　（『鳥語』昭四十二）
子の蜥に妻ゐて妻もうすみどり　（『鳥語』昭四十三）
泣く吾子を鶏頭の中に泣かせ置く　（『鳥語』昭四十四）
紅葉して桜は暗き樹となりぬ　（『鳥語』昭四十六）
水打つやわが植ゑし樹も壮年に　（『踏歌』昭四十八）
落葉松を駈けのぼる火の蔦一縷　（『踏歌』昭五十）
浮寝鳥海風は息ながきかな　（『踏歌』昭五十一）

主観表現は、着眼、表現、調べの三位一体から醸し出されると述べたが、まずは着眼と表現の観点から論じてみる。

一句目は、「萍の裏」へ着眼し、「水一枚」という措辞で作者の緊張した気分を表現している。作者のはりつめた気持が向上心の強さを感じさせてくれる。二句目は、「明星と逢ふまで」へ思いを向け、「こともなき」という措辞により、明星と出会ったあとの花野をいきいきと描いている。生涯の伴侶との出会いの喜びをいい表したのかもしれない。花野が美しく輝いている。三句目は、子と同じ幮にいる妻に目を向け、「うすみどり」と表現することで妻が子と同化している姿を描写する。子を包み込む妻が母親へ昇華する姿を下五の措辞がいい止めている。妻子の健やかな眠りを見守る作者の幸福感、安堵感が幻像的な景とまろやかに溶け合っている。四句目は、「鶏頭の中」に着眼することで、「泣かせ置く」の措辞が作者の信条と子を思うあたたかさを伝え得ている。五句目は、「紅葉する桜」に目を向け、それを「暗き樹」とみて取る。そこには作者の深い洞察と屈折した心が読み取れる。六句目は、「壮年に」に着眼し、自分で植えた「樹」への共感と壮年となった作者自身の感慨を重ねている。上五に「水打つ」の季語をぶつけることで、作者の共感と感慨をうまく収斂させている。七句目は、「蔦一縷」の勢いに着眼し、「駈けのぼる火」という比喩を用いることで蔦の命の力強さを表現している。最後の句は、「浮寝鳥」が気持よさそうに眠る姿と「海風」の温感に着眼し、「息ながき」という措辞で海の温度や風のやさしい感触を巧みに伝えている。

以上、各句が何に着眼し、それをどう表現しているかをみてみた。どの句も耕二の生活や感情を反映していて、作者の主観がそこに表出されている。「妻」や「吾子」を詠んだ三、四句目は、人事句だけに作者の思いが容易に伝わるが、「萍」、「花野」、「紅葉」、「水打つ」、「蔦一縷」、「浮寝鳥」

の句においても、作者の息吹が季語と呼応してはっきりと感じられる。それぞれ、緊張感、美感、屈折感、共感、生命感、清朗感、といった具合である。どの句も主観の質と方向性が表されていて、俳句としての抒情を詠み得ている。

表現と調べ

さらに一句一句の表現手法や調べに焦点を当ててみると、耕二の主観表現の特徴が浮かび上がってくる。まずは体言止めの多用である。掲出句でも八句中四句が体言止めだ。これを十五句まで広げてみても九句あり、耕二の全句まで広げると半分近くを占める。その割に「や」、「かな」、「けり」の切字は少ない。掲句でも二句だけである。これは格調を重んじる耕二にしては意外に思えるが、体言止めも切れであることに変わりはない。叙述性の断絶を図るため、耕二は名詞による切れをより活用したということだろう。

では、なぜ耕二は名詞切れを多用したのだろうか。そもそも秋櫻子は切字の使用に否定的だった。切字は散文性を切り、余情を生み出すたいへん有効な手段だが、過度の切字依存は詩人としての責務を自ら放棄する不誠実な態度だと秋櫻子は考えた。なぜなら、切字の多用は型に嵌った表現に陥ってしまうからだ。調べに自在さがなくなり、作者の心を失う危険性があるのである。調べの自在さこそが主観表現の真髄と思っていた秋櫻子にとり、そのような事態は、俳句が抒情詩として成立し得ないことと同義なのである。抒情と調べを最も大切にする「馬酔木」にとってこのことは根幹の問題なので、耕二も切字の使用に慎重だったのではないかと考えられる。

実際、第一句集では体現止めは四割程度だが、秋櫻子のもとで編集長となった第二句集以降でみると、その比率は半分まで増える。叙述性の断絶手法として、より名詞切れの方向に進んでいったことがわかる。力ある言葉を発見し、発見された言葉を調べに乗せて、抒情を詠い上げる。それが詩人の務めであると考えた耕二は、その務めを誠実に突き詰めた。その結果が名詞切れの活用なのである。また、硬質な響きが饒舌を好まない耕二の体質にも合っていたということもあるだろう。

それでは、具体的に名詞切れの句における調べをみてみよう。

まず「萍」の句は、内容そのものが既に緊張感をたたえていて、名詞で止めたことで緊張が極限にまで高まる効果を出している。「花野」の句は、句またがりと併用することにより、「明星と逢ふまで」とそのあとの「花野」との対比がくっきりと示される効果を生んでいる。「蟵」の句は、リフレインとの併用がすっぽり嵌り、終止の形が鮮やかに決まっている。この手法は、登四郎の「沖」調の影響かもしれない。《春ひとり槍投げて槍に歩み寄る》《今日の雲けふにて亡ぶ蟻地獄》など、登四郎もリフレインをよく使った。「蔦一縷」の句は、隠喩との併用である。「駈けのぼる火」という比喩が、点火されて一気に走り出したかのように思わせ、名詞で止めることで蔦の終点まで火がたどりついたかのように感じさせる。実に巧みな表現手法である。

それでは名詞切れでない句はどうだろうか。「鶏頭」の句は、終止の形が「泣かせ置く」と散文調である。しかし、ここでもリフレインの手法を取り入れることで、調べが単調になるのを避け、リズムを生み出している。また、この句は山口誓子の「映画のショットのように俳句を作る方法」に近いのではないだろうか。まず、「泣く吾子」というショットで吾子の泣いている姿を示し、次に「鶏頭の中に」で鶏頭がたくさん咲いている景を示す。そして、最後に泣き続ける吾子を鶏頭の中に置くというショットを持ってくる。「吾子」と「鶏頭」という二つのものが別々のショットで示されながら、最後にそれら二つが同居し、一つのショットとして提示されるのである。そうすることで、ショットの前後に現実の時間が流れていることを感じさせる。時間の流れを表現するなら途中で切れてはいけない。「や」などの切字を用いないのはおそらくそのためだろう。この句における切れは、下五の「泣かせ置く」である。「泣かせ」、「置く」と二つの動詞を畳みかけることで、句としての切れの効果が生まれるのだ。ちょうど誓子の《夏草に機罐車の車輪来て止る》の「来て止る」と同じ手法である。中八も不思議に気にならない。

次に「紅葉」の句をみてみる。この句は、「紅葉して」で軽く切れる。この切れが重要である。なぜなら、眼目である「暗き樹」をクローズアップする必要があるからだ。そのためには、春に絢爛たる花を咲かせる桜だからこそ、紅葉したときの凋落が大きいことを表現しないといけない。「桜紅葉」と一つの言葉にしてしまうとその落差は表現し得なくなる。ここはどうしても「紅葉して」で軽く切る必要があるのだ。この切れが「桜は暗き樹となりぬ」というように、桜に限定したいい切りを可能にする。そのことで表現と調べがうまく調和し、作者の発見を断定的に表出し得るのである。

「水打つ」の句は、切字の「や」で切っている。自身も植えた樹も壮年になったという作者の感慨と共感を「水打つ」に収斂させるのである。だから、ここはどうしても「や」で切る必要がある。樹も自分自身も夏の暑さに負けないために、「水を打つ」。それにより共に夏に向き合う姿が明確に打ち出されるのだ。「や」の切字の効果だろう。

最後に、「浮寝鳥」の句は、「かな」の切字を巧みに使い、冬うららかな雰囲気を醸し出している。海の光の明るさや紺碧の空が想像され、海風が穏やかに感じられる。浮寝鳥はさぞかし気持よく眠っていることだろう。明るく伸びやかなこの句は、読者を心地よくしてくれる。それは、「かな」止めによるゆったりとした調べが余韻を残すからである。

以上、名詞切れの句は、内容そのもの（緊張ある内容）、句またがり、リフレイン、隠喩といった手法との取り合わせにより、美しい調べを創出している。それ以外の句では、映画のショット法、言葉の分解による軽い切れ、「や」、「かな」の切字を用いて、切れによる調べを打ち出している。どの句も表現、調べともに入念に練り上げられているので、句姿、形とも乱れがなく、先述した作者の息吹とともに、着眼、表現、調べの三位が一体となって、硬質の抒情を詠み得ている。

詩人の責務

耕二の俳句は有季定型を守り、端正な句姿である。俳句形式に対する表現態度の真摯さが根底にあるので、句に安定感がある。若さは時に定型を踏み外すこともよしとすることがあるが、耕二の句にはまったくみられない。定型に対して謙虚であり、その枠内に懸命に耐えている姿すら感じられる。それゆえ、情がみだりに流れず、句に緊張感が生まれる。「萍」の句はその典型だろう。耕二はその緊張感に苦しみながらも、力ある言葉を発見し、よき調べを奏でることに腐心し、詩人の務めを果たそうとしている。だからこそ、句に誠実さと親しみが感じられるのである。

「形式というものは、それは最初から守るべきものとして定められているものではなく、われわれが用いるために選ぶものである」（「沈黙の詩型」）と耕二は書いている。そもそも俳句を表現形態として選んでいるのだから、その形式を乱したり、否定したりする謂れもないのである。それでも、端正な句姿の裏には若い詩人の苦闘と忍耐があり、窮屈さを感じさせるのも事実である。しかし、こうしてみてくると、窮屈さの正体は俳句という器に抒情を詠み込もうとする詩人の責務の現れなのではないかと思える。そして、その姿勢こそがまさに抒情詩人なのである。

俳句における主題性

「芸」と「文学」

俳句は「座の文芸」とよくいわれる。この「文芸」という言葉の意味するところをもう少し踏み込んで考えると、俳句における主題と表現の問題を表し得た言葉なのではないだろうか。そのことは、中村草田男の「萬緑」創刊号（昭和二十一年十月）を読むと一層明白になる。

一個の俳句は、飽くまでも「芸」としての要素と「文学」としての要素から成立して居り、又、成立させなければならない筈のものである。「芸」とは俳句の有機的特性に関する制約の一切を指し、「文学」とは、作者としての内面に於ける、人生、社会、時代の生活者としての無制約の豊富な内容を指す。

ここに草田男の俳句観、つまり、「芸」と「文学」の統合という考えが鮮明に出ている。草田男のいう「芸」は、いい換えれば、「どのように詠むか」ということであり、「文学」は、「何を詠むか」ということになるだろう。

俳句は短詩型なので、「芸」の部分が極めて重要となる。「芸」は作品そのものを決める要素であるといっても過言ではない。今日の俳句は、もっぱらこの「芸」の部分で苦闘しているといえるかもしれない。しかし、そもそも何のために「芸」を磨くのかといえば、詠むべきもの、つまり、主題を読者に感動をもって伝えたいからである。それでは、俳句の主題とは何なのだろうか。そのことを考えるためには、新興俳句の流れを大雑把に見てみるのが手っ取り早い。

新興俳句と「ホトトギス」

新興俳句は、秋櫻子が「ホトトギス」を離脱して口火を切ったといわれる。そのとき俳壇には、高浜虚子の「ホトトギス」が大きく聳え立っていた。虚子は、「俳句は自然(花鳥)を詠い、自然(花鳥)を透して生活や人生を詠い、自然(花鳥)に依って志を詠う文芸である。花鳥(自然)諷詠は俳句自身の謂である」という。つまり、俳句は「花鳥諷詠」の文学だというのである。また、岸本尚毅は『俳句の力学』で、虚子の花鳥諷詠には、「俳句が人の生死・月日の運行・花の開落・鳥の去来など一切の現象を説明する哲学たり得るという俳句観がある」と述べている。この俳句観に立てば、俳句の題はすべて季となり、それをどう表現するかが肝要だということになる。ここでいう題とは音楽や絵画でいう表題のようなものである。「花鳥諷詠」は季題を詠むことであり、それをどう表現するかがいわば「花鳥諷詠」のテーマ(小さな主題という意)となる。だから、「極論すると『俳句とは季題を演じること』」となるのである。

これに対し、秋櫻子は抒情の回復を図り、主観的抒情を追及するため、「ホトトギス」に反旗を翻した。秋櫻子の行動に刺激された俳人は、俳句を革新するべく大きな運動を展開していった。このうねりは、時代性とともに無季俳句や人間探求の俳句、そして戦争俳句へと進んでいった。さらに戦後は、根源俳句、社会性俳句、そして、前衛俳句へと広がった。それだけのうねりをもたらした背景には、昭和二十一年の桑原武夫のいわゆる第二芸術論の影響も大きかったが、表現のありにとどまらず、そもそも俳句は何を詠むのかという主題をも問う文学的追求があったからだろう。要は、俳句とは何かということに俳人が真剣に考え、向き合った結果なのである。

新興俳句の主題は、草田男がいうように、人生、社会、時代といった人間世界そのものの内容にまで及んだ。例えば、草田男の《蟾蜍長子家去る由もなし》は、季語の象徴作用により自己の生き方を示し、句を重層化して宿命の受容を抒情的に詠み上げた。連作構成の俳句を創出した高屋窓秋の《ちるさくら海あをければ海へちる》は、純化された美の世界を意志的に描き、当時のナショナリズムの精神とも響き合い、俳句を近代詩のレベルにまで引き上げた。戦争俳句の傑作を残した渡辺白泉の《戦争が廊下の奥に立つてゐた》では、「戦争」という言葉が季語を超克するとともに、時代性を批判的に詠み込んだ。「天狼」時代に根源俳句を追求した永田耕衣の《恋猫の恋する猫で押し通す》は、夜を徹して鳴き立てる恋猫を詠んで、存在の根源を突き詰めた。社会性、前衛俳句の代表である金子兜太の《銀行員等朝より蛍光す烏賊のごとく》は、自己を社会との関連のなかで考え、社会的な姿勢で句を詠んだ。

主題はそれぞれ違うが、いずれの句も時代性と革新性があった。そこには、当時の社会に生きる人間の思いに詩情を見出し、花鳥諷詠とはちがう世界を俳句という短詩型に詠み込み、俳句の可能性を追求していく姿勢があった。近代俳句は新興俳句によって活性化し、豊穣なものになっていったといえる。美意識やナショナリズム、社会の宿命や矛盾、戦争といった主題は、時代性とともに切実に詠まれたが、その中心に常に自己の存在が意識されていた。自己への意識は、俳句は近代文学であるという意識といい換えてもよく、そうした文学的な姿勢が「何を詠むか」ということを突き詰めていったのである。

一方、「ホトトギス」は、新興俳句のようには分化しなかった。おそらく、何を詠むかは自明のことだったからだろう。「ホトトギス」は、「花鳥諷詠」という大きな俳句観で覆われているため、その覆いの中でいかに句を表現していくかに注力すればよかったのである。俳句で何を詠むかという文学論など不要で、季題を詠むことで俳句を深化していけばよかった。この俳句観には一方で、死をも自然界の理法とみなす仏教的無常観が存在する。一種の宗教的思想に近いかもしれない。

また、高浜虚子という巨人の存在も大きかっただろう。虚子は、桑原武夫のいわゆる第二芸術論に対し、「俳句はせいぜい第二十芸術くらいのところか。十八階級も特進したのだから結構じゃないか」と言ったとされる。肩透かしを食らわすような発言だが、新興俳句に比べ、明らかに肩の力の入り（抜き）具合が違っていたといえよう。

このように、新興俳句を「花鳥諷詠」と対比してみると、俳句の主題性という問題がにわかにくっきりとしてくる。新興俳句は、まず主観（自己）ありきであり、「花鳥諷詠」は季題ありきである。

この出発点、スタンスの違いは、俳句に対する近代文学への意識の濃淡からきているのだろう。

耕二俳句の主題性

しかし、秋櫻子の「馬酔木」はこうした新興俳句とは一線を画し、あくまで有季定型を守りながら抒情美を追求していった。その原点にある『葛飾』は、外光派の絵のように明るく、青春性に富み、主情的で想像力豊かな句集だった。抒情の瑞々しさは多くの俳人を魅了したが、その中でも秋櫻子への傾倒ぶりが生半可でない俳人が耕二以前にもいた。その俳人は、二十一歳で「馬酔木」の巻頭を飾り、戦後の厳しい時代に清新な青春句集『途上』を上梓して、華々しく登場したのである。

雪しろき奥嶺があげし二日月

夕月や雪あかりして雑木山

夕星のいきづきすでに冬ならず

美的感性は天性のものとしかいいようがなく、同時に青春性を強く感じさせる句である。この俳人こそ、耕二上京前に「馬酔木」を去った藤田湘子である。秋櫻子、湘子、耕二の第一句集の巻首近くにある句を並べてみると、瑞々しい抒情と美しい調べを湛えながら、永遠の浪漫精神が感じられる。

春惜しむおんすがたこそとこしなへ　秋櫻子（『葛飾』）

雁ゆきてまた夕空をしたたらす　湘　子（『途上』）

浜木綿やひとり沖さす丸木舟　耕　二（『鳥語』）

平成十五年八月号の「俳句」で村上護は、「浜木綿」の句を掲げて、青春性を詠んで際立つ俳人として耕二を挙げている。正木ゆう子もこの句について「私が真っ先に出会った青春俳句」と述べている。耕二俳句の主題の出発点は、まさに「馬酔木」俳句の原点にある。この原点を一言でいえば、耽美精神に基づく青春性とでもいえるだろうか。めざすところは美しく、明るい俳句だが、そのために耕二が意識したことは、日々の感情を潔くし、自然を愛し、善意を尽くし、自己に誠実に生きることだった。しかし、その後の耕二の俳句は明るさというよりも内にこらえた句の方が目立つ。年を追っていくつか見てみよう。

棕櫚の花海に夕べの疲れあり　（『鳥語』昭三十三）
向日葵に海峡の色またかはる　（『鳥語』昭四十）
かたまつてゐて裸木の相触れず　（『鳥語』昭四十五）
浜木綿のほとりの脱衣遺品めく　（『鳥語』昭四十六）
昼顔や捨てらるるまで櫂痩せて　（『踏歌』昭四十七）
省くもの影さへ省き枯木立つ　（『踏歌』昭五十）
リラ植ゑてリラの曇の昨日今日　（『散木』昭五十四）
還らざる旅は人にも草の絮　（『散木』昭五十五）

作者の心象を表した植物を季語とした俳句を挙げてみた。憂鬱、希望、孤高、不安、失意、高潔、虚無、寂寥といった自己の内面の思いが伝わってくる。その底流には、憂愁や屈折を抱えた青春期特有の息苦しさがある。詩を構築するほどの思想感情もなかったという耕二にとり、俳句に何を詠むかということは、畢竟、今詠むことを詠む以外にはないという無思想にしかなり得なかった。しかし、だからこそ、「無思想な人間がその無思想を貫いて生きようとするとき、それはまた独自の思想ともなりうる」（「俳句は姿勢」）と自負できたのである。逆説的ではあるが、ここに耕二の俳句に対する主題性がある。無思想を貫いて生きる姿勢こそが耕二にとっての主題なのである。この姿勢は同時に、今詠むべきことを詠むという姿勢にもつながり、耕二俳句の青春性を色濃くしている。

耕二が活躍した時期は、昭和四十年からの十五年だった。前衛俳句の全盛が過ぎ、昭和四十年以降、そのうねりは徐々に小さくなっていった。その後の俳句は、戦後俳句の性急な志向に対する反省と実作の拠り所を探るべく古典へ傾倒し、伝統への回帰が進んだ。高度成長から安定成長へと移行していく中で時代への関心は薄れ、個としての生き方がより問われる時代となった。自己に厳しく生き、自らの詩心を培っていく。耽美精神に基づく青春性を原点に、真摯に生きる姿勢を俳句に刻み続ける。新興俳句のうねりが収まるなかで耕二の生き方は、当時の時代性に案外適っていたのかもしれない。無思想という名の思想こそ、耕二の生きる姿勢であり、俳句らしさといえないだろうか。

内面への沈潜

俳句史からみた耕二活躍の時代

前章で、耕二俳句の主題性は「無思想という名の思想である」と論じたが、このことの意味を戦後俳句史の流れの中で今一度捉え直してみたい。

戦後すぐの昭和二十一年十一月、桑原武夫のいわゆる第二芸術論が出たが、その論文の中で俳句は「第二芸術」といわれ、俳人たちは大いに戸惑った。しかし、この戸惑いは戦争で途切れていた俳句活動に火をつけ、多くの俳人が再び俳句に向き合うきっかけを作った。特に総合誌「現代俳句」では、編集長の石田波郷の企画で俳人の反論特集が組まれ、戦後の俳壇の沈滞と混沌からの脱却に大きな力を与えた。その後、山口誓子率いる「天狼」が根源俳句を唱える一方、「俳句」編集長の大野林火による企画特集「俳句と社会性の吟味」(「俳句」昭和二十八年十一月号)を発端として社会性俳句が盛んになった。さらには昭和三十三年に創刊された「俳句評論」で前衛俳句が展開され、戦後の時代相を反映して俳句活動は大きなうねりとなった。

耕二が俳句を始めた昭和三十年ごろはまさに社会性俳句が盛り上がっていた時期だった。折しも学生運動が活発化し、俳句においても思想性を帯びた時代の空気があった。「社会性の俳句とは、社会主義的イデオロギーを根底に持った生き方、態度、感覚から生まれる俳句を中心に広い範囲、過程の進歩的傾向にある俳句を指す」(「風」昭和二十九年十一月号)という沢木欣一の言葉がそのことを明確に物語っている。いわゆる第二芸術論で批判された俳句のわかりづらさ、読者との共有性のなさに対して、欣一や当時の社会性俳句を推進した俳人は客観的な社会認識を基に個人の共通の場を持つことを理念とし、個にとどまらない俳句の客観性をめざしたのである。社会性俳句とはいわば社会主義的イデオロギーで書かれた俳句だった。しかし、この熱気はその後前衛俳句へと引き継がれたものの、昭和四十年を越えたあたりから急速に下火になっていった。

耕二が俳壇に登場し、活躍したのはこうした一連の俳句運動のうねりが収まった時期（昭和四十年〜五十五年）だった。新興俳句の口火を切った「馬酔木」は、これら俳句活動とは一線を画していた。社会は高度成長から安定成長へ向かい、俳句の世界では伝統への回帰が進んだ。伝統の流れのなかで、有季定型の抒情俳句を一貫して推進してきた「馬酔木」は、当然注目されただろう。若手のホープとして福永耕二にも期待がかかったにちがいない。第一句集『鳥語』の序文で、秋櫻子が耕二を波郷に似ているとまで言い切ったことも、ますます期待を煽ったはずである。

「福永耕二掌論」

このような俳壇の空気や歴史的流れを踏まえ、私は昭和五十五年七月号の「俳句研究」に掲載された宇多喜代子の「福永耕二掌論」に注目する。この号では、「耕二掌論」として四人の俳人が執筆した。おもしろいことに意見は真っ二つに割れた。耕二俳句を評価するのは、宮津昭彦、今瀬剛一、批判するのは、宇多喜代子、大庭紫逢である。

まず肯定派からみてみよう。昭彦は、大衆化へ向かう社会の中で、己を守っていく姿勢も一つの頑固な主張足り得るとし、「感動し得ることだけを俳句に詠んでゆけばいい」という耕二の覚悟にエールを送るとともに信頼を示した。一方、剛一は生活即俳句という耕二のひたむきな俳句姿勢に親しさを感じると好感を示し、その根底にあるのは作者のあたたかい目であると肯定的に論じた。いずれも耕二の〈俳句は生きる姿勢〉という俳句観への評価といえよう。

一方、紫逢は耕二の予定調和的で辻褄が合い過ぎている俳句に対し、作者の顔が見えないと苛立っている。その作者にしか詠めない魂の叫びが聞えてこないというのだ。ホームドラマのような俳句はいらないとまで辛辣に批評している。この評論が出たのは社会性俳句や前衛俳句を経たあとの時期だから、作家個人のあくの強さを求める空気がまだ漂っていただろう。戦後三十年以上を経て社会が落ち着くなかで、個のあり方が一層問われる状況にあったといえるかもしれない。

喜代子も耕二俳句の行儀のよさを批評している点では紫逢と共通している。具体的な評では、耕二の《桜漬近江は水のうまし国》(『踏歌』昭五十三)の句を次のように記している。

古歌の「うまし国」にある大きな叙景讃美にくらべて、この句の何とちまちましていて、ささやかなことか。「桜漬」が「うまし国」のひろがりを阻んでしまっているのだろう。更に「桜漬」や「水のうまし国」が「近江」であるのでは、近江があまりにも鋳型通りの近江でありすぎると思える。だが、この秩序正しさが、まさしく福永耕二の明朗な市民感覚にもとづく作法なのである。

しかし、喜代子の掌論の核心は、耕二俳句そのものを近代俳句がゆきついた現実だと喝破した点にある。近代俳句が俳句に向き合って、この文芸を追求してきた結果が耕二の作品に見事に現れているというのだ。喜代子の文をそのまま引く。

まず、福永は市民としての足許を決して崩していないのである。俳人である前の通念や秩序に忠実な一人の青年像が、句集一巻に先だってみえてくる。この市民感覚が、そのまま俳句になっている点は、今日の俳句の全体を象徴していて、私には興味深い。これは、福永ひとりの問題ではなく、俳句が百年という短い歴史の中で、とにかくそれなりの決着をつけた一つの水準であり現実であるといって差支えないと思うのだ。

登四郎の影響と心象への傾き

喜代子の批評は「馬酔木」俳句への批評でもあるので、ここで眼を当時の俳句全体の流れの中で、その作風を振幅させていった能村登四郎に向けてみよう。

第一句集『咀嚼音』(昭和二十九年)では自己の生活の哀歓を、第二句集『合掌部落』(昭和三十二年)では社会への関心を、そして第三句集の『枯野の沖』(昭和四十四年)では心象への傾斜をテーマとして登四郎は句集を上梓した。第三句集の『枯野の沖』は社会性俳句を打ち出した『合掌部落』から十三年後の発刊だったが、この間に登四郎は自己の俳句観を確立させたといわれる。登四郎が鹿児島に来て、耕二の案内を受けたのもこの間のこと(昭和三十九年夏)である。

登四郎は第二句集で当時のブームであった社会性俳句を展開してみせたが、それも不毛として、その後は内面世界を詠む俳句へ突き進んだ。耕二はなぜ登四郎が内向的な作品を志すようになったかという点について、「この時期に、俳句の本質に対する検討が繰り返され、俳句は本来、有季十七音の抒情詩であるとする伝統的俳句観が確認されたことは確であろう」(「俳句研究」昭和五十年十月号）と記している。

登四郎の鹿児島訪問が耕二の上京のきっかけとなったことは以前触れたが、この時期の登四郎は、社会性俳句の反省から伝統俳句に回帰する過程にあった。当時の登四郎は耕二には、「一人の求道者、俳句以外のことは眼中にない一作家」と映り、その寡黙で孤独を深める風姿に耕二は大いに魅せられた。社会性俳句が一過性のブームだったこと、有季定型の抒情詩こそが俳句のあり方であると確認したのは登四郎だろうが、実は耕二自身もそう感じていた。昭和四十年から毎日職場で登四郎と顔を合わせ、林翔も含めて俳句談義に花を咲かせていた耕二にとり、登四郎の俳句に対する姿勢は一つの指標でもあった。無思想を貫くということは、身近に登四郎のような深く共鳴できる先輩俳人がいたからこそ強固なものに成り得たと思う。

実際、耕二の俳句は第一句集の『鳥語』に比べ、第二句集の『踏歌』ではより心象を詠み、内面へ沈潜していく句が多くなる。登四郎の影響であることは間違いないだろう。たとえば両句集での同じ季語の句を並べてみるとその傾向がはっきりする。『踏歌』では、左の句のように、実景から入ってはいてもむしろ内面の心象風景を詠んでいるといえるのである。

Ⅰ　如月の水のひかりをつくる鳰　（『鳥語』昭四十七）
　水底の日暮見て来し鳰の首　（『踏歌』昭四十九）
Ⅱ　昼顔や波立ちめぐる珊瑚礁　（『鳥語』昭四十三）
　昼顔や捨てらるるまで櫂痩せて　（『踏歌』昭四十七）
Ⅲ　わが息に触れし綿虫行方もつ　（『鳥語』昭四十三）

捉へむとせし綿虫の芯曇る（『踏歌』昭四十七）

Ⅳ飛ぶ意ある雲を繋ぎて枯木立つ（『鳥語』昭四十五）

省くもの影さへ省き枯木立つ（『踏歌』昭五十）

Ⅴ白地図に色塗る今日を渡り鳥（『鳥語』昭四十五）

新宿ははるかなる墓碑鳥渡る（『踏歌』昭五十三）

俳句において無思想という主題性は、耕二のような寡黙な作家にとってはそれが内面へ沈潜していくのだろうか。「低声の抒情」と登四郎の俳句を評した耕二も、自身の第二句集では低い音調へ明らかに傾いている。

先の宇多喜代子の耕二評は、「馬酔木」の抒情俳句の継承者のみならず、現代俳句の抒情の変革を期待しての発言だったが、耕二は俳句形式に対してあくまで謙虚だった。それは俳句という詩型への信頼であり、その分、表現の方向がより内向的になっていったのである。俳句に思想性を持ち込まないというのは、たとえ表現的に節度があり秩序立っていると批判されても、今あるがままの自分を謙虚に受け止め、それを俳句形式にのっとって詠い上げることなのである。

しかし、「市民感覚」としての節度をわきまえた俳句は、当時の俳人の第一人者である飯田龍太からも指摘された。龍太は「過度の節度は、ときに俳句の足をひっぱることもあり得るだろう」（『現代俳句全集　第六巻』昭和五十三年、立風書房）と述べ、耕二のような良質な性格の人ならもっと俳句にのめり込んでみてはどうかと助言している。耕二なら俳句にのめり込んでも作品が人物を上回るような事態にはならないとみているのだ。ここでいう「俳句にのめり込む」とは、喜代子の期待する抒情俳句の変革にもつながり得る。このことは俳句観の問題でもあるので、章をあらためて論じたい。

伝統と革新

耕二の俳句観

耕二が編集長だった昭和五十年ごろの「馬酔木」は、「ホトトギス」とならぶ有季定型を守る伝統俳句の代表結社だった。俳壇から抒情俳句の変革を期待された「馬酔木」は、抒情と調べを大切にして伝統を守りつつ革新をめざすことを旨とした。この章では伝統と革新について、実際に耕二がどのように考え、俳句作品に反映していったかを見ていきたい。

耕二は「秋櫻子と蕪村」という小論（「沖」昭和四十六年五月号）の中で、「伝統とは古いものの中に僕等が良いものと認めて継承する対象であり、それを現在の僕等の生き方の中に生かす精神であり、後世に伝え遺すべき僕等の成果でもある」と述べている。耕二の考える伝統は、ただ守るというだけの受動的な姿勢ではなく、それを現在に生かしていくという積極的な姿勢で捉えられているのである。

さらに秋櫻子の生き方について、伝統の継承によって自らを鍛え、高め、生かしきることによって伝統そのものをも拡充してゆく伝統作家の典型的な生き方が示されているという。伝統に立ちながらも悠々自適で自在であり、実際、古い伝統観からの覚醒を促す生き方を秋櫻子は展開していた。

「馬酔木」の理念を身をもって実践している秋櫻子を目の当たりにして、耕二の伝統的俳句観は一層強固なものになった。

一方、前章で述べた能村登四郎の俳句に対する孤独な姿勢や生き方も耕二の心の中に蓄積された。さらに同人会長として編集長の耕二を支えた相馬遷子のすさまじい生き方は、死後も「馬酔木」をはじめとする俳人の心の中に生き続け、耕二の心の中にも蓄積された。

冬菊のまとふはおのがひかりのみ　秋櫻子
冬麗の微塵となりて去らんとす　遷子
春ひとり槍投げて槍に歩み寄る　登四郎

三人の代表作を並べてみた。圧巻としかいいようがない。耕二はこれだけの俳句作品を残した第一級の俳人たちと深くかかわり、彼らの俳句観を体感した。このことは奇蹟といっていいかもしれない。秋櫻子から「美」と「明」を、遷子から「潔」と「清」を、登四郎から「孤」と「静」を学んだ耕二にとって、伝統とは突き詰めれば、秋櫻子、遷子、登四郎の「生きる姿勢」だったのではないだろうか。そう考えると、耕二はなんと贅沢な指標を座右に持ち得たことだろう。前章で指摘した『鳥語』から『踏歌』における耕二俳句の内面への沈潜傾向は、秋櫻子の明るさに遷子、登四郎の高潔、孤高が加わった影響といい得るかもしれない。

耕二の小論、「沈黙の詩型」（昭和三十四年）と「俳句は姿勢」（昭和五十一年）は、耕二の俳句観を明確に示している。前者では「詩人はまず沈黙することが唯一の表現であるという思想を所有しなければならない」と主張し、後者では「俳句はそれを生きて行ずる人の姿勢である」と断言する。

俳句とは何を詠むのか。それは「生きる姿勢」である。伝統に鍛えられ、高められるべき自身の境涯性を詠むのである。俳句はどのようにして詠むのか。それは「沈黙の詩型」として詠むのである。境涯性を帯びると饒舌になりがちなので、それを回避して詠むのが「沈黙」の意味するところである。十七音に抒情という詩心を通わせるのが「詩型」の意味するところである。この俳句観は、「馬酔木」の先達の生き方を体感して強靭となり、耕二の血肉となっていったのである。

これを伝統と革新の観点から捉え直してみよう。伝統とはすなわち先人の生きる姿勢であり、そこから自身の生きる姿勢を鍛え、高めることで伝統の拡充を図る。そして、鍛え、高めた自身の「生きる姿勢」を「沈黙の詩型」として俳句に詠み込む。革新はこの方向の先に生まれるものといえよう。

革新への手法

耕二は実際、自身の俳句観を表現するため、象徴性、隠喩（メタファー）、造語といった手法をよく用いた。

象徴性には主に、①季語による人物の象徴、②南北の風土からくる象徴、③特定のものの象徴、に分けられる。

①季語による人物の象徴、では、例えば、秋櫻子を「菊」、波郷を「綿虫」、遷子を「雪嶺」に象徴させて詠んだ。それらの季語は、《冬菊のまとふはおのがひかりのみ》（秋櫻子）、《綿虫やそこは屍の出でゆく門》（波郷）、《雪嶺の光や風をつらぬきて》（遷子）の句からきている。ちなみに「雪嶺」は遷子の句集名にもなっている。

霜の菊見ゆる座にゐて忘れず　（『鳥語』昭四十五）
翳幾重封じてまぶし今日の菊　（『鳥語』昭四十六）
菊日和いづこにゆくも子が重荷　（同）

右三句はいずれも秋櫻子への畏敬の念が横溢している。

綿虫になに前触れの胸さわぎ　（『鳥語』昭四十三）
わが息に触れし綿虫行方もつ　（『鳥語』昭四十四）
捉へむとせし綿虫の芯曇る　（『踏歌』昭四十七）
夕澄みて綿虫にまた遮らる　（『踏歌』昭五十三）

一番目の句の「前触れ」とは波郷の死の予感だろうか。二句目以降は波郷亡きあとの句である。波郷を意識し、波郷に追いつかない自身の俳句を内省しているようにも感じる。

雪嶺にまむかひあゆむ胸に雪　（『踏歌』昭五十一）
君遷子釣瓶落しの落ちてなほ　（同）
きのふよりけふ冬麗の遷子の忌　（『散木』昭五十四）
雪嶺を見ずに日暮るる遷子の忌　（同）

最初の二句は遷子の死に対する耕二の無念さが伝わってくる。終わり二句は遷子の死後三年たち、ようやく耕二の気持ちが落ち着きを取り戻したことを感じさせる。「遷子の忌」に象徴を表す季語を配して遷子への深い想いを刻んでいる。

②南北の風土からくる象徴、では、「北」は耕二にとり厳しさや憧れの風土であり、同時にめざ

す方向を象徴している。《茂吉らが歌の雄ごころ朴咲けり》(『踏歌』昭四十九)と詠んだように、もともとは高校時代に斎藤茂吉や石川啄木に惹かれ、「北」に憧れた。俳句をやり出してからは秋櫻子をめざした。「北」は鹿児島からはるか遠く、しばしば「沖」という言葉でも象徴されている。

一方、「南」は故郷の鹿児島をさすが、それ以上に奄美大島や沖永良部島などの島々が意識されている。そこでは南国の花を象徴として、癒しや安堵の思いが込められている。

浜木綿やひとり沖さす丸木舟　(『鳥語』昭三十三)
棕櫚の花卓を払ひて地図開く　(『鳥語』昭四十)
春渚足あとのみな沖めざす　(『鳥語』昭四十七)
夾竹桃旅は南へばかりかな　(『踏歌』昭五十二)
鳥渡る我等北さす旅半ば　(『散木』昭五十五)

また、「南」を表す「夾竹桃」を「北」(東京)の街に配し、対比を際立たせた句もある。左の三句はそれぞれ、清濁、明暗、安心と不安という南北の概念を具体的に対比している。ちなみに「夾竹桃」は故郷、鹿児島市の「市の花」である。

夾竹桃日暮は街のよごれどき　(『鳥語』昭四十)
夾竹桃ほのほの色の見えぬ昼　(『踏歌』昭四十八)
夾竹桃咲けり彷徨の日の町に　(『散木』昭五十四)

③特定のものの象徴、では、特定の言葉に象徴を持たせて俳句にしている。例えば左の句のように、「花莫蓙」は女性の象徴のようである。最初の二句は結婚前の句ゆえ甘美さがある。一方、あ

との二句は結婚した後に作られ、落ち着きと翳りが感じられる。

旅人として花莫蓙の端に座す　（『鳥語』昭三十三）
船酔の眼に花莫蓙の花が燃ゆ　（『鳥語』昭四十）
花莫蓙の寝窪に花のふたつみつ　（『踏歌』昭四十七）
屈葬のかたちをなぞる花莫蓙に　（『踏歌』昭五十二）

また、「雲」は句友や仲間を象徴している。左の三番目の句にいたっては「雲」が擬人化されている。

飛ぶ意ある雲を繋ぎて枯木立つ　（『鳥語』昭四十五）
低山へ雲の目くばせあたたかし　（『鳥語』昭四十六）
踏青や手をつなぐ雲ひとり雲　（『踏歌』昭五十）

さらに耕二は左に掲げた句のように、隠喩を積極的に活用した。「新宿は」の愛誦句もその代表であろう。

娶るまで曲折もあらむ蜷のみち　（『鳥語』昭四十一）
敗戦日夕焼くさき水を飲めり　（『鳥語』昭四十六）
蜩のこゑの刃先に触れてゐし　（『踏歌』昭五十）
新宿ははるかなる墓碑鳥渡る　（『踏歌』昭五十三）

比喩の発展形ともいえる造語を用いたのも耕二俳句の特徴である。左の句の「鳥語」、「しぐれ絣」、「藤腐し」がそうで、いずれも情景がよく見える。また、造語に嫌味を感じさせないよう、言葉のリズムもよく考えられている。

錦木や鳥語いよいよ滑らかに　（『鳥語』昭四十五）
北山やしぐれ絣の杉ばかり　（『踏歌』昭四十七）
藤腐し卯の花腐しつづく谿　（同）

「生きる姿勢」を詠むとは境涯性を詠むことにも繋がるから叙述的になりやすい。それを避け詩的な表現とするために、耕二はこのような様々な手法を用いたのである。

革新への意欲

山垣のかなた雲垣星まつり　（『踏歌』昭五十）

この句は、「自作ノート」によると八ヶ岳麓のユーカリ牧場へ「馬酔木」同人の仲間と吟行したときの作とある。星眠とともに遷子を訪ねたあと向かったらしく、北に遷子、南にはるか遠く母がいて、七夕ということで妙に遠い人のことが思われたようである。「馬酔木」の先達や同期に囲まれたひとときは、耕二には至福で高揚を感じる時間だった。そのときに生まれた作品だから、私には当時の「馬酔木」の風景が象徴されているように感じる。「山垣」は「馬酔木」の先達、「雲垣」は同期や仲間、「星まつり」は句座の盛り上がりという具合である。それは「山垣」という伝統に「雲垣」という伝統の拡充があり、「星まつり」で革新が生み出されるという象徴でもある。耕二への期待が過ぎる鑑賞だが、造語の連発や象徴性、言葉のリズムのよさを持つこの句は、私に句としての革新性を強く感じさせてくれるのである。

俳壇は耕二に俳句の変革を期待したが、当の耕二はまだ先達の生きる姿勢を学び、生き方を磨く途上だった。龍太の指摘した「過度の節度」とは、言葉を換えれば伝統に比重をかけ過ぎるということだったかもしれない。しかし、私は星まつりの句に耕二の俳句への革新の意欲をみてとりたい。

変革と俳句観

秋櫻子の「馬酔木」

　龍太が指摘した「過度の節度」に対して、耕二もそこから飛躍する機会はあった。それは、昭和五十五年四月、「馬酔木」の主宰が秋櫻子から堀口星眠に移行したときである。このとき、耕二の編集長解任が決議された。耕二にとっては、まったく寝耳に水の出来事だったが、極度に落ち込む耕二に能村登四郎や林翔は、これを機会に自分の俳句のためにエネルギーを注げ、と言って慰めたにちがいない。第三者からすれば、このタイミングで秋櫻子のそばから一度離れ、自分自身の俳句にのめり込んでみるのもいいチャンスだと思えただろう。実際、「馬酔木」の編集長を十年近く務め、第二句集『踏歌』もその年の九月に上梓する目途が立っていたことを考えると、ちょうどいいタイミングだっただろう。

　ところが、耕二にはそもそもなぜ編集長を解任されるのかまったく理解できなかった。秋櫻子の決断で堀口星眠体制へ移行することが決まったとはいえ、秋櫻子が存命する以上、秋櫻子の「馬酔木」であることに変わりはない。病身の秋櫻子ならばなおさら自分が編集長として継続して、秋櫻子の「馬酔木」を支えていくべきと耕二は考えたのではないだろうか。秋櫻子が創った「馬酔木」

の伝統を現代に生かすためにも、自身がその推進役を買って出るべきだと考えた。それは節度といった次元の問題ではなく、きっと耕二のこれまでの生き方の根幹に関わる問題だったのだ。そうだとすれば、登四郎や翔の慰めは、耕二には酷であったかもしれない。

しかし、現実は最悪の方向に進んでしまった。耕二は失意のまま病気で倒れ、その年の十二月に亡くなる。耕二による抒情俳句の革新も同時に潰えたのである。

昭和三十年世代の俳句

耕二が活躍したのは、前衛俳句が下火になるのと期を同じくしていたが、その十五年（昭和四十年〜五十五年）の間に俳壇は俳句の原点を求めて、伝統や古典への回帰へ向かっていった。耕二の死後は、その流れの中で女流俳人が台頭し、俳句人口も増えていった。その後『現代俳句の海図』（小川軽舟著、角川学芸出版）にいう昭和三十年世代の俳人が登場した。軽舟が昭和三十年世代として取り上げた俳人は、中原道夫、正木ゆう子、片山由美子、三村純也、長谷川櫂、小澤實、石田郷子、田中裕明、櫂未知子、岸本尚毅である。軽舟によるとこの世代は、俳句の形式を昔から考えつくされた機能であると捉え、その機能を借りて自分を表現することに注力したという。その結果、「昭和三十年世代は、型を完璧に習得することによって、型を意識しない自由を得たのだ。小林は、『現代俳句が何か強力なくびきから逃れ、自由になりつつあるような気がしてならない』（前掲）と言った。その自由とは、俳句形式から逃れることによる自由ではなく、俳句形式を完全にわがものとすることによる自由なのである」と結論づけている（筆者注：小林とは小林恭二、（前掲）というのは小林の著書である『実用青春俳句講座』)。

さらに彼らに共通するのは、俳句形式に信頼を寄せており、俳句という表現手段に出会ったことで自分自身を見出したという点である。その背景には、世代として求めるもの、主張すべきものを失ってしまったという認識がある。だから、これからも俳句はどこへも行かず、作者の生き方を深めることによって、俳句そのものを深めてゆくことになるだろうという。それまでの俳句運動のように、俳句の形式のフロンティアを追求して自分を表現しようとは考えていないのである。

こうした傾向は、俳句形式への信頼と謙虚な姿勢、主張のなさ(無思想)という点において、ほぼ耕二の俳句観や姿勢と共通している。しかしながら、片山由美子や石田郷子の俳句を掲げて、「俳句形式に触れることによって心がおのずと開かれていく」との指摘は、耕二にはあてはまらないだろう。この二人には、次の句のように俳句形式に対して力みがなく、俳句への向き合い方も自然に感じられるからだ。

思ふこと雪の速さとなりゆけり　由美子

さへづりのだんだん吾を容れにけり　郷子

さらに中原道夫や櫂未知子の俳句は、「俗への指向を明確に打ち出している」と指摘している。この点に関しても、耕二の俳句にはほとんど見られない。次のような句を読むと、措辞が多彩で巧みであり、俳句の型の可能性を極限にまで高めた芸術作品を見るようである。

瀧壺に瀧活けてある眺めかな　道夫

火事かしらあそこも地獄なのかしら　未知子

このような俳句が生まれるのは、一面では、「俳句もまた、それを用いて何かを主張する手段ではなくなり、表現行為としての面白さそのものが目的となった」ということなのだろう。

翻って耕二の場合は、「砂漠の中のひとりとなっても、俳句を詠み続ける覚悟はできているつもりである。現代において、俳句作家はその俳句に対する姿勢によって、つまるところ作品によって、生き残る以外の生き方はないと思う。僕は多くの先輩からそのことを学んだ。今後も作品の上で苦しんでゆきたい」(「俳句」昭和四十八年八月号)とあるように、俳句に対し、悲壮感や決死の覚悟がみられる。だから次の句のように、俳句の型にこらえているような息苦しさが伝わってくるのだ。

萍の裏はりつめし水一枚　(『鳥語』昭四十一)

省くもの影さへ省き枯木立つ　(『踏歌』昭五十)

日盛や椰子にをさまる椰子の影　(『踏歌』昭五十二)

耕二の場合、俳句への向き合い方が重く、窮屈な感じがつきまとう。それは、「沈黙」をこの詩型に注ぎ込もうとする努力の形跡であるのかもしれない。昭和三十年世代の俳人も俳句への覚悟は耕二と遜色ないが、俳句に対する構えは、より自在で自然である。「型を意識しない自由を得たのだ」との指摘は、正鵠を射た見方といえるだろう。

『新撰21』世代の抒情

現在の俳壇は昭和三十年世代が中核として活躍しているが、二十一世紀に入って、「俳句甲子園」や若手を取り上げる企画が活発化してきた。その動きの中で、ゼロ年代に登場した俳人のアンソロジーが編み出された。平成二十一年に刊行された『新撰21』（邑書林）である。この書では、四十歳以下の俳人二十一人の百句とその俳人論が掲載されている。

二十一人の一人でもある山口優夢は、『新撰21』に対し、『抒情なき世代』（平成二十二年十二月、邑書林）という評論を発表した。この評論で優夢は、『新撰21』世代も昭和三十年世代と同様、俳句を選んだことが自己表現そのものであるという。だから、俳句形式のフロンティアを追求することはしない。しかし、昭和三十年世代と決定的に違うのは、抒情の無さ、あるいは抒情の質の違いにある。『新撰21』世代の俳句には、それまで俳句が自然に湛えていた抒情が欠けているのではないかというのだ。昭和三十年世代は、季語的価値観の世界の優しさに没入し、抒情に安らかに身を横たえられる世代だが、『新撰21』世代は、世界に対してまっすぐに共鳴できない屈折を抱え込んでいる。抒情というにはどこか醒めた感じがし、季語的世界観の抒情に浸っているかどうかは疑問だというのである。「季語との距離感にさまざまな答えがあり得る」との優夢の指摘は、今後の俳句のゆくえに示唆的である。

一方、軽舟がいうように「歳時記の原風景を記憶する最後の世代」が昭和三十年世代だとすれば、たしかにそれより若い俳人にとっての季語的世界観は、実感のともなわない季語の世界となるだろう。しかし、そのことは逆にこれまでと違った世界観や抒情を俳句に打ち出す可能性を秘めているといえるのではないだろうか。

耕二は、「抒情などという人間の表白の方法に、新しいも古いもあるものではない。その抒情の方法をわれわれがしっかり心に銘ずる時、言葉は新しいひびきとすがたをとって人に訴えかけるものなのである」（「沈黙の詩型」）と論じる。耕二が主張するように、現代に真摯に生き、その姿勢を愚直に俳句に詠んでいけば、醒めていようがきっとそれは現代の抒情になり得るはずである。「俳句は生きる姿勢」だと私も思う。このことはどの時代でも俳句を詠むときの基底にあり、そこからどんな形であれ、抒情は生まれるはずである。

変革の起点となる俳句観

これまで述べてきたとおり、耕二が俳壇に登場した頃から俳壇では俳句のフロンティアの開拓が終わり、伝統や古典への回帰が起こった。そのあと、軽舟のいう昭和三十年世代を中心に、俳句の型という節度の中で個人個人が自在に自己表現していく時代へと進んでいった。耕二はその前に亡くなったが、昭和三十年世代が俳句形式を信頼し、季語的世界観に没入して抒情俳句を詠んだ方向感は、俳句の型に対する自在さの差はあるにしても、耕二の俳句観と共通である。さらにこれからの俳句は、優夢が指摘するように、季語的世界観が変質していく可能性を秘めている。しかし、優夢の評論のあと、東日本大震災が起こった。この大災害により、現在は若手だけでなく、俳人一人ひとりにこれまでの季語的世界観や俳句への向き合い方が問い直されている。

このように俳句史の流れをみてくると、俳句は時代性を反映しながら展開してきたことがわかる。そして、現代という時代を見たとき、俳句の革新というのは形式を開拓していくのではなく、現代に生きる一人ひとりの姿勢や世界観を表現していく中に成り立つものであろう。そう考えると、耕二の俳句観は現代において益々普遍的な意味合いを帯びてこないだろうか。多様な価値観、グローバル化する社会、情報過多により複雑化する世界、変質する季語的世界観。そんな現代において、「俳句は生きる姿勢」という考えは、俳句で自己を表現する上での原点となり得る俳句観である。時代がどのように動こうが、そこが俳句の変革の起点になるだろう。この俳句観は無思想という名の思想に基づいているので、一層多様な変革の可能性を持つはずである。

生き続ける魂

随想「カミュの死」

耕二は、高校在学中より「馬酔木」に投句した。四十二年の生涯のうち、物心ついてからはずっと「馬酔木」とともに俳句一筋の生涯を貫いたことになる。戦後は社会性俳句や前衛俳句が興隆し、若手俳人を惹きつけたが、耕二にはその形跡は全く見られない。秋櫻子にあこがれ、ひたすら秋櫻子をめざして耕二は進んだ。このぶれのなさは純粋であり、強靭ですらある。そのことは耕二の俳句観の揺るぎなさにも繋がっているが、その土台にあるものは、既に大学時代に出来上がっていた。昭和三十五年五月号の「馬酔木」に書いた「カミュの死」と題する随想がそれで、ちょうど耕二が鹿児島大学国文科を卒業するときである。

この随想で耕二が一番いいたかったことは、孤独な魂を獲得した作家は死後もその作品の中に生き続ける、ということだった。カミュの死のニュースに際して、カミュの作品に作家の魂が生き続けていると耕二が感じたのも、そこにカミュの孤独な魂が宿っているからだと感得したからである。

耕二はカミュの魂が作品に生き続けていることに驚くとともに、そのことが作家として何よりも大切なことだと考えた。作家は模倣を絶し、孤独を獲得していかなければならない。個別の面貌を持たなければならない。作品の上にあらわれた作家の面貌こそがその作家の思想だというのである。西洋から借りてきたような形而上学的な観念体系は思想ではないとまで道破している。

ここに私は俳句作家としての耕二の根っこの部分を感じる。耕二にとって思想とは、観念論ではなく、現実に生きることなのである。生きるために苦悩する姿なのである。それは孤独な姿で、その作家にしか存在し得ない。「苦悩も経ず、作品の上に、思想を巧むなどということは、愚劣なことではなかろうか」とまで述べているが、これこそが耕二の無思想という名の思想の正体である。また、耕二の俳句観である「俳句は生きる姿勢」の根底にある思いでもある。社会性俳句や前衛俳句を見向きもしなかったのは、根底にこれほど強靭な信条があったからだろう。

さらに秋櫻子や「馬酔木」の先達から多くを学ぶことで、この基軸を一層太くしたといえる。「無思想な人間がその無思想を貫いて生きようとするとき、それはまた独自の思想ともなりうる」（「俳句は姿勢」）というのは、まさにこの基軸が太くなり、確固とした俳句観として形成されていったことを物語っている。耕二の短い生涯は、けっきょく新たな基軸を設けたり、基軸のかたちを変えたりすることはなかった。最初に打ち立てた基軸をどんどん太くしていったのである。それは年が経つにつれ、ますます純度の高い芯棒となった。太く、短く生きるとはまさに俳人耕二にいえるだろう。

純粋な抒情詩人

しかし、なぜこれほどまでに耕二の生き方は純度が高いのだろうか。生来の気質でもあるのだろうが、耕二はどこまでも抒情詩人であろうとしたからではないだろうか。いい換えれば、無思想が詩表現を成立させるのだという思いが根っこの部分にあったからではないかと思うのである。思想というのはどうしても政治的匂いが漂う。耕二はそのことをもっとも忌諱したのではないだろうか。俳句という文学の世界にその種の思想が少しでも紛れ込むことを耕二は潔しとしなかった。なぜならその種の不純物が紛れ込む瞬間に、抒情詩は既に瑕疵を持つからだ。

前章で、「過度の節度」から飛躍するチャンスはあったが、編集長を解任されることを全く理解できず、最悪の事態を招いてしまった、と書いた。登四郎や翔というよき先達から、これを機会に自分の俳句にエネルギーを注いでみてはとの助言もあったであろうが、耕二は聞き入れることができなかった。

結社というのは組織である。そこには当然、「馬酔木」に対して耕二とは別の考えを持つ俳人もいる。政治的動きもあっただろう。しかし、耕二は政治的な考えや行動などもとより持ち合わせていなかった。だいいち、秋櫻子が病気でまわりが「馬酔木」をしっかり支えないといけない状況なのだから、そんな考えすら耕二には出てくるはずもなかったのである。ところが、いっとき秋櫻子は耕二を誤解した。秋櫻子ですら疑うくらい組織というのは魔物で、人の言動が政治的に見えてしまうのだ。

耕二はどこまでも純粋な抒情詩人だった。このあたりの純粋さは、時代や分野は違えども、幕末に生きた吉田松陰に似ているかもしれない。松陰は、密航が失敗して幕府に捕えられたが、おとなしくしていれば死罪は免れただろう。しかし、幕府方に乗せられ、純粋に思うところを語ってしまった。ひょっとしたら幕府にも憂国の念がわかってもらえるのではないかと期待し、老中暗殺を計画したことをしゃべってしまったのである。日本国を思う強い気持から暗殺を計画したことを滔々と語るのだが、そんなことを言ってしまうとたいへんな罪に処せられることくらい常識のある人ならわかるはずである。しかし、松陰は本気で幕府の役人に自分の至誠が通じると思った。日本国を思う気持があれば、同じ日本人ならわかってくれるはずだと思ったのだ。この点、松陰は政治家でも思想家でもなかったといえるだろう。むしろ日本国を憂える抒情詩人だったのだと思う。

自分の考えや行動に私利私欲が微塵もないとき、人はときにまわりの人も自分と同じ考えだと思ってしまう。「馬酔木」編集長解任の時の耕二の気持も、このときの松陰の気持に似ていたのではないだろうか。自身に私利私欲など全くないからこそ、なぜ編集長を解任されるのか耕二には理解できなかったのだ。ただひたすら秋櫻子の「馬酔木」のために尽くし続けたかった。純粋な抒情詩人には、国家や組織の政治的な動きなど詩魂に比べればどうでもいいことなのだ。

顕彰という行為

さて、「カミュの死」に書いたように、耕二は死後も作家の魂が作品に生き続けることに作家としてのあるべき姿を見出した。耕二自身も、その一点のために俳人として作家活動を展開したともいえよう。しかし、死後に作家が長く生き続けるためには、生前にその作家に接した人たちが中心になって顕彰していく必要がある。耕二の場合は、地元鹿児島を中心に目に見えるかたちで顕彰されている。

まず、死後に建立された三つの句碑である。一つは市川学園にある《落葉松を駈けのぼる火の蔦一縷》の句碑。登四郎、翔の句も並んでいる。あとの二つは郷里鹿児島の川辺《かわなべ》町にある。そのうちの一つは、清水岩屋《きよみずいわや》公園にある《風と競ふ帰郷のこころ青稲田》の句碑。もう一つは、同じく川辺町の千貫平《せんがんぴら》にある《雲青嶺母あるかぎりわが故郷》の句碑である。この句碑は川辺町を見守り、遠く開聞岳を見はるかす。いずれも耕二の故郷を思う心が「青稲田」と「雲青嶺」の季語と響き合い、川辺町が故郷への慕情とともに浮かび上がってくる。

さらに、「南九州市かわなべ青の俳句大会」という俳句大会が毎年開催されている。この俳句大会は、耕二の業績をたたえ、清水岩屋公園内に句碑を建立したことを機に始まった。、主催者は、南九州市、南九州市教育委員会、南日本新聞社、「福永耕二顕彰の会」で、耕二の俳句や魂が広く若い人たちに知られるきっかけになればとの思いが背景にあった。平成十一年から毎年開催されている。全国の小、中、高校生を対象とした俳句コンクールであり、第十五回大会では、十一万七千六百五十五の俳句の応募、六万四千四百五十八人の参加をみた。

先述した「福永耕二顕彰の会」は、今も地元鹿児島を中心に耕二の顕彰活動に取り組んでいる。会長は、耕二の女子高校教員時代の教え子の方で、高校のとき、文芸部に所属していた。そのとき、文芸部に顧問として耕二がきて、はじめて俳句に出合ったという。耕二に俳句の手ほどきを受け、俳句でここまで抒情的なことが詠めるのかと思ったという。さらに抒情詩人としての耕二の純粋な作家魂は、耕二が亡くなったあとも心から消えることはなかった。いや、それどころか耕二を顕彰すべきとの思いから、句碑建立や俳句大会というかたちでその思いを結実させていく。「死後もその作家の魂は作品に生き続ける」という耕二の思いは、こうした後進の尽力により果たされた。

一方、もし耕二が生きていれば、ずっと「馬酔木」にとどまり、同じように秋櫻子の「馬酔木」、いい換えれば、秋櫻子の魂や偉業を顕彰し続けたはずである。実はこの点が俳句という文芸の気質であり、座の文芸としての重要な部分でもある。耕二が編集長にこだわったのもそのあたりにあるのだろう。顕彰という行為は、直接薫陶を受けた後進が担うのが一番力強い。なぜならその作家の魂の生《なま》の部分を理解しているし、その魂が直に伝わり得るからである。逆に、後進の顕彰への思いや実感が乏しい場合、早晩その作家の魂は弱いものになってしまうだろう。薫陶を受けた後進の重要な役割は、その作家の孤独を顕彰していくことにあるともいえる。

最後の顕彰行為

耕二最後の句は死の三日前に詠まれた。この句を読むと、私は耕二が秋櫻子から受けた薫陶の大きさをあらためて認識するが、実はそれ以上に、耕二の秋櫻子への途方もなく大きな愛ともう顕彰できないという無念さを強く感じるのである。

ぼ ろ ぼ ろ の 身 を 枯 菊 の 見 ゆ る 辺 に　（『散木』昭五十五）

恩田侑布子の『余白の祭』に、ダンテの『神曲』の「これによって明らかとなろう。至福の境涯は、愛する行為ではなく、見る行為にもとづくことが。見ずして愛は生れず」という詩編が掲げられている。侑布子は、「愛するひとの目ほどの憩いの場はこの世にありません」という。「枯菊の見ゆる辺」とは秋櫻子の見えるところということだろう。至福の憩いの場を求めて、耕二は自分の身を秋櫻子の目の届く範囲に置きたかったのだ。それは同時に耕二最後の秋櫻子への愛の表現でもあり、最後に示した秋櫻子への顕彰行為でもあった。

耕二俳句の瑞々しさ

「南九州市かわなべ青の俳句大会」と作品

前章で「南九州市かわなべ青の俳句大会」のことを書いた。耕二をしのんで、小学生から高校生までの生徒が応募した俳句作品から優秀作品を選ぶ俳句大会のことである。毎年開催されており、十二万近い俳句作品と六万五千人近い参加者数は相当な規模といえる。また、鹿児島県のみならず、九州各県や遠くは青森県、愛知県の生徒からの応募もあり、その広がりも全国規模にまで発展している。

個人の賞は特別賞として、福永耕二賞、鹿児島県知事賞、南九州市長賞、南九州教育委員会賞、南日本新聞社賞、鹿児島県教育委員会賞、鹿児島県俳人協会賞とある。それぞれの賞は、小、中、高校生ごとに与えられるが、福永耕二賞だけは、小、中、高校生を問わず、ただ一人に与えられる。この大会の最高の賞に位置付けられているのである。

これまでの福永耕二賞の受賞者をみると、高校生が三人、中学生が七人、小学生が四人という具合に、年齢層は比較的散らばっている。受賞基準として、うまさよりも瑞々しい感性や子どもらしい豊かな心を重視しているからだろう。これまでの受賞作品のうち、小学生、中学生、高校生からそれぞれの句を一つずつ掲げてみる。

きょうりゅうが見ていた月をぼくも見る　　岩下　彬（第十三回　平成二十三年）

通過して陽炎になる無人駅　　木場恭平（第十四回　平成二十四年）

声援がしぶきにぬれて泳ぎ切る　　宮下純一（第一回　平成十一年）

どの句も作者の驚きや感動がまっすぐに伝わってくる。それゆえ、景がはっきりと見えてきて、とても共感できる。こういう作品に触れると、作者が大人であろうが子供であろうが関係なく、心に響いたことをどれだけ作品に表現していけるかが大切だと気づかされる。

瑞々しさということ

ところで、青春性の俳句という場合、よく「瑞々しい俳句」といわれる。青春の本質には瑞々しさがあるようだ。「瑞々しい」を広辞苑で引くと、「光沢があって生気に満ちている。新鮮で美しい」とある。要は新鮮で濁りがなく、いきいきとした様態のことをいうのだろう。「瑞々しい若葉」、「瑞々しい乙女」、「瑞々しい感性」というように若々しいものや人を修飾する言葉として用いられる。たしかにこの形容詞は青春性に通じるものがある。

耕二の俳句も青春性といわれ、その瑞々しさがよく取り沙汰される。しかし、これまで述べてきたように、耕二の句はどちらかというと内面に沈潜していく傾向があり、憂愁さの漂う句が多い。

この点、秋櫻子に見られる光や明るさとは少し違う。

同じ鹿児島出身で三十歳の若さで夭逝した俳人がいる。篠原鳳作である。鳳作は、鹿児島最南端の長崎鼻《ながさきばな》にある句碑（左記）の句のように、魂をはばたかせ、鮮やかな色彩を放ち、伸び伸びとした明るい句を作った。耕二が二十代のときに詠った海の句と並べて比較してみよう。

棕櫚の花海に夕べの疲れあり　耕二
向日葵に海峡の色またかはる　同
さそり座をめざす航海夜も暑し　同
満天の星に旅ゆくマストあり　鳳作
しんしんと肺碧きまで海の旅　同
幾日はも青うなばらの円心に　同

耕二の句は、「棕櫚の花」、「向日葵」、「さそり座」に心象を託しながら、海の空気や様子を詠んでいる。耕二の海からは、暗さや気だるさが感じられる。

一方、鳳作の句は無季ではあるが、まっすぐに海をたたえており、そこにいる作者が海の空気をこの上なく満喫していることがわかる。魂の輝きは鮮やかとしかいいようがないくらいに爛漫である。同じ鹿児島生まれながら、耕二にはこれほどの解放感や飛翔感はない。

しかし、耕二の句には憂愁が感じられる分、青春期特有の暗さがみられ、そのことがかえって青年らしいとも思える。憂愁をともなう瑞々しさとでもいおうか。暗さが瑞々しいのである。鳳作とは違うが、私はそこに耕二の青春性があると考える。青春にまっすぐ向き合い、憂えているところに、一層瑞々しさを感じさせるのだ。

耕二の俳句に向き合うまっすぐな姿勢。今詠むことを詠むしかないという精神。生きるために苦悩する姿をこそ思想とする無思想性。耕二のそうした生きる姿勢が伝わるからこそ、耕二俳句は瑞々しいと言われるのではないだろうか。だから、耕二を顕彰する俳句大会として、このような若者を対象にした企画が実現したのではないかと思うのである。また、賞の評価基準が瑞々しさに重きを置いているのも合点がいく。若者にうまさは要らない。うまさは発見や驚きを緩やかにしてしまう。憂鬱であろうが潑剌としていようが、感性がまっすぐ句に表現されることが大事なのである。

かごしま近代文学館での顕彰

鹿児島にはかごしま近代文学館がある。建物の外装、内装はともに明るく、センスがいい。また、展示物もたいへん見やすく陳列されている。この文学館では、鹿児島出身や鹿児島にゆかりのある作家を顕彰している。海音寺潮五郎、林芙美子、椋鳩十といった小説家や、俳人では、山口誓子、杉田久女、篠原鳳作、藤後左右、福永耕二といった具合である。

耕二に関しては、句集、原稿、短冊などが展示されている。また、「福永さんがいつも提げて歩く大きな鞄を〝動く編集室〟と言った人がいるが、帰りの電車の中ではその中から校正か添削、時には学校の採点などが出て来て、膝の上において私の目の前で機械的といっていいような早さで片付けてゆく」（渡邊千枝子「還らざる旅」）と書かれた「動く編集室」である黒い鞄も遺品としてガラスケースに展示されている。

かごしま近代文学館は、平成二十年二月一日から三月三日までの一か月間にわたり、「福永耕二展」を開催した。耕二の人生と抒情溢れる俳句の世界を、直筆色紙、短冊等で紹介した。そのときの資料を見ると、耕二の人生や俳句への考え方が作品とともに端的に示されていて、うまくまとまっている。

その資料の中で私の目を引いたものが二つあった。一つは、耕二が高校生の時に作った俳句である。高校俳句大会で第一位を取った句だという。

労 働 祭 重 油 が 海 を い ろ ど り ぬ

耕二が高校生だから、昭和二十七、八年の作品だろう。「労働祭」という季語を使っているのは、社会性俳句の影響からだろうか。この句にも海が登場するが、既に高校生の頃から耕二の海はどこか暗く、憂鬱感が漂っている。

もう一つは、昭和四十七年に父が亡くなり、帰省したときの母との写真である。大きな樹をはさんで、向かって左に母のフジエ、右に耕二が立っている。故郷に一人残された母への気がかりや深い愛が耕二の俳句とともに伝わってくる。

陽 炎 に つ ま づ く 母 を 遺 し け り　（『鳥語』昭四十七）

母を大切にしていた耕二にとって、故郷とは母のいるところであり、鹿児島は故郷である前に母のいる地であった。

雲 青 嶺 母 あ る か ぎ り わ が 故 郷　（『踏歌』昭四十八）

母は耕二の学費を工面したり、文学への理解を示してくれた。母は耕二にとって父以上にかけがえのない人だった。それだけに父の死後、母を気づかう句が多くなっている。母を詠んだ句をいくつか年代順に並べてみよう。

秋風のどこかにいつも母の声　（『鳥語』昭三十四）
身辺に母がちらちらして涼し　（『鳥語』昭四十六）
花過ぎの髪の乾きを母に見る　（『鳥語』昭四十七）
ひとり棲む母を侮り袋蜘蛛　（『踏歌』昭四十八）
摘みかさねても一握の母の芹　（『踏歌』昭四十九）
紫陽花の未明蒼白たり母も　（『踏歌』昭五十一）
露の世といへど母あり老師あり　（『踏歌』昭五十二）
母の日の来るよ不幸を量るため　（『踏歌』昭五十三）
盆の餅笑へば君も母似なる　（『散木』昭五十四）

これら鹿児島での高校時代や〈故郷〉への思いに光を当てるあたり、地元鹿児島ならではの顕彰のあり方だろう。

俳句は生きる姿勢

耕二の功績には東京ではなかなかお目にかかれないが、地元鹿児島では、先述のように、「南九州市かわなべ青の俳句大会」やかごしま近代文学館の常設展示として顕彰されている。作品もさることながら、このようなかたちで耕二の魂は生き続けているといえる。もちろん、《浜木綿やひとり沖さす丸木舟》《新宿ははるかなる墓碑鳥渡る》といった優れた代表作品が耕二にはあるが、やはり、憂愁の漂う青春性を放ちながら無思想を押し通すことで、まっすぐ生きる姿勢を貫いたことが耕二の最大の魅力であり、顕彰される点ではないだろうか。けっきょく、耕二は「俳句は生きる姿勢」という信条を貫き、俳句とともに人生を駆け抜けた。その生き方や姿勢こそが耕二の魂であり、作品の源泉なのである。

耕二の作品はそこを源とするからまっすぐな光を放つといえる。「馬醉木」の明るい光に加えられたこの光は、これまで論じてきたように、秋櫻子から学んだ光に遷子や登四郎から吸収した光を加えた薫陶の光なのである。そして、根っこには母からの故郷の光もある。

母の日と知る燕麦の穂のひかり　（『散木』昭五十四）

俳句をやっていてその意義を見失いかけるとき、耕二の生き方は原点に立ち返らせる力を持っている。耕二は作品に生き続けるだけでなく、生き方そのものに魂を生き永らえさせた。鹿児島に行けば耕二の魂に常時触れることができるし、耕二を知った若者がその生き方を知り、瑞々しい俳句を詠むかもしれない。瑞々しい俳句は、無思想で心にまっすぐ向き合う姿勢からくる。だから、耕二の生きる姿勢も瑞々しいのである。

無思想ということ

無思想という名の思想

耕二の俳句観の本質にある思想は、これまで何度か述べてきたように、「無思想という名の思想」だと私は思っている。この意味するところは、実に根幹的であり、これこそが耕二の「生きる姿勢」の本質だったと思っている。ここでいう「無思想」ということばと耕二の俳句観のキーワードである「姿勢」ということばは深くつながっている。ここは肝心なところなので、もう少し考えてみたい。

そもそも「思想」という場合、日本人は西洋から産まれてきたものを想定するのではないだろうか。形而上学的な概念体系のようなものを「思想」と思っているような気がする。しかし、耕二のいう「思想」とは、そういう西洋産の借り物めいたものではない。耕二のことばを借りれば、「思想とは、生きるために僕らが苦悩する姿のこと」(「カミュの死」)なのである。このことばから明かなように、耕二のいう「思想」とは態度や姿勢を指している。それはことばで「これ」と指し示すことができるものではない。しかし、西洋産の「思想」はことばで捉えられ、「これ」と指し示すことができる。ここに大きな違いがある。態度や姿勢というのはことばで捉えられるものではないので、いわゆる「思想」とは呼びづらい。しかし、「生きるために苦悩する姿」とは、人生の中で真理を追い求める姿である。それは一人ひとり違った姿であり、個別の様相を呈する。孤独や強い精神性が要求されてくる。そもそも真理というものは、手に入る代物ではなく、ひたすら追い求める姿勢の中にこそある。「思想」とは、ある考えを体系化した概念の世界であるが、概念の中に真理は存在しない。「生きるために苦悩する姿」こそが真理に近づくはずである。そう考えるとたしかに「生きるために苦悩する姿」そのものが、別の意味で思想といえる。「無思想という名の思想」たるゆえんである。

「姿勢」ということば

生きるということは、概念を振りかざすような「思想」に引っ張られるものではなく、もっと地味で苦しみを伴う世界なのだということを耕二は言いたかったのだろう。それはいい換えれば、頭で考える世界ではなく、五感による感覚の世界だということではないだろうか。概念の世界は、同じものへ収斂していく世界だが、感覚の世界は一人ひとりが感じ、違った世界を形成する。そこでは一人ひとりの生きる姿勢が重要である。しかし、そこでとどまっていては一人の世界で終わってしまう。それを俳句で表現することで、他の人とのつながりを生み出す。読者の共感を呼び、普遍性へつながっていくのである。そのとき俳句ということばでできた作品が、個別の感覚の世界と概念の世界とを仲立ちする。その瞬間共鳴が呼び起こされ、「無思想という名の思想」が成立するのである。

これまで私は、〈俳句は生きる姿勢〉という俳句観がめざしたもの、行き着くところをあまりにも意識しすぎていたのかもしれない。耕二のことをさらに考えるなら、「姿勢」ということばにもっとこだわってみる必要があるようである。

具体的にいえば、これまで私は俳句とは何か、耕二のめざしていたものは何かということに思いを強く持ちすぎていた。しかし、どうもそれだけでは他に重要なことを取りこぼしているように思えるのである。何が、という観点ではなく、どのように、という観点がより大切なのではないかと思えてきたのだ。要はどのように感じ、動き、生きたかということをもう少し掘り下げてみる必要があるということである。その観点から第三部では耕二の作品を論じ、生きる姿勢を浮き彫りにしていく。

第三部　生きる姿勢

意志強き俳人

意志ある劈頭句

福永耕二は意志的に生きた俳人である。第一句集『鳥語』の劈頭の句が既に作者の強い意志を感じさせる作品である。

浜木綿やひとり沖さす丸木舟　（『鳥語』昭三十三）

今まで何度も取り上げた句であるが、耕二という俳人を語るとき、順序としてまずこの句から始めないと耕二の生きる姿勢は論じられない。俳句の第一歩から強い意志をもって歩み始めたからだ。昭和四十年まで耕二は鹿児島で俳句に励んだ。この句にはその時代の耕二の俳句に対する考え方や思いが如実に表れている。当時（上京前）の耕二の考え方は、随想「カミュの死」（「馬酔木」昭和三十五年五月号）や評論「沈黙の詩型」（「馬酔木」昭和三十六年三月号）にほぼ集約されているといっていい。そこから導き出せるキーワードは、「孤独」、「苦悩」、「無思想」、「沈黙」である。それを念頭に置いてこの句をみてみると、見事にこれらのキーワードが句から浮かび上がってくる。

まず「ひとり」ということば。これは「孤独」や「沈黙」を表している。次に「丸木舟」。このことばからは、素朴で「無思想」な作者像が想像される。そして、「丸木舟」で「沖」をめざす行為は、読者に困難や「苦悩」する作者の姿を鮮明に映し出す。

次に季語である「浜木綿」の意味を考えてみよう。浜木綿はヒガンバナ科の多年草で、熱帯、亜熱帯の海岸に広く分布する。葉は大形舌状で多肉質、表面に光沢がある。白い花は細長く裂けて広がり、反り返っている。香りもいい。耕二の句の「浜木綿」は、作者のいる地点である海辺を示すとともに情景描写にも寄与している。しかし、意志的な耕二は単に情景描写の取り合わせのためだけにこの季語をもってきたのではない。ここにはもっと大きな耕二の意志が働いている。それは、「浜木綿」を示すことで南国の世界を示し、南から北へめざす耕二の意志表示を明確にしているのだ。さらに、香りのよさはやさしさを引き立て、南の故郷の安堵感を示すことで北の厳しさを暗示してもいるのである。以前も論じたが、南の故郷や島は耕二にとって癒しの場所なのである。そして、そこには母がいる。

一方、めざす方角は北である。具体的には「馬酔木」や秋櫻子のいる東京である。七年後に耕二は上京するが、すでに「馬酔木」に投句を始めたこの段階で、上京は決定づけられていたといっていい。上京のきっかけは能村登四郎の鹿児島訪問だったが、耕二にとっては初志貫徹したに過ぎないのである。

さらにこの句の姿は、「や」切りの体言止めという俳句の基本型である。耕二の意志がしっかりと俳句の型にはまっていて揺るぎがない。俳句表現への強い信頼が感じられる。俳句表現を信じ、俳句の道へ進まんとする意志の表れである。

さらにもう一つ付け加えるなら、耕二は学校への通勤の道すがら、柿本人麻呂の歌をよく口ずさんだという。《み熊野の浦の浜木綿百重なす心は思へどもただに逢はぬかも》という柿本人麻呂が浜木綿を詠んだ歌が万葉集にも収められている。耕二が秋櫻子の『葛飾』の万葉調に惹かれたことと響き合う逸話である。万葉集に出てくる季語を使うことで、秋櫻子の『葛飾』へのオマージュも隠されていると考えられるかもしれない。
このように明確な意志を持って行動することが耕二の生きる姿勢の一つの特徴であった。この句は耕二の句の中でも生きる姿勢を最も鮮明に表している句といってよく、それを第一句集の劈頭に据えたところに、二重の意味で耕二の強い意志が示されている。

感傷へ流れる青春俳句

さて、『鳥語』の冒頭では左に掲げたように、浜木綿の句のあとに海や南国の香り漂う句が六句続く。海女の句以外はどこか鬱屈感が漂う。それは「たたみけり」、「疲れ」、「鬱然」、「はにかむ」、「よどめり」といったことばが句に屈折と暗さを与えているからだろう。

夕虹に糸満は帆をたたみけり　（『鳥語』昭三十三）
眼裏に椎鬱然とシャワー浴ぶ　（同）
海女の鶏波止にあそべり昼花火　（同）
かくれ湯の真昼よどめり夏薊　（同）
水着きてはにかむ若さとり戻す　（『鳥語』昭三十四）
棕櫚の花海に夕べの疲れあり　（『鳥語』昭三十五）

鹿児島時代の句は『鳥語』第一章の「梅雨穂草」に集まっている。いずれも耕二が二十代に詠んだ句ばかりである。まさに青春俳句そのものなのだが、これら冒頭の句のあとも鬱屈感漂う句が続いていく。たとえば次のような句である。

わがための珈琲濃くす夜の落葉　（『鳥語』昭三十四）
梅雨穂草抜きつつ思ひつめにけり　（同）
旅人として花莫蓙の端に座す　（『鳥語』昭三十五）

主観の強さや内面性へのこだわりは青春の特権であるが、耕二の俳句は、甘い歓喜に流れず、より深い感傷へ流れていく。

『鳥語』の序文で、「将来耕二君の句に、もっと明るさと美しさとが加わって来たら、実にすばらしいことになる」と述べた秋櫻子は、耕二の資質を見抜き、波郷のような俳人になってほしいと願っていた。波郷との俳句の共通点は緊張した調べと難解性を含まない句風にあるが、これはいい換えれば、定型にこだわり、散文調に流れないということである。新風を興そうと一過性の流行にはやる当時の若い俳人たちとちがい、耕二の俳句に向き合う姿勢はより内面的で窮屈すぎるくらい真摯だった。

波郷俳句との共通点

ところで、耕二の俳句との出合いは自句自解『波郷百句』である。波郷といえば療養俳句を樹立した第五句集『惜命』（昭和二十五年刊）が有名で、耕二自身も次の句を『俳句創作の世界』（昭和五十六年、有斐閣）で取り上げている。

霜の墓抱き起されしとき見たり　波郷
たばしるや鵙叫喚す胸形変　同

綿虫やそこは屍の出でゆく門　同

これらの句にあるように、死と対峙しながら命の火を掻き立てる精神に凛然とした気品を耕二は読み取っている。この句は意味だけでなく、韻文精神があるからこそ句にも気品が漂う。そして、凛とした気品は同病の人たちへ救いの光を差し込むはずである。暗い詩因であっても光を感じさせるところが波郷である。ここに秋櫻子の指摘した「明るさと美しさ」に通じる精神が感じられるのである。

もう一つ重要なことは、波郷は俳句のフィクションを否定した俳人である。俳句は自己の境涯に密着して詠むところにその立ち位置があると波郷は考えた。次の句はその典型だろう。

初蝶やわが三十の袖袂　波郷

昭和十八年、波郷三十歳の句である。句の中に明確な切れを置き、一句の韻文的独立性を確立するとともに自身の境涯的な決意を鮮やかに示している。

昭和三十三年、耕二は米谷静二に連れられて上京したが、そのとき波郷といっしょに吟行している。しかし波郷その人からの直接の影響はあまり強くなかったのか、耕二はその生涯で波郷論のようなまとまった評論を残していない。もっとも、その後直接会う機会がなく、縁がなかったということなのかもしれないが。

一方、耕二の鹿児島時代の句は光が弱く、切れ味も波郷ほど鋭くない。特に教師になってからの句はうつむき加減である。

向日葵のうつむく方へ犬も去り　（『鳥語』昭三十五）

茂りても樗の空はうらさびし　（同）

黍の花独身教師減る秋ぞ　（同）

そして、第一章「梅雨穂草」は次の鬱然とした句で締めくくり、このあと二年間のスランプに陥り、作句が途絶える。

いつよりぞ外套重く職に倦む　（『鳥語』昭三十七）

俳句は「沈黙の詩型」であると初期の段階で早くも道破した耕二だが、この評論のあと作句活動が沈滞し、途絶えてしまうのは皮肉である。郷土の俳句の先輩、島千秋とアブサンを飲んだりして、心はすさんでいった。しかし、千秋との議論の中ではいやが上にも俳句は意識されていただろう。ちなみに千秋はのちに昭和四十七年の第十八回角川俳句賞に最後まで論議の対象となった作品を残し、そのすぐあとに逝去している。

耕二は決して俳句を現実の生活の外で作るものとは考えなかった。俳句は現実の生活の中にあり、現実の生活と俳句表現をいかに近づけるかが俳句との苦しい闘いなのだと考えていた。だから耕二がスランプで作句できなかったのは、現実の生活が沈滞していたからなのだろう。先に俳句に向き合う姿勢は窮屈すぎるくらい真摯だと書いたのはそういうことである。しかし、この窮屈さこそ耕二の生きる姿勢のもう一つの特徴であり、最初に述べた意志の強さの裏返しなのである。

『鳥語』の第一章「梅雨穂草」は、弱冠二十歳で「馬酔木」の巻頭を飾った句で始まり、鬱然とした重たい句で終焉を迎える。この句の配置にも耕二の意志が働いている。大いなる目標を掲げ、敢然と沖へ漕ぎだした丸木舟は、第一章で早くも座礁しかける。外套の重さに圧せられんばかりである。それが耕二の鹿児島時代の生きた軌跡なのだとこの配置は語っている。

耕二の鹿児島時代の俳句は、鹿児島の「馬酔木」を牽引する同人の米谷静二の指導をいただいていた。しかし、昭和三十三年ごろから耕二は自選にて「馬酔木」へ投句し始めた。巻頭が二度あったが、俳句への苦闘は続いた。このことは、耕二が職に倦み、恋に苦しみ、現実の生活に悩みを抱えていたことを意味する。

現実の生活の中に俳句があるという考えは、どれだけ潔く、美しく生きるかという姿勢に作品の出来がかかってくるともいえる。耕二の鹿児島時代は、秋櫻子と直接会う機会はほとんどなかったし、ましてや「馬酔木」の同人や同期との交流もなかった。俳句をやっていく上で、尊敬する師や先輩、あるいは切磋琢磨する仲間がまわりに少ないのは、インターネットも携帯電話もない時代では苦しいものがあっただろう。また、波郷は二十歳前は既に上京していたが、耕二はまだ鹿児島だった。この差は大きい。しかし、耕二の浜木綿の句は、作者の強い意志が韻文精神とともに表現されているという点で波郷の初蝶の句に匹敵する。俳句の型まで同じなのも偶然ではあるまい。秋櫻子が耕二の俳句は波郷と似ていると見抜いたのは、強い意志をもって実際の生活を俳句で表現している姿勢に共通性を感じたからでもあろう。要は生きる姿勢が類似していたのである。

孤独と沈黙

一人の求道者

前章で論じたように、耕二は鹿児島時代、社会に出てからの教師生活につまずき、俳句は昭和三十七年頃からスランプに陥った。強い意志をもって俳句を始めたにもかかわらず、実生活では悩み多く、そのことが俳句にも影響した。

しかし、立ち直りのきっかけは昭和三十九年夏に訪れた。能村登四郎の鹿児島訪問である。この機会をとらえ、鹿児島の俳人で友人でもある中條明は、耕二の俳句復帰を願って耕二を誘い、共に案内役を買って出たのである。登四郎は当時「馬醉木」の同人。昭和三十一年、第二句集『合掌部落』を上梓し、社会性俳句として注目されたが、そのあと長いスランプに陥っていた。実際、登四郎の俳句観が確立したといわれる第三句集『枯野の沖』は、昭和四十五年刊行だから、昭和三十九年の夏はまだ上梓されていない。第二句集と第三句集の間にあった登四郎は、まさに己の俳句観を打ち立てようと熱気を帯びていた時期だったのである。

耕二の人生において、秋櫻子を除いてその生き方に大きな影響を与えた出来事が二度あったと私は考えている。その一つがこの登四郎との出会いである。否、出会いというような生易しいものではなく、一種殺気にも似た熱気に冒されてしまったとしかいいようのない出来事だった。俳句以外のことは眼中にない一作家を目の当たりにした耕二は、瑞々しい衝撃を受けたのである。通常、中央の俳人が鹿児島に来遊するときは、指導者然として尊大な態度を取る俳人が多いと耕二は書いているが、このときの登四郎はそんな次元をはるかに超越していた。耕二や明のすぐ前を飄々と長身瘦軀を泳がせて歩く登四郎の姿は、一人の俳句の求道者だった。もう一つは、遷子との出会いだが、そのことは別の章で論じる。

耕二の俳句に対する考え方のキーワードが四つあると前回指摘したが、このときの登四郎に耕二は同様のことを感じていた。すなわち、「孤独」、「苦悩」、「無思想」、「沈黙」である。特に「沈黙」と「孤独」は、登四郎のためにあることばといえるくらいぴたりと当てはまっていた。自分の考えるところを実際に実行している先輩俳人を目の当たりにした耕二には、登四郎の姿勢は感動的ですらあっただろう。自分が俳句でめざそうとする俳人像を登四郎に見た。この時点で上京することが決定的になったといっていい。浜木綿の句から六年。スランプもあったが、これで吹っ切れた。実際に自分の考える俳句への姿勢を具現化している「馬酔木」同人が中央にいたのである。しかも職の世話までしてやるという。このあとの耕二の上京への電光石火のごとき行動は驚くことではない。耕二のすさまじさはむしろ登四郎を一人の求道者として同じぐらいの熱度で感得したことにある。ここに耕二の生きる姿勢の本質が宿っている。「孤独」や「沈黙」に根差した純度の高い姿勢である。

上京後の俳句

さて、耕二はその翌年四月から登四郎との縁を機に上京した。職場も登四郎と同じ千葉の私立市川学園高校である。第一句集『鳥語』は、第二章「今日の眺め」として、昭和四十年から四十三年の句を九十六句収めている。しかし、上京当初の昭和四十年は十三句しかない。環境が変わった矢先で、生活がまだ軌道に乗っていなかったからだろう。句もうつむき加減である。

花冷や履歴書に捺す摩滅印　　（『鳥語』昭四十）

何か忘れゐて終日の花ぐもり　　（同）

永き日や花瓶の底に水ふるび　（同）
黒穂抜く愉しさ心病むならむ　（同）
蠅生る密閉つねのわが部屋に　（同）

しかし、喜雨亭（秋櫻子宅）に行くようになり、文章会にも参加することで秋櫻子の謦咳に頻繁に接するとともに同期や先輩会員との交流が始まった。そして、何といっても職場では、登四郎がいたし、「馬醉木」同人の林翔、のちに親友となる歌人の小野興二郎もいた。そのせいか、鹿児島時代の句と比べて明るさが出てきた。たとえば、次の二句を比べてみるとよくわかる。

妻もなき鎌差なれや粟を刈る　（『鳥語』昭三十五）
青梅雨やひとの妻子と壁隔て　（『鳥語』昭四十一）

粟を刈る句にある「鎌差」ということばは、身分の低い農民の称である。そのようなことばを用いて妻なき人（おそらく自分を卑下）の粟を刈るわびしい姿を鹿児島時代には詠っている。同じ妻なき身ながら、上京後の青梅雨の句は明るい。「青梅雨」という季語が将来の作者にも妻子ができることを予感させてくれる。この前後の句を見ても耕二の心は前向きである。

棕櫚の花卓を払ひて地図開く　（『鳥語』昭四十一）
夜は夜の生徒と対ひ薄暑なり　（同）

夏休みに島へ旅行を計画している作者の表情は明るい。上京生活二年目に入り、仕事にも俳句にも慣れてきて、順調に動き出したのだろう。二句目の職場での生徒との対峙も、「薄暑」という季語がどこか作者の余裕を感じさせてくれる。

炎天に壮語の後のわれを置く　（『鳥語』昭四十一）
豪華なる今日の眺めの撒水車　（同）
黒板にわが文字のこす夏休み　（同）

右三句はそのあとに出てくる句である。炎天の真っ只中にいる作者は頼もしい。二句目は、大量の水に光が差し込み、華麗な景である。上京生活をわが物とし、スランプからの復活を果たした耕二の凱旋句として鑑賞したい。夏休みの句は、静かな教室に一学期を終えた教師の充足感がある。さらに次の句においては、「裏」や「枯」といったことばを用いていながら、安心して読める。作者の充実感が伝わってくるからである。

萍の裏はりつめし水一枚　（『鳥語』昭四十一）
ことごとく枯れ鉄塔の脚も枯る　（同）

おそらくこの頃から仕事だけではなく、恋の喜びも作者の心を満たし始めたからだろう。次の句を読むとそのことが句の端々に迸っているように感じられる。

遠火事をめざすにあらず急ぎ足　（『鳥語』昭四十一）
雪の詩に始まる学期待たれをり　（同）
決断をしてしばらくの懐手　（同）
追儺の夜餓鬼の如くに出て歩く　（同）

一句目。男が「急ぎ足」となれば、それは恋人に逢うためだろう。このときの作者にとって火事よりも急いて行くところがあるのである。二句目はどうだろう。鹿児島時代に《いつよりぞ外套重く職に倦む》と詠んだ同じ作者とは思えないくらい職に前向きである。三句目は結婚の決断をしたのだろうか。懐手をしたまましばらく時間をおく作者は、決断したことに迷いがあるわけではなく、決断した自身の充実した心に満足し、その余韻に浸っている。四句目の追儺の句は、先の炎天の句と同様、「壮語の後のわれ」の気分ではないだろうか。頼もしく、勇ましい作者の姿は、上京前の作者と別人であるかのようだ。

そういう作者の前向きで充実した気持は、次の二句にも自ずと滲み出ている。海は荒れてもどこまでも青く、水の匂いは心が和むあたたかさを感じさせてくれる。

蒲公英や荒れても青き日本海　（『鳥語』昭四十二）

あたたかや水の匂ひを身辺に　（同）

そして、いよいよ婚約である。実感のこもった句が並ぶ。

菜の花や食事つましき婚約後　（『鳥語』昭四十二）

娶るまで曲折もあらむ蜷のみち　（同）

そのあとは結婚と続く。左の一句目のように客観的な事実を示して喜びを表すとともに、二句目のように結婚というものの正体を比喩的表現で巧みに描写している。

わが教卓馬鈴薯の花を誰か挿す　（『鳥語』昭四十二）

明星と逢ふまでこともなき花野　（同）

普遍性への昇華

上京から結婚までの俳句を一気に通し見たが、上京直後にはまだあった鹿児島時代の鬱屈とした気分は、昭和四十一年ごろから薄れていき、気分がどんどん充実していったことがよくわかる。このころの俳句作品から感じる耕二の気分は明るく、登四郎との出会いがもたらした外的環境の変化（上京と転勤）によるところが大きいといえる。逆に登四郎俳句の持つ内へ内へと潜める息遣いの影響はまだ弱い。それは登四郎自身も第三句集である『枯野の沖』への途上であったからでもあろう。ただ、表現手法として、《春ひとり槍投げて槍に歩み寄る》の句に見られるリフレインや切字を使わない一句一章の特徴は、既にこの時期の耕二の俳句に現れ出している。次のような句がそうである。

船酔の眼に花莫蓙の花が燃ゆ　（『鳥語』昭四十一）
ことごとく枯れ鉄塔の脚も枯る　（同）
鶏頭や波にさびしき波がしら　（『鳥語』昭四十二）

しかし、第二章「今日の眺め」は、先述したように、《花冷や履歴書に捺す摩滅印》を劈頭の句としているが、掉尾は次の妻子俳句で締めくくっている。

子の蛐に妻ゐて妻もうすみどり　（『鳥語』昭四十三）

この句はなんと穏やかで至福を感じさせる句であろうか。子を包み込む妻が母親へ昇華していく姿を夫の眼差しが静かにとらえている。あたかも聖母子像であるかのように、リフレインの手法が効果を上げている。しかし、登四郎の影響はリフレインの手法だけに留まらない。耕二は、登四郎の第一句集『咀嚼音』に鏤められた珠玉の妻子俳句をもって同句集は古典足りうる、と評したが、その思いが耕二の句にもつながっている。妻子俳句は俳壇に満ちあふれているが、登四郎は俳句という詩型と格闘の末、次のような作品をとおして普遍性にまで昇華させた。

莢豌豆貧しさなれて子を欲りす　　登四郎
子にみやげなき秋の夜の肩ぐるま　　同
白地着て血のみを潔く子に遺す　　同
洗ひ上げ白菜も妻もかがやけり　　同

その中でも、次の句は『咀嚼音』での白眉の一句であろう。

逝く吾子に万葉の露みなはしれ　　登四郎

六歳の長男を次男に続いて早逝させてしまった背景を知ると、この句には一層深い悲哀を覚える。そこには悲痛な祈りが迸っている。しかし、魂の美しさという点では、耕二の蛹の句も決して遜色がない。どちらも作者の生の感情が息づいていて、深い人間愛を感じさせる作品である。愛おしい感情が俳句という詩型に訴えられたとき、孤独な苦闘の末、普遍性にまで昇華されるのである。それは、「孤独」、「沈黙」に価値を置く二人の俳人に共通した生きる姿勢のなせる業なのである。

確かな決意

昭和四十四年という年

前回述べたように、結婚して一児を得た耕二の上京生活は軌道に乗り始めた。『鳥語』第三章の「相思樹」（昭和四十三年〜四十四年）を読むと、上京前の句との差が歴然として驚くほどである。同じ季語の句を取り上げて上京前の句と比べてみよう。

夕虹に糸満は帆をたたみけり　（『鳥語』昭三十四）

糸満のいま獲し海老が夕立浴ぶ　（『鳥語』昭四十三）

糸満とは、ひめゆりの塔の建つ沖縄本島南西端にある市だが、ここでは糸満漁師のことであろう。漁師が夕立に打たれながら海老を手でつかんでいる景は荒々しく、たくましい。十年前の学生のときに詠んだ糸満の句の静かさと大きな違いである。

旅人として花莫蓙の端に座す　（『鳥語』昭三十四）

海の旅経て花莫蓙の香が甘し　（『鳥語』昭四十三）

花莫蓙の句も花莫蓙の甘い香を詠い上げ、海の旅の青春を謳歌している。それに比べ十年前の句はおとなしい。

梅雨穂草抜きつつ思ひつめにけり　（『鳥語』昭三十四）

旅了へて旺んなる髭梅雨穂草　（『鳥語』昭四十四）

梅雨穂草の句は髭に焦点を当て、生命力の生々しさを詠い上げる。ここでも十年前の内に籠った句柄とは大きく違っている。

いつよりぞ外套重く職に倦む　（『鳥語』昭三十七）

文庫本もて外套をふくらます　（『鳥語』昭四十四）

脱ぎ捨てし外套の肩なほ怒り　（同）

最後に外套の句をみてみよう。上京前は外套の重さに「職に倦む」心情を吐露した耕二だが、昭和四十四年の二句では、外套は作者のからだの一部となって主体的である。ここには沈み込む耕二の姿はもはやない。

第一章から第三章までわずか二百三十六句だが、同じ季語を使った句がけっこう出てくる。おそらく耕二はあえて意図的に同じ季語を使って、昔の自分との違いを表現したのではないか。

昭和四十四年という年は、耕二にとって「馬酔木」の中で確固たる地歩を築いた年だった。結婚により社会的に安定し、生活の基盤ができる一方、「馬酔木」では編集の中心的存在になり、同人に昇格した。秋櫻子との信頼関係が確実に構築されていたことの証であり、そのことが耕二に大きな自信と充足感を与えていた。それに加え、職場では先輩で俳句観を共有できる能村登四郎や林翔がいた。また、編集の渡邊千恵子や同期同人の黒坂紫陽子といった仲間との交流も活発だった。師、先輩、友人との信頼関係を築いた環境の中にいたからこそ、鹿児島時代とはちがう明るく勢いのある俳句ができたのである。

特に登四郎、翔とは職場が同じなので、耕二は毎日会っていたはずである。二人からの影響は嫌が上にも受けざるを得ない環境にあっただろう。登四郎も翔も、俳句というものは自己の心の投影だという信条の持ち主だったし、耕二も同様の考えに立っていた。ものを詠っても作者の心は常に投影され、自分を離れようとしても離れられるものではない。それが俳句というものであると考えていたのだ。そして、耕二の場合は平明さを俳句に心がけていたので、自分の心のありようを過去との比較で表したり、ものに象徴させることで鮮明にする表現手法をより意識して駆使したのであろう。

妻子俳句と巡島吟

この時期の耕二の俳句には妻子を詠んだ句が多い。これは、俳句とは実生活を詠むものであるという信条と結婚後すぐに一児を得た耕二の状況を考え合わせれば当然のことなのだが、第四章「鳥語」(昭和四十五年)をみると、二句に一句の割合で登場するほどの印象である。それだけ耕二は充実した結婚生活を送っていたし、妻のみち子も同じ俳人として耕二への理解が深かったのだろう。

妻子俳句については、既に論じたのでこの章で詳しく論じることは控えるが、次の二句などは耕二の妻子に対する想いがよく出ていて、生きる姿勢を自ずと表している。

子と二日会はねば渇く山葡萄　(『鳥語』昭四十五)
色鳥やわが靴のいつ磨かれし　(『鳥語』昭四十五)

一句目は、二日会わないと心が渇いてしまう、と子を想う父親の情愛を正直にまっすぐ詠み上げている。色鳥の句は、妻のさりげない心配りに「色鳥」という華やかな季語を配合することで、妻への謝意を表している。

第一句集『鳥語』のもう一つの大きな特徴として、第二章と第三章に見られる巡島吟を挙げることができる。第二章では、対馬や沖永良部島を詠んだ句のように、南海の外光が都会に疲れた耕二の心に精神的な癒しと感性の蘇生をもたらしている。

沖つ藻は花咲くらしも朝ぐもり　（『鳥語』昭四十）

飛魚の翅透くまでにはばたける　（『鳥語』昭四十一）

一句目は万葉の調べに乗って南の島を美しく詠い上げ、二句目では、耕二の南国の血が騒ぎ出し、躍り上がらんばかりである。しかし、第三章では、平家物語の俊寛僧都流謫の条に想いを馳せ、写経石まで入手して、古典への傾倒ぶりを発揮している。第三章は、吐噶喇《とから》列島、奄美大島の二十六句が章のはじめから続くが、第二章と趣を異にし、次の句のように南の島の歴史や気候へ深いまなざしを向けたりもしている。

俊寛塚野分のあとは草閉ざす　（『鳥語』昭四十三）

相思樹の空のふかさも野分過　（同）

一句目は俊寛の哀しい歴史を見つめ、情景をとおして人の世の儚さを詠んでいる。二句目は野分が過ぎたあとの季節の微妙な変化を相思樹の空の奥に感じ取っている。相思樹とは沖縄にあるマメ科の高木、広葉、常緑樹。この句あたりから私はのちの耕二俳句の内へと沈潜していく傾向の萌芽を感じるのである。そこには、景を見ながらも、内にある自分の心の声にじっくり耳を傾ける耕二の姿がある。俳句への姿勢の変化がうかがえる。

ことばや調べとの葛藤

さて、ここで第三、第四章に見られる耕二の俳句の表現上の工夫をすこし見ておきたい。まずはことば遊び的な俳句である。たとえば次のような句がそうだろう。

をちこちのをちの声棲む鉦叩　（『鳥語』昭四十五）
錦木や鳥語いよいよ滑らかに　（同）

一句目は、「をちこち」ということばを分解している。これは機知が過ぎて成功しているとは思えない。二句目は句集のタイトル句である。「鳥語」の語が「錦木」の季語と反応を起こし、落ち着いた華やぎを醸し出している。「囀り」は春の季語だが、「錦木」と「鳥語」の合わせ技で秋の囀りの美しさを創出している。句集のタイトルにもしたくらいだから、耕二にとっては思い入れの強い句なのだろう。耕二は一つの句を作るまでに言語の働きや調べと長い間葛藤するとよくいわれたが、この句などはその典型だったのではないだろうか。句集のあとがきに「句集名を『鳥語』としたのは、その言葉が文字・響きともにただ何となく好きだったからというにすぎない」と書いているが、この淡々とした口調から、逆に、この句に至るまで相当の葛藤があったのだろうと想像できる。

もう一つの表現上の工夫は調べである。耕二の句には、一読したときに予定調和で飛躍がないと感じる句がある。型としてのパターンも目立つ。それはもともとが一句一章の句意であるところを、調べを重視したため倒置表現となり、予定調和という印象を与えてしまうのである。最初に耕二の句集を読んだときに私が真っ先に感じた印象だったが、第三章はそのことが特に顕著である。具体的に句を挙げてみる。

心象風景の俳句

昭和四十五年の俳句

前章で触れたように、「現代俳句の晩鐘は俺が打つ」と言った波郷を継いで、「馬酔木」の伝統俳句に新しさをもたらそうと決心した耕二。その後の活躍にはめざましいものがあった。

まず、波郷が亡くなった年の昭和四十四年に耕二は「馬酔木」同人となっている。翌年の昭和四十五年には実質的に「馬酔木」の編集長となり、その年の十月には「沖」創刊に参画している。上京後わずか五年ほどの出来事である。その間、結婚、子どもの誕生と私生活でも満ち足りた日々を送っている。めまぐるしいまでの活躍と充実ぶりであるといえる。

第一句集『鳥語』での昭和四十五年の句は、第四章「鳥語」に収録されている。妻子俳句が頻繁に出てくるが、それ以外に注目したい句がいくつかある。まずは次の句である。

霜の菊見ゆる座にゐて怠れず　　（『鳥語』昭四十五）

以前にも何度か指摘したが、「菊」は耕二の俳句では秋櫻子を暗示する。「見ゆる座」というのは、編集作業での場面だろう。秋櫻子のもとで編集の右腕として取り組んでいる耕二の姿が想像される。このとき既に耕二は、編集作業において、「怠れず」という状況にまでなっていたのである。

私はこの句を読むたびに、耕二の最後の一句、《ぼろぼろの身を枯菊の見ゆる辺に》にどうしても思いが及んでしまう。十年後の最後の句で耕二はせめて秋櫻子の「見ゆる辺」にいきたいと願うが、このときの耕二は、「見ゆる座」にたしかにいたのだ。「辺」ではなく、秋櫻子にはるかに近い

「座」にいた。ということは、最後の句の耕二の願いは、単に秋櫻子に会いたいというだけではなく、もう一度編集の一員として秋櫻子に尽くしたいということを詠んだのではないだろうか。そう考えると、編集長解任という出来事が耕二に与えた心的影響は、途方もなく大きかったとあらためて思い知らされる。この句は私にいつも耕二の最後の一句を呼び起こし、胸を抉り続けるのである。

次に、この章の句に初めて「北」ということばが現れる。北は鹿児島にいた耕二がめざした方角で、以前も指摘したように、耕二の俳句では「馬酔木」や秋櫻子を意味することばである。

奥飛驒や雪しろ北をさし急ぐ　（『鳥語』昭四十五）

北風とわかれて背骨弛みだす　（同）

一句目。「さし急ぐ」の措辞に、耕二の意識下に常に北へと逸る思いがあったことを読み取れないだろうか。秋櫻子のいる「馬酔木」の下で新しい伝統俳句を打ち立てるという思いである。《鳥渡る我等北さす旅半ば》という亡くなる二か月前の句がある。耕二という俳人は、前回指摘したように、同じ季語やことばを繰り返す傾向がある。それは以前詠んだ句を踏まえて、今の自分の気持を詠んでいるからである。この句の「北」と「さし急ぐ」ということばが十年後の句にこだましていくのである。

二句目は、さきほどの「霜の菊」の句の六句あとに出てくる。北は耕二に緊張を強いるところだが、北風も同様だろう。その北風とわかれたあとは緊張が解けてほっとする。北はめざす方角であり、同時に気を許すことのできない目標点なのである。

「北」と同様、「沖」ということばを使った句がこの章に出てくる。《浜木綿やひとり沖さす丸木舟》という『鳥語』劈頭の句にあるように、「沖」も耕二俳句ではめざす地点である。

立泳ぎしては沖見る沖とほし　（『鳥語』昭四十五）

泳ぎつきし岩礁になほ沖の礁　（同）

昭和四十五年十月、能村登四郎は俳句結社「沖」を立ち上げる。一句目はその創刊号に寄せた作品の一句である。そもそも俳句結社「沖」の名は、登四郎の第三句集『枯野の沖』にある《火を焚くや枯野の沖を誰か過ぐ》に由来する。「沖」立ち上げ前に上梓された『枯野の沖』は、登四郎俳句の確立といわれる画期的な句集だった。「心の奥から湧いてくるように出て来た」というこの句は、まさに「心象の風景（言葉）であり、虚でもあり、実でもある。ここに句集『枯野の沖』の新しさ、最大の達成があった」（宗田安正『昭和の名句集を読む』本阿弥書店、平成十六年）のである。

耕二の一句目は、「沖」という結社の旅立ちへの挨拶句ではあるが、同時に自身がめざしている沖への実感でもあろう。「馬醉木」同人となり、秋櫻子の右腕として編集の仕事を任されるまでになったが、まだまだめざす沖は遠いのである。

二句目は、「馬醉木」同人、編集の右腕、「沖」創刊の実現というとりあえずの到達点に達してはみたが、次の礁がまだ先に見えている。次の礁とは、このの ち獲得する「馬醉木賞」でもあり、新しい俳句への変革でもあるのだろう。

そして、私が第四章「鳥語」の中で最も注目する句を掲げる。

かたまつてゐて裸木の相触れず　（『鳥語』昭四十五）

前章で、《相思樹の空のふかさも野分過》という句に耕二俳句の内へと沈潜していく傾向の萌芽を感じると書いたが、その傾向線上にあるのがこの句である。裸木をじっと見つめながら、一樹一樹が孤立していることに心を傾ける。裸木に生きる姿勢を感じる耕二の姿が想像できる。また、「沖」創刊の頃にできた句であることを思うと、裸木は登四郎、翔、そして耕二自身のことを象徴させているのかもしれない。登四郎のいう心象風景句のようにも思えてくる。この句をもって第四章は終わる。

昭和四十六年の俳句

昭和四十五年は耕二にとって、たしかに「泳ぎつきし岩礁」の感はあったが、それは耕二自身が自覚しているように、まだまだ先の沖をめざすための第一歩に過ぎなかった。次の第五章「夢のなごり」は昭和四十六年の句を収録しているが、この年の耕二は「馬酔木」での地歩を確実に固める一方、「沖」では同人として二十代の若手俳人を指導している。この年から耕二の活動はギアが一段上に上がったような感じである。次の句はそのことを象徴している。

浜木綿のほとりの脱衣遺品めく　（『鳥語』昭四十六）

この句も耕二の同じ季語を繰り返す範疇に入る句である。『鳥語』劈頭の句（先述）がそのさきがけだが、沖に漕ぎ出た丸木舟の出発地点に残した脱衣類が「遺品めく」というのである。漕ぎ出してから十三年、もう戻ることはできないし、戻る必要もない。あの当時の自分はもはや過去である。こんなにも遠い世界に来てしまったという耕二の感慨が伝わる一方、耕二の充実した心が静かに、強く訴えかけてくる。

また、この年になると、次の句のように一層秋櫻子の存在が大きくなり、菊の句が五句連続で収められたりもしている。

菊月の菊をあなどる花舗の隅　（『鳥語』昭四十六）
心愉し菊のなかなる小菊買ふ　（同）
翳幾重封じてまぶし今日の菊　（同）
身辺に小菊ばかりや文化の日　（同）
菊日和いづこにゆくも子が重荷　（同）

三句目には、「馬酔木五十周年を祝す」の前書きがある。記念祝賀会での秋櫻子は、まことに「まとふはおのがひかりのみ」の眩しさをもって輝いていたことだろう。耕二にとって「馬酔木」での俳句活動は、忙しくも愉しいものだったにちがいない。子どもまでが重荷に思えるほどの充実ぶりだったのである。

一方、このころから父の具合が悪くなり、帰郷を促す手紙が母から頻繁に来るようになる。早く帰郷しないと、とあせる気持はあるものの、なかなか時間ができない。栗の花の独特の臭気が後ろめたい気持にだめを押すかのようである。夢にまで見る父の姿に知らず知らずのうちに寝汗をかく耕二である。

白南風や帰郷うながす文の嵩　（『鳥語』昭四十六）
父病むと知れど帰らず栗の花　（同）
花栗や夢のなごりの盗汗拭く　（同）

一学期が終わり、耕二は飛ぶようにして鹿児島へ帰郷した。そのことが次の二句に如実に現れている。

立葵咲きのぼりつめ帰郷の日　（『鳥語』昭四十六）

風と競ふ帰郷のこころ青稲田　（同）

一句目。「咲きのぼりつめ」の措辞に耕二のぎりぎりまで引っ張った帰郷への思いが横溢している。二句目は、鹿児島の南九州市清水岩谷公園の句碑の句である。早く父に会おうと息せき切って帰郷する耕二の姿が風に揺れる青田の風景と解け合って、鮮やかに迫ってくる。

ようやく帰郷を果たした耕二は、この帰郷のタイミングで先に掲げた《浜木綿のほとりの脱衣遺品めく》を詠んだ。上京して二、三年のころの耕二は、帰郷や南の島への旅が心の癒しになっていたが、六年たったこの頃になると、故郷ははるかなる風景として既に懐かしいものとなっていた。それだけ北での生活が充実していたといえるし、故郷に少し距離をおいて顧みる余裕が出てきたともいえる。そのことは母を詠んだ句を比較してみると明白である。

秋風のどこかにいつも母の声　（『鳥語』昭三十四）

身辺に母がちらちらして涼し　（『鳥語』昭四十六）

一句目の鹿児島にいるときの句は、母の声はかぼそく、淋しいが、二句目の母は父の病を前にしっかりと動き回っている。「秋風」と「涼し」の季語がその対比を際立たせている。

そして、第五章「夢のなごり」（昭和四十六年）の終わり近くに私が注目する句があるので、それを左に掲げる。

紅葉して桜は暗き樹となりぬ　（『鳥語』昭四十六）
すでにこの暗さは冬の椎の幹　（同）
晴れすぎて翳るいのちの雪蛍　（同）

表面上は明るいのに、耕二の眼差しは自身の心の中へ向き、その内部を詠もうとする。だから、いずれの句も「暗」と「翳」ということばが登場してくるのである。なかでも一句目の紅葉する桜の句は、先述した登四郎のいう心象風景を詠んだのだろう。芭蕉の「虚に居て実をおこなふべし」でもある。この句はこれまでにない耕二の句であり、この時期の耕二が獲得した俳句だった。「虚」の感覚を持って「実」を詠むことで、ほんとうの「実」を詠むのである。第二句集『踏歌』には内に沈潜していく句が多いが、《かたまつてゐて裸木の相触れず》や《紅葉して桜は暗き樹となりぬ》にみるように、『鳥語』の昭和四十五、六年あたりから既にその傾向が現れ出てきたのである。それは、「馬酔木」の編集長に就いた頃と期を一にしている。大結社の編集長という立場は、多くの年配の同人がいる中でたいへんなプレッシャーだった。覚悟の上のこととはいえ、その重責が耕二を一層内へ沈潜させていったのである。これも責任感の強い耕二の生きる姿勢の現れである。

父の死

父の髭

耕二の第一句集『鳥語』の最終章は、「父の髭」というタイトルである。この章は昭和四十七年と付記されているが、耕二の父は春に逝去しているので、昭和四十七年の春の句（四十八句）までとなっている。『鳥語』はこの章をもって閉じる。

帰郷して冬三つ星の粒揃ふ　（『鳥語』昭四十七）
木枯のすでに棲みつく父の声　（同）
きのふ木枯けふ凪ぐ父の喉佛　（同）
病む父の髭剃る約も年のうち　（同）

出だしの四句である。一句目の「帰郷して」とは、父が死ぬ前の年の瀬である。激しい咳と痰に苦しめられていた耕二の父は、療養生活を送っていた。いつもがみがみ叱ってばかりで、酒を飲んではよく暴れた父だったが、死の四、五年前からは好々爺となり、長い髭を耕二の子供たちに引っ張られても叱ることもなかったという。この時期、既に二児の父親となっていた耕二にとり、父の髭は厳めしい髭ではなく、孫にやさしい温和な髭となっていた。耕二は、父の髭に焦点を当てて俳句を詠むことで、年をとるにつれて変わっていく父の姿を象徴させたのである。

父の療養生活はけっきょく一年余り続いたが、薬石の効なく、翌年の春に亡くなった。父が耕二に与えた影響とは実際どういうものだったのだろうか。

耕二の父は律義で不正が許せない人だった。療養中、一度も洗面、歯磨きを怠ることはなく、出納簿は死の前々日まで正確に記入していた。転職は十数回に及んだが、不思議に人からは信用され、最後は小組合長の職のまま亡くなった。

霜のこゑ骨の節ぶし応へけり　（『鳥語』昭四十七）

竹馬の伏目のままに通り過ぐ　（同）

湯豆腐の崩れぬはなく深酔す　（同）

一句目は、霜の降りるしんと静まり返った日に感じた親不孝の数々なのかもしれない。耕二の上京を「勝手にしろ」と言って許してくれた父に対する息子の負い目であろうか。

二句目は、子供の頃よく竹馬に乗って遊んだ路地だろうか。今の耕二には、「伏目のままに通り過ぐ」ほかないのかもしれない。

三句目は、これまでの父とのことを考えて、どうしても酒が進んでしまう耕二の姿が浮かび上がる。湯豆腐は崩れ、猪口や徳利がテーブルにひっくり返っている様子も想像できる。

枯蔓のまだ生きてゐて手に粘る　（『鳥語』昭四十七）

そこここに蓬は萌ゆれ父遠し　（同）

父はかなり厳しい病状だったのだろう。しかし、一句目のように、まだ生きる力はあると耕二は感じている。ただ、いつなんどき死がくるやもしれず、二句目のように、「蓬は萌ゆれ」と願い叫ぶしか仕方がなかった。このときの帰郷が、けっきょく耕二が父と会う最後の機会となってしまった。

「まつしぐら」

鹿児島から帰った耕二は、また日常生活に戻った。関東での耕二の生活は「馬酔木」の仲間に囲まれ、愉しく、充実した毎日だった。そのことが次の二句から感じられる。

如月の水のひかりをつくる鳰　（『鳥語』昭四十七）

連翹や朝のひかりのまつしぐら　（同）

両句とも春の光が明るい。この時期の耕二の穏やかで充実した心の表れでもあろう。特に二句目は、同期同人が中心となって結成した「亀戸研究会」（通称「亀研」）の第一回の句会に出した句である。「亀研」は、俳句の作品研究を行うことを目的としたグループで、耕二がいないと句会も今一つ盛り上がらないほどに、耕二は「亀研」のリーダー的存在だった。第一回の句会でこの句は満場の選を集めたという。まさに「まつしぐら」に突き進む耕二の勢いが如実に現れている句である。その分、故郷はふだん顧みることのない存在になっていったともいえよう。

花冷や兄の手紙の一枚きり　（『鳥語』昭四十七）

春渚足あとのみな沖めざす　（同）

この二句は連翹の句のあとに一句置いて出てくる。一句目は、兄からの素っ気ない手紙を「花冷」の季語に託して詠んでいる。父の様態がもう抜き差しならないところまできているのだ。

一方、二句目は「亀研」の仲間と切磋琢磨している様子を詠んだ青春の風景である。「馬酔木」において、より高い俳句をめざして進んでいく仲間の姿が明るく描かれている。鹿児島時代に詠んだ「ひとり沖さす丸木舟」のような孤独感はもはやない。「足あと」のひとつに耕二の足あともある。

父子草

父危篤の知らせは、叔父から春寒い日の夜九時に電話があった。十二時にもう一度電話があり、なるべく早く帰郷するように言われた。しかし、鹿児島空港に着いて電話したときには、父は既に二時間ほど前に亡くなっていた。

「『お前が生きようが死のうが勝手にしろ』そういう乱暴な言葉で僕の上京を許した時から、父はこの日が判っていたように思えてならない。」(「沖」昭和四十九年二月号)と耕二は書いている。「この日」とは、不肖の息子が親の死に目に逢えず、父が死んでいく日のことを指している。二人いる息子のうち一人は遠洋におり、もう一人は二時間差で間に合わなかった。

天寿とはいへぬ寒さの蕗の薹　(『鳥語』昭四十七)

春疾風子の手摑みてわが堪ふる　(同)

霰うつ父の死に目に逢へざる顔　(同)

春寒き涙痕のこし逝けり父　(同)

父子草髭もましろに父逝ける　(同)

冴返る父の手蹟のさようなら　(同)

心の中で慟哭し、堪える耕二の姿が浮かんでくる。五句目に再び父の髭が登場するが、ここでは「父子草」に託している。「父子草」とは、キク科の小柄な多年草で、名前はハハコグサを母子草と見て、それに対して付けた名であるといわれている。ハハコグサが白い毛に包まれた柔らかな姿に黄色い花が映えるのに対し、父子草は全体に色気が少ない。目立たない植物だが、耕二は「父子」という漢字と白い毛の多さに着目したものと思われる。眼目は父の髭が真っ白になって逝ってしまったという点にあるだろう。年末に剃った髭はまた生えてきてすっかり白くなってしまったのである。そこに十分な看病もできず、死に目にも逢えない親不孝な自分を詠んでいる。それは霰に打たれた顔であり、わが子の手を摑んで震えているだけの愚かな息子である。

六句目は、亡くなる三十分前に父が綴った手蹟を詠んでいる。「一切間違ひなし」、「みんな集まってよかった」と書いたあと、「さようなら」と書き終えて絶筆したという。「みんな集まってよかった」とはいえ、二人の息子はそこにはいなかった。そのことが耕二には一層つらい手蹟と思えたのではないか。それが「冴返る」という季語を呼び起こしたのである。

先述の「沖」（昭和四十九年二月号）に耕二は、「父にとって自分は何だったのだろう。自分にとって父は何だったのだろうという思いは、その後僕の心の中で幾度か繰返された」と書いている。そういう耕二の思いは次の一連の父の死の句に読み取れるのではないだろうか。

春障子父の濁声もう聴けず　（『鳥語』昭四十七）
春虹の消えぎはに逢ふ柩出し　（同）
父を焼く火勢見て来し杉菜原　（同）
父埋めしあとの土の香春霰　（同）
春寒星いづこか殖ゆる父逝きて　（同）
芝焼きて父を焼きたる火を想ふ　（同）

「春障子」にもう聴けない父の濁声へ思いを寄せ、「春虹」に父の昇天を美しく描き、「杉菜原」に慰みを求める。また、父の死に対し、いまひとつ実感の伴わない感覚を「春霰」に託し、その分、冷静に「春寒星」を眺める耕二なのである。さらに芝を焼いても父のことではなく、「父を焼きたる火」のことを想う。どの句も生前の父その人を詠むのではなく、季語に託して耕二自身の空虚感を詠み上げている。それは父の死を現実のこととして受け止められない一方、けっきょく上京してからも最後まで父と胸襟を開いて話をすることのなかった悔いのようなものが耕二にあったからではないだろうか。そのことが先述の耕二の心の呟きとなっていったように思えるのである。

父の死後、耕二は第二句集『踏歌』でいくつか父のことを詠んでいるが、句のほとんどは死の翌年に集中している。

夢に触れし父の荒髭露晨　（『踏歌』昭四十七）
父在らば図らむ一事朴咲けり　（『踏歌』昭四十八）
花椎の香のつよき夜は父の夢　（同）
夜香木父のにほひの減りし家　（同）
父に似る伯父を上座に魂迎　（同）
裾ひろき父の浴衣よ魂まつり　（同）
父の忌のことぶれ母の蓬餅　（『踏歌』昭五十一）
春霰天よりわれを打つ父か　（『踏歌』昭五十三）

その中で最後の句は死後六年ほど経過しての句である。父を埋めたときに降っていた春霰がまたも降ってきて、叱ってばかりの父が現れたのだろうか。耕二にとって父の存在はいつまでも怖い存在であり、勝手に上京したことへの負い目を呼び覚ます存在だったのだろう。

陽炎につまづく母

朧月母ねむらせてのち眠る　（『鳥語』昭四十七）

母のまへ着て見す父の春袷　（同）

父の死は耕二の母への想いをこれまで以上に強くさせたようだ。ひとりとなってしまった母を労わる耕二の姿は痛々しい。

陽炎につまづく母を遺しけり　（『鳥語』昭四十七）

花過ぎの髪の乾きを母に見る　（同）

『鳥語』の掉尾を飾る二句である。父の死の章をもって終わる句集の最後を耕二は母恋の句で締め括っている。このことは何を意味するのだろう。耕二にとって父の死とは何だったのだろう。

一ついえることは、父の存在は母をとおしてはじめてはっきりするということだ。上京を決めた耕二に「勝手にしろ」と言った父は、そのときから耕二を対等の男として突き放したのだ。その瞬間、母は耕二にとって一層心を和めてくれる近しい存在となったのである。だから、母に対しては「遺しけり」という思いや「髪の乾き」へのやるせない思いが募るのだ。

それにしても「陽炎につまづく」という表現には、この上もなく母への深い愛情が溢れている。『鳥語』の中でも、《子の幮に妻ゐて妻もうすみどり》と双璧をなす肉親への美しい愛を湛えた作品であろう。秋櫻子の「美しく生きる」という信条が家族に向いたとき、耕二の俳句は最も輝きを増す。父の死が一層母を愛おしくさせ、美しい句へと昇華させたのである。

第一句集『鳥語』を考える

『鳥語』の意味

これまで第一句集『鳥語』をとおして耕二の生きる姿勢を見てきた。この句集は昭和三十三年から四十七年春までの四四九句が収められている。鹿児島時代と上京生活がそれぞれ七年ずつとなっているが、昭和三十七年から三十九年までスランプの時期があったため、句の数は鹿児島時代がわずか五十八句しかなく、圧倒的に上京後、しかも昭和四十三年以降に集中している。

耕二の上京生活は最初の一年はなかなか慣れずに苦しんだが、その後は「馬酔木」での活動に積極的に取り組み、同人昇格、編集長就任と一気に駆け昇っていった。また、私生活も結婚、子ども誕生と順調に滑り出した。その間、波郷の死があり、最後は父の死で句集を締めくくっている。

ざっと『鳥語』の流れをみるとそういうことになるが、この流れからだけでも、上京後の生活がいかに密度濃く、上昇気流に乗っていったかがわかる。忙しくも充実していたことが作品をとおしてもはっきりと伝わってくる。今回は、『鳥語』全体をとおして耕二の俳句、ひいては生きる姿勢に『鳥語』がどういう意味を持っているのかを考えてみたい。また、俳句史の流れの中でこの句集と耕二の俳壇登場の意味を考えてみたい。

『鳥語』にみる耕二の俳句観

作者を離れた俳句は俳句として成立しない。「この句には作者の顔が見えない」という批評をよく聞くが、俳句は短詩型である以上、作者の顔が見えてこない作品は弱い。しかし、作者の我が強すぎるのも独り善がりに陥る危険性がある。このあたりの微妙なバランスが重要なところで、境涯性をあまり剝き出しにせず、詩情を醸し出すことが肝要といえよう。ただ、境涯を全く離れてしまってはことば遊びに堕しまうので、そのあたりの匙加減が難しく、また、作品の妙味となるのである。

このような考えを踏まえた上で私がまず何よりも『鳥語』から感じることは、俳句は生活の反映であり、作者の心が映し出されたものであるということである。そこには作者の衒いや虚勢は一切なく、素直で等身大の姿勢が感じられる。等身大という意味は、作者が俳句に向き合い、ひたむきに生きているということである。『鳥語』に教師俳句がほとんどないのは、耕二がいわゆる境涯俳句にはまり過ぎぬよう意識したからかとも思う。しかし、それ以上に耕二は自分の心に素直に、謙虚に向き合っていたのだろう。常に今あるがままの境涯に向き合い、自分の感じたことを詠む。生きている自分の姿や思いを掛け値なく俳句に詠んでいく。そういう姿勢が等身大なのである。等身大で自身の生活を詠み上げる耕二の姿勢は、青春期特有の明るさや暗さが句に素直に表出される。その結果、作者がすぐそこにいるような親しさを感じさせてくれるのである。

水着きてはにかむ若さとり戻す　（『鳥語』昭三十三）
啓蟄や怒りて折りしペンの先　（同）
風摶つてわが血騒がす椎若葉　（『鳥語』昭三十四）
白桃を水に沈めて夜を待てり　（『鳥語』昭三十六）

これらの句から、はにかみ、怒り、熱さ、エロス、といった青春期特有の旺盛な感情が詠まれているのがよくわかる。しかし、その感情は短詩型にうまくおさまり、乱れがない。抒情と韻律をうまくバランスさせて俳句という作品に仕上げている結果、読者に安心感を与えてくれる。実際は、型や調べにさんざん苦心して耕二は句に仕立て上げているのだが、その苦心を感じさせないくらいにおさまりがいい。そこには、調べによって心を表出するという秋櫻子の教えも影響しているだろう。作者の思いが入ると句は饒舌になる。しかし、思いは作品でしか表現できない。それなら俳句という短詩型は調べによってその思いを表す以外にない。「俳句は沈黙の詩型」たる所以である。作者の心を沈黙の詩型に入れ込むことが俳句の抒情なのである。

もう一つ、『鳥語』には妻以外の異性を詠んだ句が一句もない。四句目はあるいは異性の存在を感じさせるかもしれないが、この句は相手のことではなく、自分の心のあり様を詠んでいる。潔癖性ゆえかと鹿児島時代の恩師、米谷静二は語っているが、俳句へのストイックな姿勢は詠む対象においても選ばれていたのかもしれない。

しかし、結婚してからはその対象に向かって自身の思いを素直に詠み上げていく。『鳥語』に妻子俳句が多くなるのはそういうことなのだろう。作品には、妻への労わりや父親としての喜びが表現されていて、読者にまっすぐ伝わる句が多い。

触れぬものの一つに妻の香水瓶　（『鳥語』昭四十二）
男の子得て喝采こぞる松の芯　（『鳥語』昭四十三）
泣く吾子を鶏頭の中に泣かせ置く　（『鳥語』昭四十四）

底流の太い線

子の泪なかなか涸れず草の絮　　　（『鳥語』昭四十五）

妻子俳句は耕二の心をより率直に反映している。

また、『鳥語』では、巡島詠に代表される吟行句も多くみられる。巡島詠は昭和四十三年くらいまでに集中しているが、上京当初の生活は容易ではなく、ともすれば自分を見失いがちになることもあった。そういうとき、南の島を巡ることで自分の原点に触れ、自分を取り戻すことができたのではないだろうか。

向日葵に海峡の色またかはる　　　（『鳥語』昭四十）

この句は、上京の年、昭和四十年に対馬に行ったときに詠んだ句である。「馬酔木」五百号記念大会の秋櫻子の特選句でもあるが、深読みすれば「海峡の色またかはる」は、南の島に来ていきいきとする耕二の心の変わりようを詠んだともとれる。「向日葵」は南を象徴しているが、南の島は耕二にとって癒しの場であるばかりか、自分を取り戻し、再び北へ向かって旅立つための起点でもあった。わずか二十歳で初巻頭を飾った《浜木綿やひとり沖さす丸木舟》の句も奄美大島で詠んだ句である。南の島はいわば耕二俳句の出発点なのである。妻子への思いと同様、耕二にとっては生きるための原点なのである。今しか詠めないことを詠む、と言い切った耕二にとって鹿児島時代の青春俳句、上京後の妻子俳句、巡島詠の三点は、自身の心に素直に向き合った結果であり、当時の耕二の心のありどころだったのである。『鳥語』にはこれら三つの大きな流れが全体を貫いている。

『鳥語』は、生活や心の反映こそが俳句、という姿勢に支えられ、先述の三つの流れが句集の表面を覆っている。しかし、底流に太い線が一本走っていることを見逃すわけにはいかない。それは「馬酔木」の伝統俳句を拡充していくという新しい俳句への決意からくるものである。鹿児島にいるとき、耕二は漠然と俳句の沖、つまり秋櫻子をめざしたのだが、実際に秋櫻子に接し、「馬酔木」の先達や仲間と交流するうちに、俳句のどこをめざして進んでいくかという方向が定まってきたのである。

綿虫になに前触れの胸さわぎ　（『鳥語』昭四十三）

わが息に触れし綿虫行方もつ　（『鳥語』昭四十四）

一句目は、波郷が死ぬという予感だろうか。現代俳句を代表する俳人が亡くなることは現代俳句の今後の行方に不安が募るが、波郷の死に接した二句目では、綿虫は耕二の息に触れて行方をもつという。波郷亡きあと、耕二自身が現代俳句の今後の行方を定めていこうという思いなのである。その思いは次の句にはっきりと表れている。

冬ざれていよよさだかに野の起伏　（『鳥語』昭四十四）

「野の起伏」とは新しい俳句の道だろう。そこを固い決心をもって進んでいこうとする耕二の姿勢が明白になってきたのである。上京して四年。ここに一本の太い線が生じ、以後耕二の俳句に通奏低音のように響いていく。この太い線は、ときに明るく開き、ときに内に閉じて耕二の俳句を振幅させる。

連翹や朝のひかりのまつしぐら　（『鳥語』昭四十七）

紅葉して桜は暗き樹となりぬ　（『鳥語』昭四十六）

一句目は第一回の「亀研」の句会で出席者全員が票を入れた句だが、これなどは明るく開いた句である。また、二句目は内に閉じて作者の心象風景を詠んだ句だといえよう。

さて、『鳥語』という句集は意図的に父の死をもって終焉させている。年代で区切るならきりのいい昭和四十六年でふつうは終わりにするだろう。しかし、耕二はあえて昭和四十七年春の父の死をもってこの句集を終わらせた。そこにこの句集に対する耕二の意志が大きく働いている。

前章で述べたように、父は耕二が上京するとき、「勝手にしろ」と言って耕二を突き放した。強い決心で上京した耕二は、波郷の死を契機に俳句における進むべき道を明確にした。そして、今度は父の死を契機に一人の人間として中央で生きていく決心をしたのである。

浜木綿やひとり沖さす丸木舟　（『鳥語』昭三十三）

陽炎につまづく母を遺しけり　（『鳥語』昭四十七）

句集の巻頭句と掉尾（厳密には最後から二番目）の句を並べてみた。『鳥語』は俳句の道をまっすぐ進むという決意に始まり、母を残した故郷を遠くに見やるまでになった一人の青年の軌跡の句集である。作者の意志を鮮明に打ち出した句集なのである。

しかし、『鳥語』は耕二の俳句作品だけに終わらなかった。なぜなら秋櫻子が過褒とも思える序文で耕二と波郷の相似性を言明したからである。秋櫻子は二人の共通点を俳句における緊張性や平明さだと指摘し、人間として誠実で親切なところも似ていると見抜いた。二人に直に接した秋櫻子の言だけに実感があるが、一方で秋櫻子の願望も込められていたといえる。いずれは波郷のように

「馬酔木」を牽引し、抒情俳句の継承者として育って欲しいという願望である。ところが、俳壇は耕二を現代俳句を代表する抒情の変革者として期待した。『鳥語』が上梓された昭和四十七年という年は、俳句史では昭和三十年代に興隆した前衛俳句が下火となり、戦後俳句の性急な志向に対する反省から伝統への回帰が進んだ時代だった。

『鳥語』はそういう空気の中で世に出た句集であり、耕二自身は秋櫻子の序文によって「馬酔木」の若手本流と見られ、新しい抒情俳句への期待を背負わされての俳壇登場となった。「『馬酔木』という結社の枠を超えようとする心構えの必要性」(鳥海むねきの『鳥語』書評)が述べられたのも抒情俳句の変革を期待してのことだろう。『鳥語』の底に流れる太い線は変革への源であり、それがもっと現れ出てくるには第二句集を待たなければならなかった。しかし、この太い線から出てきた次のような句に既にその萌芽が現れていたことは指摘しておきたい。

相思樹の空のふかさも野分過　(『鳥語』昭四十三)

かたまつてゐて裸木の相触れず　(『鳥語』昭四十五)

レグホンの白が混みあふ花曇　(『鳥語』昭四十六)

「馬酔木」を牽引するという秋櫻子の願望だけでなく、俳壇の期待も背負わされたところに『鳥語』の宿命があった。『鳥語』は第一句集の段階からある種の枷を嵌められた感があり、その後の耕二の俳句や生きる姿勢を方向づけたのである。

昭和四十七年の俳句

第二句集『踏歌』上梓

『鳥語』が世に出た年、昭和四十七年に耕二は「馬醉木」の編集を担当する。戦後の「馬醉木」は昭和二十五年に石田波郷、昭和三十二年に藤田湘子が編集を担当し、「馬醉木」を盤石なものにした。湘子は、けっきょく「鷹」という結社をつくり、「馬醉木」の編集を辞退、去っていくが、昭和三十年代の「馬醉木」の煌びやかな時代を編集長として支えた。そのあと六年ほど秋櫻子が編集を行ったが、その間、若い耕二が育ち、ついに大結社「馬醉木」の編集を任されることになった。ときに耕二、三十五歳のことである。

第二句集『踏歌』は耕二が編集長になった昭和四十七年の夏から始まり、昭和五十三年までの七年弱の四六二句が収録されている。三十歳代後半の壮年期の句集で、ひたすら「馬醉木」編集に没頭し、「馬醉木」の先輩、同期、後輩たちと交歓する日々だった。句の数は四十七年は三十六句、四十八年は六十三句、四十九年は六十二句、五十年は七十四句、五十一年は八十五句、五十二年は七十七句、五十三年は六十五句、という具合に、昭和五十一年を頂点として前後が山の裾野を描くかのような句数の分布である。実はこの句数の曲線がけっこう耕二の精神の充実度を物語っているように思えるのである。頂点の昭和五十一年初頭に相馬遷子逝去（当時同人会長）という耕二にとっても「馬醉木」にとっても一大痛恨事があったが、『踏歌』の句数の頂点は遷子の死と符号している。耕二は、「馬醉木」の同人会長だった遷子の蔭ながらの応援、支援のもとで編集を進めていた。主宰、同人会長との強い信頼関係を保ちながら、精神的にとても張りのある日々を送っていたのである。

耕二の生涯は、『踏歌』の掉尾の句から二年後の昭和五十五年の十二月に閉じるが、「馬酔木」の編集長時代だった『踏歌』の時期が耕二の人生の中では最も忙しく、また最も充実していた。『踏歌』の句集全体や意義については、個々の俳句作品を見たあとでまた論じるが、この論のテーマとして掲げている「俳句は姿勢」という小論が発表されたのもこの時期、昭和五十二年十月の「沖」七周年記念号発刊のタイミングだった。

昭和四十七年の俳句

ほろびにし蛍がにほふ溝浚へ　（『踏歌』昭四十七）

『踏歌』巻頭の句である。「溝浚へ」とは、田植え前、水の流れをよくするために用水路、溝、排水路などの掃除をすることで、草を刈り泥を掬い、田に水が行き渡るようにする。溝に蛍の魂の匂いを嗅ぎ分け、人間の営む行為を詠み上げた抒情豊かな巻頭句だといえよう。

「溝浚へ」の行為は今年の田植えの収穫への願いが込められているが、この句はむしろ滅んでいった生命への追悼を詠っている。毎年、生の営みは繰り返されるが、そこには滅びていく命がある。そのことを生きる側は忘れてはいけない。そんなことを訴えかけてくる句である。『鳥語』は父の死で閉じたが、『踏歌』はそのことを受け継ぎ、死や滅びというテーマからはじまっている。そこには生命への冷静な眼差しと弱さや愛おしさをやさしく包み込む姿勢が感じられる。

『踏歌』の章の名前は『鳥語』と違って、ただ年号が付けられているだけである。第一章は「昭和四十七年」というタイトルで夏から冬にかけての三十六句を収録している。この章ではじめて「壮年」ということばが登場する。

壮年の樫かもにほふ梅雨晴間　（『踏歌』昭四十七）

二十歳のときからの句集『鳥語』に対し、『踏歌』は三十五歳からの句集である。まさに壮年であり、耕二にもその思いは十分にあった。翌年の句にも「壮年」は登場する。

水打つやわが植ゑし樹も壮年に　（『踏歌』昭四十八）

耕二の句の特徴として樹木を自身の投影として詠んだり、何かの象徴としてとらえる傾向があるが、この句もそうである。中七の末尾の「も」により、作者の樹へ同化している心が読み取れる。帰省時の作品で、庭に打水をしながら樹を見上げ、自身もまた壮年に達したことを感慨深く思っている姿が見えてくる。

「壮年」ということばは、耕二の句集の中ではこれら二句だけである。これら二句は、第一句集を上梓した矢先であり、「馬酔木」の編集長になった直後に生まれた作品であることから、新しいステージに進もうとする耕二の思いがこもっているように感じられる。

昭和四十七年の作品には、すでに『鳥語』で萌芽のあったように、対象の奥にあるものを凝視したり、対象の本質に耳を澄ませたりした俳句が登場している。

椨咲き空は深さをうしなひぬ　（『踏歌』昭四十七）

かなかなや夕暮に似て深曇　（同）

一句目は空の深さに着眼しているが、昭和四十三年作の《相思樹の空のふかさも野分過》にも同様の着眼が見られる。右の『踏歌』の句では夏に咲く淡い紫色をした小花の樗が空を明るくいろどる様子を詠み上げている。樗の花の美しさがかえって空の深さを失うという感受性に内に沈潜していく耕二の傾向が読み取れないだろうか。

二句目は、「かなかな」を「や」で切ることで抒情豊かな句に仕上げている。結社「沖」の第一回勉強会で出席者の過半数がこの句を選んだという。「深曇」でありながら「夕暮」に似ていると詠む作者の感受性は、すでに「深曇」の奥にあるものを見つめ、「かなかな」の声と響き合って「夕暮」が見えているのだろう。そこに広がる色合いは愁いを帯びているが、時空を超えて作者の子供のころの懐かしい世界にも通じている。

昼顔や捨てらるるまで櫂痩せて　（『踏歌』昭四十七）

花茣蓙の寝窪に花のふたつみつ　（同）

一句目は、「馬酔木」の同人総会兼同人鍛錬会が岡山で開かれた時、牛窓漁港まで足を伸ばして詠んだ句である。句会の最高得点だったようで、林翔によると、「とにかく彼は句会で点を稼いだ。誰にでも親しまれ易い句を作る名手だったというわけだ」（「俳句とエッセイ」昭和五十六年四月号）ということである。

昼顔の句は昭和四十三年に《昼顔や波立ちめぐる珊瑚礁》という作品がある。この句は色鮮やかで海の光がまぶしい。南国の夏の海を謳歌した青春性を感じさせる俳句だが、右の昭和四十七年の作品は寂しげである。そうした両面性を持ったこの花を耕二は青春期と壮年期にそれぞれ詠んでいる。痩せた櫂と巧みに取り合わせた『踏歌』の句は、海のまばゆさをひたすら謳歌した『鳥語』のときの句に対し、より奥に踏み込んで詠んでいる。
二句目は、花茣蓙の花を寝窪にとらえている。同じ花茣蓙の花を詠んだ『鳥語』での昭和四十年の句、《船酔の眼に花茣蓙の花が燃ゆ》と比べてみると、主観性を押さえ、抑制された句に仕上がっている。その分読者の想像の域が広がり、作者の内面性へより鑑賞が及ぶ句になっているといえる。

夢に触れし父の荒髭露晨　（『踏歌』昭四十七）

右の句、耕二の父はこの年の早春に亡くなっている。まだ死後半年ほどしかたっておらず、夢の中とはいえ髭の感触はなまなましい。しかし、「露晨」の澄んだ空気感がなまなましさを消化してくれるようで、耕二も父の死と向き合うだけの心の余裕がでてきている。

捉へむとせし綿虫の芯曇る　（『踏歌』昭四十七）

綿虫の翅をとおして透けて見えるからだの部分を「芯」と表現したのだろう。捉えようとした瞬間、綿虫のからだが曇ったというのは、写生というよりも直感で捉えたといえる。耕二は眼が非常によかったらしく、活字のどんな小さな歪みも欠けも見逃さなかったらしい。この句も観察眼がゆきとどいていたからこそ「芯曇る」と表現できたのである。一方で「綿虫」とくれば石田波郷を象徴しているように鑑賞したくなる。波郷の気概を継いで俳句の新しい道を切り拓くと心に誓った耕二のことを思うと、この句は「馬酔木」の伝統である抒情俳句にいかに新しさを加えていくかという耕二の苦闘を象徴しているようにも感じられる。これは深読みが過ぎるかもしれず、やはり写生による直感句と鑑賞するので十分かもしれない。いずれにしても魅力ある作品であり、ここでも耕二の眼は内へ向かっている。

冬雀父とゐるとき子はしづか　（『踏歌』昭四十七）

この章に収録されている唯一の吾子俳句である。父としての耕二はやや苦笑しているようである。句に教訓めいたところがなく、穏やかな冬日の中、父子の日常が静かに詠われている。

『鳥語』から一年

昭和四十七年の作品は、『鳥語』を上梓して一年内の作品である。「『鳥語』を編んで一年、自分の句がどう変ったか、何か新しいものがつけ加わったかと考えてみる時、忸怩たらざるを得ない」（「沖」昭和四十九年一月号）と耕二は沖賞受賞の感想で述べている。この感想からうかがえるように、耕二は『鳥語』でいったん自身の句業に区切りをつけている。ということは、『踏歌』は耕二俳句の新たな出発の句集と位置づけるべきだろう。その出発の一年目に当たる昭和四十七年の作品は耕二にとって何よりも敏感にならざるを得なかったのではないだろうか。そういう目で昭和四十七年の章をあらためて読んでみると、最も挑戦的な次の句にいき当たるのである。

北山やしぐれ絣の杉ばかり　（『踏歌』昭四十七）

上五でいきなり「北山」という地名を押し出す堂々とした詠み出し。「しぐれ絣」という造語の持つ気品。下五の「杉ばかり」はただただ杉だけの景を差し出している。しかし、下五の「杉」がまた上五の「北山」へと還っていくとき、桂離宮などにも用いられたあの「北山杉」が現れる。そして、もう一度下五まで読みおろしたとき、北山杉を背景にした時雨の条が絣模様に光って過ぎていく様が、京都の趣を伴って情緒豊かに詠まれていることに気づかされる。「しぐれ絣」という造語は、「北山杉」と取り合わされたことではじめていきいきとその気品を湛えるのである。川端康成の小説『古都』の世界にも通じる一句である。

この句の表現手法をもう少しみてみよう。「しぐれ絣」は比喩的表現であるが、通常の直喩で表現せず、おもいきって造語にしてみせている。しかし、造語だけではその輝きは半分で終わっていただろう。そこに「北山杉」という伝統的で京都の雰囲気を醸し出すことばを配したことで造語に息吹を注ぎ込んだのである。さらに耕二は単純に「北山杉」と表現せず、地名の「北山」を最初に打ち出し、下五に「杉ばかり」と分解して、杉の立ち並ぶ圧倒的な景を示した。一幅の絵画を見るような俳句の表現美の極致を実現した作品だといえる。その分技巧が目立つが、耕二の伝統俳句に新しさを加えるとの気概が現れた作品だと評価したい。

しかし、このあとの作品では、耕二は賢明にも、いたずらにことばを操り、表現美を追求していく方向に走らなかった。技巧を凝らした作品の頻発を耕二の美意識は許さなかった。これも耕二の生きる姿勢からくるものである。

言語感覚と表現の練磨

第二回「沖賞」受賞

この章では、『踏歌』の「昭和四十八年」という章を論じる。昭和四十八年とは、耕二が編集長になって一年が過ぎた年である。耕二の俳句活動の充実ぶりは、この年からぐんぐん勢いを増していった。「沖賞」と「馬酔木賞」を受賞したのも主にこの年に発表した作品が評価されたからである。それぞれの俳句誌の昭和四十九年一月号に受賞発表と自選句が掲載されている。

まずは第二回「沖賞」からみてみよう。第二回「沖賞」では、第一句集『鳥語』と年間の業績が評価された。特に「沖」での評価は、若手への指導育成が大きかったのではないかと思われる。耕二は「沖」の「二十代の会」を指導していた。既に「馬酔木」の編集の重責を担っていた耕二だけに、「沖」に協力することは一層多忙を極めることでもあった。それでも若手育成に労を惜しまなかったのは、俳句への真摯な姿勢とともに「沖」を立ち上げるための登四郎や翔への恩義でもあっただろう。

耕二とて三十代半ばであるが、その耕二が二十代の俳句作家にどのように向き合っていたのかを覗いてみるのもおもしろい。

耕二は若い俳人には陥穽があると考えていた。当時、新人育成のため作品が未熟でも大家並みの頁を割いて発表させたりする結社誌もあった。そうして育った俳人の中には、俳句を非常に手軽なものに考えてしまい、表現の錬磨を怠り、ついには脱落していく者が多かった。この陥穽に陥らないために、「言語感覚を養い、表現研究を深めよ」と耕二は主張した。言語表現の研究、実践が必ずや俳句を俳句たらしめる俳句性に認識を開くだろうと考えたのである。「沈黙の詩型」(「馬酔木」昭和三十六年三月号)は耕二がまだ二十四歳のときに発表した小論だが、ここに出てくる「最後に残った十七音の言葉に対するぎりぎりの愛情が、人に訴えるのである」というメッセージは至言である。畢竟、俳句における表現の練磨とは、十七音の言葉へのぎりぎりの愛情を深めることなのだ。耕二はそのような思いと希望を二十代の「沖」の俳句作家に示唆し、一人の作家として立つことを望んだ。

捉へむとせし綿虫の芯曇る　（『踏歌』昭四十七）

葬送の列後にしばし蹤きて冬　（同）

北山やしぐれ絣の杉ばかり　（同）

衣更へて肘のさびしき二三日　（同）

夾竹桃ほのほの色の見えぬ昼　（同）

「沖賞」自選二十句から『踏歌』にも収録されている中の五句を抄出してみた。言語感覚の冴えや表現の練磨は、これらの句によく現れている。順にみてみよう。

一句目は触感が捉えた感覚を視覚表現へ鮮やかに転換している。「芯曇る」の一瞬の感覚を捉えた表現の冴えが光る。

二句目の「冬」は無造作に置かれた感があるが、実は「しばし」の一語とよく響き合っている。葬送の列後に蹤いて進むにつれ、冬の冷えがしだいに増してくる。「しばし」の時間経過が徐々に感じられる冷えを伝え、最後に「冬」と置いてとどめをさす。作者の実感とともに虚無的な心も周りの冬の景とともに伝わってくる。「冬」という二音だけで止めた句のリズムの効果だろう。

三句目の、視覚から聴覚へ五感を働かせて得た「しぐれ絣」という造語は、視聴覚の融合の産物である。耕二の言語感覚の冴えが生み出した結果である。

四句目の「肘のさびしき」という感覚表現も実感がよく伝わる。ここに句の眼目があるが、私はむしろ上五の「衣更へて」に注目する。「更衣」の季語をあえて動詞にして、かつ字余りとしたのは、上五で切れが強くなるのを避けたかったからではないか。上五が「更衣」だと切れが強くなり、下五の「二三日」という時間の経過へ円滑につながっていかないのだ。句の流れやリズムを吟味し、表現の葛藤を経て生まれた一句なのだろう。

五句目は真夏の季感が充溢している。日光が明るすぎて炎の色が見えないという作者の感性が、昼の暑さ、気怠さを伝えてくれる。夏に長期間咲く「夾竹桃」の花の色には激しさとはまたちがうしぶとさ、強さがある。「ほのほの色の見えぬ昼」と「夾竹桃」とを取り合わせることで「炎昼」とは実は炎の色が見えない昼のことだと看破した。感性から表現の妙を創出した作品といえる。

帰郷の句

ここで「昭和四十八年」の章に収録されている「帰郷十五句」の前書のある句をいくつかみてみよう。『鳥語』にも帰郷の句はあったが、この章ではこれまでと違い郷里に父はもういない。

青田ゆく胸が支ふる風の量　（『踏歌』昭四十八）

この句の景は、父の死の前年に詠んだ句、《風と競ふ帰郷のこころ青稲田》（昭四十六）と同様に青田風が故郷を吹きわたっている。しかし、昭和四十八年の耕二は風をしっかりと受け止めている。父が亡くなり、母ひとりとなったことで、耕二の心に母を支えようという自覚が生まれた。「胸が支ふる風の量」の措辞に耕二の母への強い思慕が感じられる。

夜香木父のにほひの減りし家　（『踏歌』昭四十八）

父に似る伯父を上座に魂迎　（同）

裾ひろき父の浴衣よ魂まつり　（同）

ひとり棲む母を侮り袋蜘蛛　（同）

最初の三句はみな父を偲ぶ句である。「夜香木」、「上座」、「浴衣」に父の不在を象徴させることで父への思いと存在の大きさを表現している。最後の句は母を詠んでいるが、母の心細さを季語に託している。いずれの句も平明にしてわかりやすい。

「表現の練磨」の必要性を耕二は若手に教えたが、「帰郷十五句」では、まず故郷や父母に自身の心を通わせて、そこから自然に湧いてくる感情に表現を添わせている感じがする。和やかな心の状態が句の表現を自然体にしているのかもしれない。

雲青嶺母あるかぎりわが故郷　（『踏歌』昭四十八）

この句は素直な感慨がにじみ出ていて、リズムもよく、堂々とした故郷讃歌の句である。しかし、耕二はなぜ「青嶺」に「雲」を付けたのだろう。上五を体言にしてリズムを整える意味もあっただろう。けれども、「雲青嶺」には「母」とのことばの響きを考えたのではないだろうか。「雲」の持つ包容感、青嶺の高さ、白に象徴される清らかさ、ときには雨をも降らす「雲」。そんなイメージを表したかったのではないか。故郷の山は青春の「青嶺」ではなく、どうしても包容力を持つ母なる「雲青嶺」なのである。

「馬酔木賞」受賞

昭和四十八年度「馬酔木賞」は、過半数近い得票を獲得して耕二に決まった。句集や特別作品は参考程度にとどめ、毎月の投句作品が評価の対象となった。そこには実作尊重の立場を貫く「馬酔木」の姿勢があらわれている。

錦木も暮れてまじるや露葎　（『踏歌』昭四十七）
山葵田に雪まじりなる雨の音　（『踏歌』昭四十八）
空を飛ぶ塵やひかりや柳萌ゆ　（同）
あどけなき声の二いろ木槿垣　（同）
露の空いくたび尾長掠めても　（同）

ここでも「馬酔木賞」自選十五句から『踏歌』にも収録されている五句を抄出した。いずれも五七五の定型を活かした調べの美しい作品である。また、ものを視覚で捉えながらその奥にある本質的なものを聴覚や触覚で捉えようとする姿勢が感じられる。

具体的に一句目からみてみよう。秋の冷えが深まる中、葎にまじる錦木の紅葉の色が日暮とともに暗くなり、葎の色と同化していく。露の冷えた感触が暮色の薄暗さと相俟って作者の心を捉え、視覚から触覚への融合がみられる句である。

二句目は、視点が山葵田から雨へ移動する。そのとき、微妙な雨音の変化を耳で捉えたのである。視覚から聴覚へ五感を移し、「雪まじりなる雨の音」を聴き取ったのだ。

三句目は、早春の光や塵が交差して、柳の色がまぶしい。春の到来を色彩感覚で捉えるとともに、大きな空間を動く光や塵の速度や音も伝わり、明るく勢いのある句に仕上がっている。

四句目の日常の風景はほほえましい。ここでは二句目と逆に、聴覚から視覚へと作者の心は移っていく。「二いろ」の措辞が声から色への移り、すなわち聴覚から視覚への橋渡しをしている。子どもの声と木槿の白（木槿は白木槿と鑑賞したい）とが響き合い、聴覚と視覚の融合が句の中で起こっている。

五句目の「露の空」は「尾長」が何度通り過ぎても動かない。「尾長」の啼く声が耳に残るだけである。どこか淋しさを感じるのは、秋冷の感覚があるからだろうか。

このように耕二の句には、まず視覚でものを捉えることが多い。文字どおり着眼するのだが、そのあと着眼したものを自身の心に懸命に照らし出す。そのとき一番先に働くのが聴覚である。もちろん聴覚以外の五感も働くが、耳をひそませる場合が多いように感じる。たしかに四句目の木槿垣の句のように、聴覚から入って視覚で情感を捉える場合もある。しかし、耕二の場合、耳が情感を一番敏感に捉えるように感じられる。着眼したものを懸命に自身の心に照らし、感動の本質を摑むという作業は、耕二の俳句工房において最も核になる部分である。そこから表現の練磨も始まり、定型へと美しい調べを奏でるのである。表現の練磨とリズムの整調という後工程もとても重要だが、その前の感動の本質を摑むという前工程がないとまったく俳句作品に仕上がらない。抒情詩になり得ないのである。耕二のいう「俳句性に認識を開く」とは、こうした一連の懸命な工程作業から得られるもので、その点を若手に訴えていたのである。

昭和四十八年の掉尾の句

寒星をつなぐ絲見ゆ風の中　（『踏歌』昭四十八）

「昭和四十八年」の章の掉尾の句である。凍てつく夜空の星と星を細い線がつないでいる。「見ゆ」という措辞に作者のあたたかな心のありようが表れている。中七までに作者の心が十分伝わってくるのだ。しかし、私が注目したいのは下五の「風の中」である。一見なんでもない終わり方で、中七までの眼目をそのまま着地させているが、果たして下五の措辞に意味はあるのだろうか。

実はそれこそが耕二の俳句性の現れなのである。中七までの視覚で捉えた表現を下五で聴覚の世界に転換してみせたのだ。なぜなら風に耳を傾け、微妙な風音の具合を聴き取った結果、「寒星をつなぐ絲」という表現が得られたからである。それは視覚と聴覚の融合がもたらした産物なのである。「風の音」でなく「風の中」というおおどかな表現なのも聴覚表現が出過ぎず、聴覚と視覚の融合性を表現したかったからではないだろうか。それにより、中七までの眼目の表現に雑音が生じず、静かに着地し得ているのである。五感を心の中に働かせ、表現の練磨、リズムの整調を経て耕二の俳句作品が創出される工程がこの句には如実に出ている。言語感覚、表現をひたすら追い求める耕二の俳句への真摯な姿勢が端的にうかがい知れる佳句といえよう。耕二の生きる姿勢が俳句作りの工程とその結果の句に反映されている。

雄ごころ

編集者座談会

「沖賞」、「馬酔木賞」を受賞した耕二は、昭和四十九年以降「馬酔木」の編集長として益々活躍していく。その分、「沖」での活動時間が少なくなってしまったが、登四郎、翔とは職場が同じということもあり、二人との密なる信頼関係は変わらなかった。「馬酔木」の編集長として活躍するということは、秋櫻子の晩年の総仕上げに貢献することでもあった。それは具体的には、水原秋櫻子の全集を刊行することであり、「馬酔木」という結社を秋櫻子の俳句観のもと、新たに発展させていくことでもあった。

昭和四十九年一月号の「馬酔木」に俳壇の名だたる編集長による座談会が掲載された。耕二が呼びかけ、六つの結社の編集長が集まった。岡田日郎、川崎展宏、成瀬桜桃子、林翔、福田甲子雄、森田峠の面々である。「馬酔木」の創刊六百号記念号を創るに当たり、外部から一切原稿をいただかない代わりに座談会が一つ欲しい、との秋櫻子の要求があり、耕二が企画したのである。座談会は、「俳句と俳句雑誌のあり方」を主題に耕二の司会で進んだ。

編集長として三年目を迎える耕二にとって、「馬酔木」のような伝統ある結社をこれからどのように運営していくかということは重いテーマであったが、一方でやりがいのあることでもあった。当時の結社の抱える課題を通してこれからの「馬酔木」の方向を探る一方、俳句そのものの今後のあり方を他の結社の編集長と意見交換するという欲張った企画だった。

座談会では、「馬酔木」の伝統の重さは一種の枷であり、その枷の中で結社を新しくし、自身の俳句を新たにしていくことは相当の覚悟を要する、と林翔は発言している。それに対し耕二は、現代俳句を広げる何らかの意図が実りとなって伝統の中に加えられることが必要で、そのことを伝統派がやっていかないと伝統というのはただ受け継ぐだけのものになってしまう、と述べている。要は伝統派は俳句を広げていく動きの努力を認め、そこから得るべきものは高く評価していく姿勢が必要だと主張しているのである。ただし、新しい俳句を試みた前衛俳句は意味ではなく、その意図が難解だったため実りにまで至らなかったとみており、俳句は平明さこそが新しい俳句へつながる実りをもたらすと耕二は考えていた。この座談会で耕二は、「馬酔木」の伝統の重さとその伝統を踏まえた上での新しい俳句への試みの意義をあらためて認識したのである。

『霜林』

橋本榮治は、「耕二の句の表現に難解性がないのは天性の素質に加え、師の句、殊に『霜林』を愛唱し、調べを学んだ結果であろう」(「俳句四季」平成十一年五月号)と述べている。『霜林』とは、昭和二十五年十二月に刊行された秋櫻子の第十番目の句集である。代表句を挙げてみよう。

冬菊のまとふはおのがひかりのみ　水原秋櫻子
寒苺われにいくばくの齢のこる　同
木瓜の朱は匂ひ石棺の朱は失せぬ　同
野の虹と春田の虹と空に合ふ　同
べたべたに田も菜の花も照りみだる　同

石田波郷は、第一句集『葛飾』時代を再現するような芸の青春性を獲得して生み出したのが『霜林』だという。それを踏まえて、橋本榮治は「この句集は今まで培われた豊かな美意識が新鮮で美しい自然と出会うことによって、力強い感動が一気に俳句の上に迸り出た作品群といえる」(邑書林句集文庫『霜林』解説、一九九六年筆）と述べている。たしかに、どの句も力強いし、「空に合ふ」や「べたべたに」など瑞々しい感覚に溢れている。「芸の青春性」とはいい得て妙である。句の力強さがまっすぐ伝わってくるのも、平明な表現だからだろう。秋櫻子は、俳句の抒情は調べにのせて表現すると主張した俳人だが、難解性を忌諱したのも調べを大切にするところに根っこがあるからである。『鳥語』の序文で秋櫻子は、「二人の句が緊張した調べを持ち、難解性を含まぬ点は同じである」と波郷と耕二の共通点である「調べ」と「平明さ」を評価した。この二点は耕二が秋櫻子から何よりも学んだことなのである。そして、伝統を拡充するための出発点はまさにこの二点にあり、難解性からは伝統の拡充はなし得ないという確信が耕二にはあった。

『霜林』を「青春性を復活させて世人を驚嘆させた」（「沖」昭和四十六年五月号）句集と耕二は捉え、『霜林』以降の秋櫻子の俳句が心境の深まりや厳しい試練を経たのちの華麗さを備えていることを見抜いた。また、秋櫻子と他の「馬酔木」仲間の句との大きな違いは、「その句が対象に対する本当の感動から発しているかどうかという単純な違い」（「俳句」昭和四十九年八月号）にあることにも耕二は気づいた。秋櫻子の華麗さとは、感動を基に「調べ」と「平明さ」を纏う「芸の青春性」であることを耕二は感得したのである。耕二俳句の根っこにいつも「調べ」と「平明さ」があるのは、それだけ秋櫻子の俳句に傾倒し、秋櫻子の俳句観や信条を学び取っていたからであろう。

昭和四十九年の俳句

三年目というのは仕事でもなんでも少し慣れてきて、そろそろ自分自身を打ち出していける時間量だと思う。昭和四十九年の耕二は編集長三年目を迎え、一層力強く、伸び伸びとした句を作り始めた。また、この年は旅吟が非常に多いのも特徴で、前書を拾っていくと、「越後番神岬」「山の辺の道」「山形」「九州」「遠野」「渋民」、という具合である。六十二句中三十九句が旅吟で、実に六割以上を占めているのである。

冬鷗越後の旅は白づくし　（『踏歌』昭四十九）

石佛にあぢさゐの芽の幾宝珠　（同）

はつはつに触れし紅花棘の中　（同）

草千里白靴の子を放ちやる　（同）

曇る日も稲田のほてり遠野径　（同）

紫蘇の花渋民は風にほふ邑　（同）

それぞれの吟行地から一句づつ引いてみた。地名やその土地の風物を入れながら、吟行句らしい句に仕上がっている。越後の雪深さ、大和の素朴な気品、山形の紅花へのクローズアップ、阿蘇の広々とした高原、遠野の稲田の鮮やかな景、渋民の啄木の香りがそれぞれの句から立ち上がってくる。

一方、旅吟以外の句として「昭和四十九年」の章には、母恋や吾子俳句がところどころに出てくる。そうした句は情愛に満ちていて、不変のあたたかさを感じさせてくれる。

朧夜のあまたの翳のなかに母　（『踏歌』昭四十九）

摘みかさねても一握の母の芹　（同）

呂律まだ整はぬ子にリラ咲ける　(同)
子を岸に追ひあげてより立泳ぎ　(同)

さらに、耕二俳句の特徴であるリフレインを使った調べのよい句や表現美を追求した佳句も目立つ。

いちじくの樹の高みまで露の領　(『踏歌』昭四十九)
舞くらべして朴一葉栃一葉　(同)
切株のはなればなれに霜を待つ　(同)

一句目の下五の「露の領」の「領」にみる表現の技。二句目の「一葉」が繰り返すリズムのよさ。それが「舞くらべ」と捉えた感性を表現美にまで高めている。三句目は、「霜を待つ」の表現が巧み。この表現により「はなればなれ」の措辞が生き、切株のそここにある景がよく見え、温度感まで伝わってくる。

こうした肉親を詠んだ俳句や表現美を追求した作品は、これまでと同様、耕二らしい俳句といえるだろう。また、五感を働かせた句やさらに内に沈潜していく句も見られる。

流星のあと軋みあふ幾星座　(『踏歌』昭四十九)
水底の日暮見て来し鳰の首　(同)

一句目は、流星を見た視覚のイメージが聴覚を呼び覚まし、星座の軋み合う音を心の中で聴いている。《寒星をつなぐ絲見ゆ風の中》の句と同様、視覚から聴覚へ転換して句を詠み上げているといえる。二句目は、水底でなく、「水底の日暮」を見て来たという。「鳰の首」が作者にそう思わせたのである。じっと鳰の首を見つめ続けることで心の内へ内へと耳を傾け、日暮の淋しさを感受したのだろう。《紅葉して桜は暗き樹となりぬ》の句でも指摘したように、内へ沈潜していく作者の姿がこの句にはある。

しかし、私が「昭和四十九年」の章で一番注目したいのは、伸びやかな句である。なぜならそうした句に秋櫻子の影響、殊に『霜林』から学び得た明るさや青春性があるからである。たとえば次の句がそうである。

燕が切る空の十字はみづみづし　（『踏歌』昭四十九）

「長崎・西坂」の前書がある。長崎という切支丹の聖地を訪れ、燕の飛翔のかたちに「十字」を見て取り、それが瑞々しいという。「調べ」と「平明さ」を踏まえた気持のいい句である。「みづみづし」とまでいい切ったことで、一層瑞々しく、青春性を感じさせる句となっている。青春は麗しく、美しい。また、希望に満ちているので、救いにも通じる。「十字はみづみづし」の措辞は、人生に対する救いを象徴させたのかもしれない。

しかし、『霜林』から学び得た「調べ」や「平明さ」は、その内容と大きく響き合う点で、次の句が昭和四十九年の章の中では白眉であろう。

茂吉らが歌の雄ごころ朴咲けり　（『踏歌』昭四十九）

耕二は高校時代に斎藤茂吉の歌を愛誦してやまなかったという。その茂吉は昭和二十八年に亡くなり、耕二は相当の衝撃を受けたらしい。そして、翌年に俳句を始めている。

耕二の初期の句に《若き茂吉に恋の歌あり榛の花》という句があるが、壮年の耕二には茂吉らの歌から感じられる「雄ごころ」が心に響いた。「雄ごころ」とは茂吉の強靭な生き方から生まれた数々の短歌にある魂のことである。また、それは秋櫻子にも通じる詩人の魂でもある。

明るく健康で美しいものでありたい、というのが秋櫻子の生活上の信条であり、作句上の信条でもあったが、秋櫻子の志向は茂吉の「雄ごころ」と共通のもので、上向きの朴の花の姿とも響き合う。この志向こそが耕二を伸び伸びとした気分にさせた。また、「茂吉らが」と複数形になっているることにも注目したい。ここには抒情詩人として耕二が尊敬する茂吉や啄木、そして秋櫻子も入っているはずである。さらに耕二や「馬醉木」の仲間もきっと連なっているはずだ。それは、「朴咲けり」の措辞と句全体の調べが時空を超えて詩人たちの交歓を感じさせるからである。

明るく、美しく、という秋櫻子の文学思想は究極的には人生に対する救いを包含している。なぜなら、明るさや美しさというのは、そこに希望があるからである。希望があるということは、生きていく上で救いとなるはずだからである。救いを包含するからこそ、この思想には一層強靭な精神が求められるのである。先の「燕が切る」の句で「救いにも通じる」と書いたのも、耕二の句に明るさ、美しさを志向する姿勢があるからなのだ。この姿勢こそ、まさに「雄ごころ」であり、茂吉や秋櫻子という詩歌の伝統に繋がり、拡充していこうとする耕二の生きる姿勢なのである。

交歓

「馬醉木」での交歓風景

前章で論じた「明るく、美しく」という秋櫻子の生活の信条は、「馬酔木」の伝統の背骨に当たる部分である。そこから「馬酔木」の光が射し、その光源に句友は集まる。耕二は第二句集『踏歌』のあとがきで、「この七年間は私の三十代後半に当たり、忽忙の裡にも仲間と交歓し、充実した時期であった」と書いている。『踏歌』というのは足踏みしてうたう歌という意味だが、耕二がこの句集のタイトルに込めた思いは、仲間との交歓の愉しさと充実感であった。

さて、この章では昭和五十年の耕二の俳句や生き方をみていくが、昭和五十年という年は耕二のみならず、「馬酔木」にとっても最も充実した時期だった。そのことを端的に語っているのが古賀まり子の相馬遷子の死に寄せた「都忘れ」(「馬酔木」昭和五十一年五月号)という文章である。そこには「馬酔木」の仲間との交歓ぶりが書かれ、同時にまり子の至福の気分もまっすぐに伝わってくる。長くなるが、当時の「馬酔木」の風景がいきいきと伝わってくるので、引用する。昭和五十年の「馬酔木」新年句会のあとの有志集会のことである。

その夜の渋谷の「竜飛」での例年の会は、日頃は寡黙の千代田さんが熱弁をふるい、耕二さんが大いに受けて立ち、尽きるところを知らなかった。……遷子、登四郎、翔、星眠、葛彦、耕二等のメンバーが、馬酔木への、俳壇への極めて率直な意見を情熱を傾けて交し合うのを私一人同席させてもらえる不思議な恩恵に感謝しつつ、始めの中は専ら食べ役、飲み役、聞き役の私も、話が盛り上がって来ると、時に女性一人である事も忘れて、身を乗り出して口を挟んだりした。

この談論風発、口角泡を飛ばす状態こそ当時の「馬酔木」の気風である。そこには同人会長の遷子をはじめ星眠、葛彦、登四郎、翔という主要同人、編集長の耕二と錚々たる顔ぶれが揃っていた。まり子も加わり、ここにいる座の誰もが俳句に真剣に向き合い、議論することで歓びを味わっていたのである。これこそまさに句座の持つ至福の瞬間といえよう。

絶頂の句

私は、昭和五十年という年は耕二の俳句人生の中でもいろいろな意味で最高潮の年だったのではないかと思っている。最高潮というのは、俳句に真っ向から取り組み、俳句のことを真剣に考え、また考えることができた時期という意味からである。もちろん、耕二は生涯、俳句に向き合い、俳句のことを考え続けたのだが、環境的にも立場的にも最も整っていた時期が昭和五十年だった。なぜなら、この時期の耕二は編集長として三年が過ぎ、脂が乗りきっていたし、その編集長を同人会長の遷子がしっかりと支えていたからだ。また、登四郎、翔も「馬醉木」の主要同人としても活躍し、耕二を励ましていた。さらに、編集部員や「亀研」の同期をはじめとする仲間とも切磋琢磨していた。耕二は怱忙極まる中で、よき師、よき先達、よき仲間に囲まれ、充実した日々を送っていたのである。句集名の『踏歌』とは先述のような交歓をとおして、俳句に向き合った日々の風景のことであり、耕二の充実ぶりを象徴したことばでもある。その真っ只中にいて、生まれ出たのが次の句である。

山 垣 の か な た 雲 垣 星 ま つ り　（『踏歌』昭五十）

耕二の「自作ノート」によると、昭和五十年夏、八ヶ岳麓のユーカリ牧場へ東京と京都から十数人の「馬酔木」同人が集まって吟行した時の作という。「八ヶ岳連峰のかなたになお高く雲の峰がつらなり、それは北へも南へも延びていた。北には別れたばかりの相馬先生がいた。南にははるか遠く母がいた。その日が七夕だということで、妙に遠い人のことが思われるのだった」と記されている。遷子はこの時、まだ小康を保っていたが、既に死を覚悟した様子が発する言葉のはしばしに感じられたと耕二は書いている。この句は、耕二にとって母と遷子という大切な二人を空のかなたに想い、東西の「馬酔木」同人が集う句会で誕生した作品というわけだ。

ところで、上代、男女が互いに歌を詠みかわし舞踏して遊んだ行事である歌垣は、奈良時代末期には中国から移入した踏歌に取って替わられた。私はこの句を読むと踏歌の源流である歌垣へ思いが及ぶ。「山垣」、「雲垣」のことばが歌垣のイメージを喚起させるからだ。耕二も当然そのことを踏まえて「垣」のことばを畳み掛けたのだろう。まさに「馬酔木」の仲間との交歓から創り出された句である。さらにこの句が秀逸なのは、「星まつり」の季語で結んでいることである。歌垣という人間の営みと「星まつり」という自然の行事（実際には人間が勝手に考えたことだが）とが溶け合ったとき、宇宙規模での壮大な交歓が繰り広げられるかのようである。何と気宇壮大な句であろうか。怱忙の中で耕二の高揚した心が最高潮に達したとき、この句が弾け出たのだ。耕二の編集長時代の最も充実した気分の中で生まれた作品であり、句集名を代表する句でもある。

昭和五十年の他の俳句

次に、昭和五十年の他の作品をみてみよう。

踏青や手をつなぐ雲ひとり雲　（『踏歌』昭五十）
萍の三三ながれ五五つづく　（同）
藤腐し卯の花腐しつづく谿　（同）
かなかなや梅雨の青杉青檜　（同）
山中に喝と木の根をうつ木の実　（同）
冬ざれて畑の素顔のきのふけふ　（同）

まず、リフレインの効いた調べのいい句を挙げてみた。一句目は句集のタイトルにもつながる句だが、擬人法がやや安易かもしれない。二句目は「三々五々」を分解した技法が過ぎるだろうか。三句目は「藤腐し」の表現になるほどと納得させられ、ことばの妙がある。四句目は「青」の畳み掛けが青梅雨の景を一層浮き上がらせる効果がある。五句目は「木の根」「木の実」の畳み掛けにさらに同じカ音の「喝」という音が聞こえてくる楽しい句である。六句目は「きのふけふ」に畑仕事を黙々と行う人の顔が見えてくる。六句ともに音調にこだわり、ことばの技を駆使した作品といえる。句の成否はともかく、伝統に新しさを加えようと、ことばの可能性をぎりぎりまで試みる耕二の姿勢が感じられる作品ばかりである。

吾子俳句では次の二句が「昭和五十年」の章にやさしい光を与えている。耕二の吾子俳句はいつも心を和ませる。

鞦韆のわが座より子の授業見ゆ　（『踏歌』昭五十）
ふたり子に虫籠ふたつ帰郷行　（同）

この時期、二人の俳人が続けて亡くなっている。一人は波郷の妻、石田あき子。もう一人は波郷の「鶴」創刊から投句をし、「馬酔木」同人でもあった石川桂郎である。

頬笑みて遺影ふくよかなり寒し　（『踏歌』昭五十）

冬ざれやどの畦のどこ曲りても　（同）

一句目、「ふくよかなり」の措辞に「亀研」仲間でもあったあき子とよく論争した頃の思いが蘇るようである。二句目の桂郎を偲んだ句は、代表句《昼蛙どの畦のどこ曲らうか》を踏まえている。

これまでも《相思樹の空のふかさも野分過》（昭四十三）や《水底の日暮見て来し鳰の首》（昭四十九）など、空や水の底を見つめる句を耕二は作ったが、この章でも同じ傾向が見られる。

凧揚げて空の深井を汲むごとし　（『踏歌』昭五十）

蛍火やまだ水底の見ゆる水　（同）

一句目は空の深さを感じつつ、空を井戸に見立て、凧揚げの糸の動きが井戸の水を汲むようだと直喩で表現している。内に沈潜しながらも表現を楽しむゆとりが見られる。二句目は蛍でなく水底を見つめる。日暮れたばかりの時間に蛍が飛び回る景は静かで美しい。澄んだ水と蛍の光とが響き合っている。

雛壇の緋が暗闇にひろがれり　（『踏歌』昭五十）

燕来て飢もつばさを張らむとす　（同）

稚な鮎死にたる数をひからしめ　（同）

蜩のこゑの刃先に触れてゐし　（同）

落葉松を駈けのぼる火の蔦一縷　（同）

右五句は読者の心に突き刺さってくる作品である。一句目は実際には見えないが作者の心に緋の色が広がっている。内面指向の強い句である。二句目は隠喩により鮲と燕の瑞々しい景を力強く詠んでいる。三句目は姉川の河口での四つ手網漁を見学した句らしい。生簀を覗いたとき、鮎が渦をなして泳いでいたが、その渦の底に死んだ鮎が銀光りしていたことが心に残ったという。写生の目がゆきとどいている。四句目も隠喩により蜩の声を読者の前に強く突き出している。淋しさの中に鋭さを読み取った耕二の強い感受性を思う。五句目も隠喩が直叙法以上に実感を伝え、力強い句に仕上がっている。秋櫻子が『踏歌』の序文に「『あの頃はこれほど作句に力を打ち込んでいたものか』と自分でも読み返して驚く句集がある。句の出来栄よりも、その迫力がわれながら頼もしくなるほどだ」と書いているが、ここに挙げた句はまさにそういう迫力のある作品ばかりである。

遷子の生き方

昭和五十年というのは、相馬遷子が「馬醉木」で活動する最後の年だった。この年の後半は病気との闘いだったが、遷子がいるということは耕二にも「馬醉木」にも頼もしいことだったにちがいない。また、編集長として耕二がおもいきって活躍できる最後の年でもあった。遷子が耕二に宛てた手紙の中に「もし馬醉木のためにならないと貴兄が判断したら、たとえ同人会長（遷子）の意見であろうと他の編集委員の意見であろうと無視して、貴兄の思う通りにやってください。遠慮する必要はありません」（「俳句とエッセイ」昭和五十一年六月号）というくだりがあるが、若年の耕二が気兼ねなく編集をやれるように配慮した遷子のやさしさと耕二への信頼を感じさせる文面である。同人会長という先達の風を微塵も感じさせない潔さである。秋櫻子、遷子、耕二はこの時期の「馬酔木」の主宰、同人会長、編集長であるが、この三者の揺るぎない信頼関係が放つ光は強く、後世から見れば、秋櫻子の「馬酔木」の最後で最高の輝きだったといえるだろう。

遷子は昭和五十一年一月十九日に亡くなった。左の句はその前の昭和五十年の十二月に耕二が詠んだ作品である。遷子のことを想って詠んだのではないかと思える内容である。

省くもの影さへ省き枯木立つ　（『踏歌』昭五十）

遷子は発病以来二年間の作品に己の身に迫る死を見つめて句を詠んだ。強靭な精神であったといえよう。その姿はまさに「影さへ省く枯木」ではなかっただろうか。遷子の代表句《冬麗の微塵となりて去らんとす》は己の死を見定めた者しか詠めない句である。遷子の生き方に傾倒し、仲間との交歓をとおして俳句に真っ向から向き合った耕二。省略の文芸である俳句の特質を実景で捉えた掲句に耕二のめざす生き方が表れている。遷子の生きる姿勢をまざまざと見て感じたからこそ生まれた一句である。そこには昭和五十年の「馬酔木」の光が輝いている。

遷子の死

相馬遷子

昭和五十一年一月十九日、「馬酔木」の同人会長、相馬遷子は胃癌及びその肝転移にて亡くなった。享年六十八。同月、第三句集『山河』を上梓し、「馬酔木」の最高の賞である「葛飾賞」を受賞しているが、この賞は第一回に石田波郷が受賞しているが、その後十八年間受賞者が途絶えていた。誰もが「葛飾賞」は波郷一人だけの賞と信じていたが、遷子の闘病から詠み起こした絶唱の数々は、「馬酔木」の人々の心をとらえ、これを顕彰するには「葛飾賞」以外にはあり得ないという雰囲気となったのである。

さて、遷子の略歴をみると、最初に東大医学部医局の卯月会で俳句を始め、秋櫻子の指導を受けている。その後、「馬酔木」で活躍し、同人となる。時代が戦争へ進むと遷子も陸軍に応召されるが、病気のため除隊となり、函館の病院で勤務する。戦争が終わると生まれ故郷の佐久へもどり、以後生涯を佐久の開業医として過ごす。遷子は、堀口星眠や大島民郎とともに「馬酔木」の高原派と呼ばれ、叙景俳句も詠みはしたが、開業医としての生活を中心に社会性ある作品を詠み続け、「馬酔木」の中でも異彩を放つこととなる。句集は『山国』『雪嶺』『山河』と三つ出し、第二句集『雪嶺』で俳人協会賞を受賞している。

以上が簡単な略歴だが、その人となりは爽涼であった。耕二によると、ある前衛俳人が遷子のことを「馬酔木の良心」と言ったようだが、耕二自身は「俳壇の良心」だったと回想している。実はそのように言わしめる出来事が俳壇で起こった。それは、角川書店の「俳句」の「現代俳句月評」を遷子が三か月担当したときのことである。昭和五十年八月号に角川源義の句を取り上げつつ、源義の登四郎に対する高飛車な態度を批判したのである。さらに、源義が登四郎の《子にみやげなき秋の夜の肩ぐるま》という句を徹底的に添削したことに、「沖」の主宰でもある登四郎へ初心者に対するような高圧的な態度はどうであろうかと反論したのである。源義は角川書店の創業者であり、当時は「俳句」の編集兼発行人であり、俳人協会の常務理事としても活躍していたので、誰も源義に面と向かって悪口は言わないし、批判もしなかった。しかし、遷子は源義の俳句の熟成不十分な点を指摘して、その高圧的な態度に反省を促したのである。俳壇では当然大きな反響があった。同感する手紙や勇気を讃える手紙が殺到したが、源義も無視できず、反論めいた手紙を遷子に書き送った。文通による意見交換は四回にも及んだが、論争はむしろ二人の心を接近させ、最後は源義も遷子に相談を持ちかけたりした。「遷子の毅然たる態度が源義を受けて立たせ、心を開かせ得たのであろう」(「俳句とエッセイ」昭和五十一年六月号)と耕二は書いている。

このように、遷子は潔しとしないことには非常に厳しい人であった。特に政治や権力は毛嫌いしていたようで、俳壇で政治的な言動をとる俳人にはそれを徹底して嫌悪し、指弾した。反面、これはと思う新人には人に先んじて注目し、激励の手紙を書くこともあった。かつて秋櫻子が高浜虚子の客観写生に異を唱え、「ホトトギス」を割って出たが、自分の思うところ、潔しとしないことには、断固行動に出るのが「馬酔木」の伝統かもしれない。良心とは、つまるところ信念の強さといえるのではないだろうか。

寒牡丹白光たぐひなかりけり　秋櫻子
白牡丹総身花となりにけり　遷子

秋櫻子は遷子の白牡丹の句を踏まえ、右の句を半切に認め、「葛飾賞」の副賞として贈った。太い絆で結ばれた「馬酔木」の師弟が放つ光は、両句の間に澄み切った音を響かせ、後世にまで伝統の大切さを伝えてくれるようである。「馬酔木」という結社の美しさがここに集約されているといっても過言ではない。副賞の半切は遷子の病床の枕頭に届けられたが、そのときすでに遷子の昏睡は断続的に始まっていた。

ところで、耕二は遷子の第一印象を風貌清秀、容姿端正と書いているが、その印象は遷子が死ぬまで変わらなかった。耕二の畢生の評論「俳句は姿勢」(「沖」昭和五十二年十月号)は、遷子の生きる姿勢をモデルにしている。「他人を感動させるためには、他人を感動させるだけの自分の生き方があって、その作品を支えていかなければならない」、「こんな状況の中にあってよく俳句が詠めるものだと思ったし、俳句とはなんと業の深い文芸だろうと思った。しかし、いまこれらの作品を句集『山河』で読み返すと、俳句を行じて生きることの厳しさを遷子が身を以って教えてくれているような気がする」といった文面を読むにつけ、遷子の生き方のすさまじさとそれを真っ向から受け止める耕二の姿勢に感嘆せざるを得ない。「馬酔木の良心」は、秋櫻子から遷子へ、遷子から耕二へと確実に受け継がれていったのである。

昭和五十一年の俳句

さて、そろそろ昭和五十一年の耕二の俳句に移ろう。

師を葬る日も浅間嶺の雪絣　(『踏歌』昭五十一)
大雪小雪遷子葬後の空狂ふ　(同)
雪嶺にまむかひあゆむ胸に雪　(同)

右三句には、「相馬遷子逝く　三句」の前書がある。佐久の山河、特に雪嶺は第一句集名であり、遷子を象徴する。三句目の「胸に雪」の止め方に、さきほど記した「俳句を行じて生きることの厳しさ」という耕二のことばが突き刺さってくるようである。

白魚の黒目二粒づつあはれ　（『踏歌』昭五十一）

公魚に鱗といふがあるあはれ　（同）

先の三句のあと一句置いて右二句が並んでいる。発想、表現ともに酷似している。遷子の死を受け、耕二の心に小動物に対する憐憫の情が湧いたのだろうか。遷子の死に対して、耕二は「肉体は亡んでもその精神は、俳句の中にいまなお脈々と流れつづけているのである」（「俳句は姿勢」）と書いている。そういう生き方を耕二は欲した。そのことを考えると、右の二句は遷子の生き方と対比させているようにも思えてくる。「黒目」や「鱗」はどの白魚、どの公魚にもある。でも、我々人間は一人ひとりに精神があり、死後も作品の中で生き続けることができる。そこに人間として生きる意味があるのではないか。耕二はそういう思いでこれらの句を詠んだのかもしれない。

時かけて心は癒えむ目貼剝ぐ　（『踏歌』昭五十一）

右の句から、遷子の死の衝撃は耕二の中でずっと続いていたことがわかる。

このあと、吾子俳句、母の術後を詠んだ俳句などがあり、信濃、奥利根、竜飛、十三湖、遠野といった吟行句へと続いて、「昭和五十一年」の章は終わる。その中からいくつか掲げる。

紫陽花の未明蒼白たり母も　（『踏歌』昭五十一）

梧桐に少年が彫る少女の名　（同）

水澄めば水底のまたみつめらる　（同）

雪原を流るるもののあり抉る　（同）

雪乱舞して白鳥を見せぬ湖　（同）

最初の二句は故郷鹿児島での句である。南の句には母を想う句や青春性を感じる句が多い。一方、あとの三句はそれぞれ奥利根、竜飛、十三湖での句だが、どこか突き詰めた厳しさを感じさせる。三句目では、またもや水底を見つめる作者の目がある。

遷子亡き信濃は寒し木の葉飛ぶ　（『踏歌』昭五十一）

君遷子釣瓶落しの落ちてなほ　（同）

いずれも信濃で詠んだ句。「君遷子」とは信州産渋柿の銘だそうで、遷子の俳号の由来はこのことばからきている。遷子が亡くなってから一年近くたつが、耕二の心に遷子は生き続ける。「昭和五十一年」の章の吟行句は、南よりも北で詠んだ句が多いが、遷子の死の衝撃が耕二にそうさせた部分もある。特に竜飛岬、十三湖、遠野には寒い冬に赴いている。雪を求めて吟行したようだが、それは遷子を求めての旅ではなかったか。《雪嶺にまむかひあゆむ胸に雪》と詠んだ耕二は、雪に感じるものがあったのだろう。遷子のような生き方を生んだ山河。そこには雪嶺を代表とする雪がいつも身近にあった。厳しく生きた遷子を想うことは雪を求めることでもあった。耕二は雪の中に身を置くことで、少しでも遷子の生き方を肌で感じようとしたのではないだろうか。昭和五十一年は、耕二にとって遷子を偲ぶ年だったのである。

竜飛岬雪片とどめがたく痩す　（『踏歌』昭五十一）

雪原に見て乱杭のごとき墓　（同）

一句目の激しい雪に吹かれる作者の姿はまるで修行僧のようである。二句目は遠野で詠んだ句だが、墓となってもなお激しい雪が墓を襲う。耕二は墓に遷子の姿を見たのではないだろうか。またこの二句を読むと、耕二の吟行は雪に打たれんがためのもののようであり、いわば遷子を求めての旅、求道のようなものではなかったかと思えるのである。

耕二は先の「俳句とエッセイ」昭和五十一年六月号で次のように書いている。「相馬遷子について語るべきことは多い。しかし、この人を見よとその指し示すべき人がもはやこの世に存在しないという思いは耐えがたく空しい。特に過去形で遷子を語ることはいよいよその面影をはるかなものにし空しさを募らせるだけで、途中でペンを擲ってしまいたい思いがする」と。

私自身も書いていて、ずっと吹雪かれているような気分である。耕二の遷子を想う心はすさまじい。翌年の昭和五十二年に耕二は「俳句は姿勢」の評論を書くが、遷子の死後、北の地を吟行することで遷子の生き方や姿勢を感得し、評論に結晶させたのである。

最後の至福の瞬間

さて、最後に「昭和五十一年」の章で遷子の死の直前に生まれた俳句を掲げる。

浮寝鳥海風は息ながきかな　（『踏歌』昭五十一）

この句は、最初に掲げた「相馬遷子逝く三句」の直前に置かれた作品である。先述した雪の句のような厳しさと対極にある句だといえる。とても伸び伸びとしていて、気持がいい。飯田龍太が昭和五十一年の俳壇ベストテンに選んだ作品でもある。

この句を耕二が詠んだとき、遷子はまだ生きていた。秋櫻子、遷子、登四郎、翔、「亀研」の仲間など耕二をとりまく俳句の環境は、句座をとおして生きる姿勢を照らし合える環境にあった。のちに「馬酔木」に起こる出来事を勘案すると、秋櫻子が健在で、同人会長に遷子がいたからこそ、そういう環境があり得たといえるだろう。また、編集長として耕二がいきいきと活躍できたのも秋櫻子のみならず、遷子との信頼関係のお蔭でもあっただろう。遷子は「馬酔木」にとって碇のような存在だったように思える。

そう考えたとき、掲句は耕二俳句の中で秋櫻子の「馬酔木」の最後の輝きの中で詠まれた句だったといえるかもしれない。耕二は明らかに南の気分でこの句を詠んでいるが、南の気分で詠むときの耕二の句には作者の心の素が現れる。さらに南の気分になって詠んだ句が遷子の死の直前であったことを思うと、この句の至福感が一層際立ってくる。それは、耕二にとっても「馬酔木」にとっても、「馬酔木」の光の中で詠まれた最後の至福の瞬間だったのではないだろうか。

遷子の存在

旅は南ばかり
『踏歌』は、昭和四十七年から五十三年までの作品を収めている。この章では、最後の二章である「昭和五十二年」と「昭和五十三年」を一気に論じることとする。

昭和五十一年は、前章で論じたように、いわば遷子を偲び、遷子を求めての一年といってもいい年だった。そのため、竜飛岬のような北の地での吟行句が多かった。しかし、昭和五十二年では那智や潮岬、沖永良部島といった南の地での吟行句が多い。

夾竹桃旅は南へばかりかな　（『踏歌』昭五十二）

潮岬での句である。前年にあれほど北の地を旅しているのに、「旅は南へばかりかな」と詠む。これはどういうことだろうか。耕二にとって旅とは何かを追い求めるものではなく、心を癒し、愉しむものなのではないだろうか。だから、昭和五十一年の竜飛岬への旅は旅ではなかった。遷子の生き方への求道だったのだ。

南風に逢ふまでくらき螺旋階　（『踏歌』昭五十二）

右の句はそんな耕二の心を物語っている。生きることは螺旋階段のようであるが、「南風」に出合うまではなかなか前向きに開けていかないのである。

吹きあぐる風青揚羽黒揚羽　（『踏歌』昭五十二）

日盛や椰子にをさまる椰子の影　（同）

青さざなみ敷く八月の日向灘　（同）

全身の夕焼を見よと海豚跳ぶ　（同）

右四句は南で詠んだ句である。南のことを耕二が詠むと、句がリズミカルになり、伸び伸びと明るくなるようだ。特に、四句目の鮮やかな躍動感はどうだろう。南の島で大海原に心を伸ばす耕二の愉悦感が十七音いっぱいに弾けている。南を詠んだ耕二の俳句の中でも最も伸びやかな作品だといえよう。

昭和五十二年の俳句

しかしながら、「昭和五十二年」の章を読むと、全体の印象として、相馬遷子の死の悲しさが依然底流している。

野施行の山影寒きところまで　（『踏歌』昭五十二）

柄長らのこぼれ飛びして雪の暮　（同）

落葉松に没る傷まみれなる冬日　（同）

寝酒二合三合亡師おもふ夜は　（同）

冬になると雪が降る。そして遷子のことが思い出されるのである。いずれも軽井沢で詠んだ句と思われる。佐久と軽井沢は近い。

校正の朱を八方へ冴返る　（『踏歌』昭五十二）

右は編集長として辣腕をふるう耕二の活躍ぶりが伝わってくる句だが、この年から耕二は『水原秋櫻子全集』に取りかかる。同全集は、準備期間を入れて二年五か月の歳月を費やし、昭和五十四年に全二十一巻をもって完結する。耕二の多忙さの裏には通常の「馬醉木」の編集業務に加え、『水原秋櫻子全集』の校正作業が伸し掛かっていたのである。

かなかなの彼岸此岸の声揃ふ　（『踏歌』昭五十二）

屈葬のかたちをなぞる花莫蓙に　（同）

浅間かと仰ぐ雲垣風露草　（同）

右三句にはどこか遷子への思慕の情が感じられる。特に三句目は、《山垣のかなた雲垣星まつり》の句を思い起こさせる。「山垣」の句で耕二は、北へ伸びる雲垣を見て遷子を、遠く南には母を想ったと自解しているが、右の句では「浅間かと仰ぐ」と表現し、浅間山を遷子に見立てている。耕二の場合、雪嶺や浅間山は遷子であり、《雲青嶺母あるかぎりわが故郷》の句にあるように、青嶺や開聞岳は母となるのだろう。雄大な佐久平から見る浅間山は美しく、足元に吹かれる「風露草」との遠近の対照が鮮やかである。その分、遷子を尊愛する耕二の気持が一層際立つようである。

菊ならば小菊わが庭設計図　（『踏歌』昭五十二）

この句は秋櫻子を想っての句だろう。大輪の菊はわが庭には恐れ多い。あくまで小菊として秋櫻子にあやかり、秋櫻子を仰ぎ見るのである。この句も師を想う弟子の心を表している。

露の世といへど母あり老師あり　（『踏歌』昭五十二）

最後に右の句を取り上げる。遷子を亡くした耕二には母と秋櫻子は益々大切な人である。いくら露の世といえどもこれ以上かけがえのない人を失うことは耐えられない。この句は母と秋櫻子への思慕を詠う一方、遷子喪失の思いをも詠んだ作品と鑑賞したい。

昭和五十三年の俳句

さて、『踏歌』の最終章は昭和五十三年の作品である。

初弥撒や息ゆたかなる人集ひ　（『踏歌』昭五十三）

最初の句である。あたたかく、心豊かになる作品だ。

桜漬近江は水のうまき国　（『踏歌』昭五十三）

右の句は「俳句研究」昭和五十五年七月号で宇多喜代子が論じているように、古歌の「うまし国」にある大きな叙景讃美に比べて、「桜漬」の季語がその広がりをはばんでいる。また、あまりに「近江」を型にはめて詠いすぎてはいないか。このことは昭和五十二年の章にある《どんぐりの山に声澄む小家族》という句にも通じる。「どんぐり」の季語に「小家族」とはあまりにもつき過ぎではないだろうか。市民感覚が過ぎると作品が卑小になり、詩的空間が狭まってしまうのは残念である。飯田龍太が耕二の俳句に対して、「過度の節度は、ときに俳句の足をひっぱることもあり得るだろう」と指摘したのは、このあたりにあるのかもしれない。

父よりも兄を慕ふ子営巣期　（『踏歌』昭五十三）

子を肩に載せて歩けば青葉木菟　（同）

同じ市民感覚でも右二句のような吾子俳句は微笑ましく、好感が持てる。一句目の父親のちょっと屈折した心理。二句目の「青葉木菟」のいきいきとした様子。いずれも作者の顔が見えてくる。

芍薬の白珠紅顔供華となす　（『踏歌』昭五十三）

この句は「遷子先生墓前」の前書がある。この句の前には《求愛のつばめを雲に佐久平》《六月の森の奈落に日洩れくる》《九輪草花も息杖つきにけり》といった句が見られる。耕二の遷子への思慕は尽きない。

さて、昭和五十三年の俳句は、「俳句」（昭和五十四年一月号）に「夕澄」と題して発表した作品が中心となっている。二十句中十七句が『踏歌』に収録されている。その冒頭が耕二の代表句である。まず冒頭四句を掲げる。

新宿ははるかなる墓碑鳥渡る　（『踏歌』昭五十三）
謀られて釣瓶落しのビルの谷　（同）
高速路一途に撓みつつ冬へ　（同）
数珠繋ぎして羽田までしぐるる灯　（同）

いずれも都会の景を詠んでいる。そのためか乾いた印象があるが、「新宿」の句だけは圧倒的に抒情性がある。これら都会の三句と並べてみるとこの句だけが異色である。それは、時空が広がり、句に抒情の深まりが出ているからではないだろうか。

一方、『踏歌』を年代順に読み続けてきて、この句に出合うとまた違った鑑賞が生まれてくる。「新宿」は、耕二や編集メンバーが校正のあとよく食事をして語り合った場所である。昭和五十九年十二月号の「馬酔木」に、「耕二追悼」に寄せた渡邊千恵子の「はじめに言葉あり」という小文があるので、抜粋する。

幡ヶ谷の印刷所で出張校正を終えたあと、長峰久さんと三人、時には手伝いに来てくれた小野恵美子さんを交えた四人でよく新宿へ出て食事をした。帰りの時間を急ぐので、外へ出ないでルミネの上階の食堂街で済ませることが多かったが、校了のあとなど、印刷所の岩井柳蛙さんも誘って、住友ビルまで足をのばして東京の夜景を俯瞰しながらいささかのお酒に酔い、喋い、語った。

秋櫻子主宰、遷子同人会長の「馬酔木」時代における編集メンバーの集う場所が新宿だった。しかも高層ビルで飲食を共にしていた。薄幸な友や流しのおじさんへの挽歌ともいわれる作品だが、私は耕二の中に遷子が生きていた頃の編集時代を偲ぶ気持があったのではないかと思う。既に触れたように、遷子は耕二に編集を気兼ねなくやれるように気遣って励ましていたし、「馬酔木」の出来具合について毎月、耕二に電話で感想を聞かせることを習慣としていた。耕二の編集作業には遷子の大きな支えがあったのである。更に、耕二の想いは病気がちの秋櫻子にも及んでいたことだろう。今や遷子が亡くなり、やがては秋櫻子も亡くなる。編集長の耕二が「校正の朱を八方へ」活躍している時代もいずれは終わる。そんな感慨が耕二の心の奥にあり、友への思いと相俟って新宿に収斂していったのではないだろうか。『踏歌』をあらためて時代順に読んでくると、遷子への思慕やその時代の充実感のようなものが感じられるのである。

冒頭四句のあと京都、越後の句と続き、最後は左の表題句となる。

夕澄みて綿虫にまた遮らる　（『踏歌』昭五十三）

「綿虫」は例によって波郷のことである。「また遮らる」とは、伝統俳句の革新のゆくえが見えなくなってしまったということだろうか。耕二が最初に俳句に傾倒したのは、波郷の句集に魅せられたからである。「現代俳句の晩鐘は俺が打つ」と言った波郷を受け継ぎ、伝統俳句の革新の道を歩むと決めた耕二。しかし、遷子亡きあと、その道を見失ってしまったというのだろうか。実は『踏歌』では、この句の前に次の句が収録されている。

枯木又顧みるべき残菊は　（『踏歌』昭五十三）

なんとも変わった構成の俳句だが、実は、「夕澄みて」の句をこの句は受けているのである。おそらく意味としては、「残菊は当然顧みるべきだが、枯木も又顧みるべきである」となるのだろう。「残菊」は秋櫻子のこと、「枯木」は《省くもの影さへ省き枯木立つ》と遷子の死の一か月前に耕二が詠んだ句から遷子のことと思われる。本来は「残菊は顧みるべき枯木立つ」となるところだが、「枯木又顧みるべき」と最初に詠み切った。これは、「枯木もまた顧みるべき存在なのだ」ということを耕二は何よりも詠みたかったからである。では、「残菊は」の表現をどう解釈すればいいのだろうか。私は、「残菊は」のあとに「云ふにおよばず」ということばが省略されていると鑑賞する。秋櫻子のことはいわずもがなであるが、遷子もまた顧みるべき存在なのだ、といいたかったのだ。「夕澄みて」の句で見失った俳句の道へ戻るためには、秋櫻子だけでなく遷子の生きる姿勢も顧みよ、とこの句は告げているのである。

ところで、昭和五十四年一月号の「俳句」には、「夕澄」の俳句作品とともに「魚野川」と題した耕二の小文が掲載されている。そこには、

　僕は忙しさもあって、この一、二年自分の俳句がひどく荒れたものになっていることを痛感している。

　俳句の将来をいろいろと思い煩っても仕方ない。僕ら凡庸な俳人には、凡庸なりの生き方があろう。すべからく日々の感情を潔くし、誠実に生き、自然と人間を愛し、本当に感動しうることだけを俳句に詠んでゆけばいい。

と書かれている。俳句に行き詰まったとき、耕二は何よりもまず生きる姿勢を顧みた。そのとき、

顧みるべき存在は秋櫻子であり、遷子だった。耕二の生きる姿勢は、この二人の生き方に負うところが大きかったのである。この時期あたりから耕二には、秋櫻子はもとより、遷子の存在も益々大きくなっていたといえるだろう。

第二句集『踏歌』

『鳥語』との比較

第二句集『踏歌』は、昭和四十七年夏から昭和五十三年冬までの七年間の俳句作品、四六二句を収めている。耕二が三十四歳から四十歳までに詠んだ作品で、いずれも編集長時代の俳句ばかりである。これまで時代順に『踏歌』の俳句作品を論じてきたが、この章では『踏歌』を句集全体で捉え、本句集の意義や耕二の生きる姿勢を考えてみたい。

まず、『踏歌』の特徴の一つは吟行句が多いということである。《校正の朱を八方へ冴返る》(昭五十二)の句にも表れているように、耕二は編集長として多忙を極めたが、毎年吟行地に赴き、多くの吟行句を残した。「軽井沢」に始まり、最後は「修那羅峠」まで、前書だけを拾っても三十四の吟行地を数える。北は「竜飛岬」から南は「沖永良部島」まで、行先も日本を縦横に、また、同じところを二度、三度と訪問を重ねている。実に精力的である。

《北山やしぐれ絣の杉ばかり》(昭四十七)の句にみるように、一見ことばの技巧に走っているような句でも、その地に赴き、自分の目で対象をしっかりと見て、体感した上で作品に仕上げている。

次に、俳句作品そのものの特徴をみてみよう。耕二が生前、自分で編集した句集は、『鳥語』と『踏歌』の二句集だが、この二つの句集を比べてみると、耕二がいかに俳人として深化していったかがよくわかる。それは、言語感覚の冴え、表現の幅や技、対象の本質を見極める観照、主観をおさえた普遍性といった点に如実に現れている。秋櫻子が序文で記したように、「迫力がわれながら頼もしくなるほど」であり、「読み返すうちに次第に迫力よりも、句の本当のよろしさが滲み出てくる」句集である。『踏歌』の時期の耕二は、既に結婚、二児を得て生活基盤を確立するとともに、「馬醉木」において秋櫻子を支える立場となっていた。実質的に「馬醉木」を牽引していたのである。社会においても俳壇においても怱忙を極めていたが、心は充実していたといえる。

耕二は『鳥語』を上梓して、一旦、自身の青年期の俳句に区切りをつけた。『踏歌』では、《水打つやわが植ゑし樹も壮年に》（昭四十八）の句にみるように、壮年の意識をもって句作に励んだ。先述した『踏歌』における特徴の数々は、一言でいえば、壮年の意識をもって詠んだ耕二の俳句といえるだろう。具体的に『鳥語』と『踏歌』を比べて論じてみよう。

風と競ふ帰郷のこころ青稲田　（『鳥語』昭四十六）

青田ゆく胸が支ふる風の量　（『踏歌』昭四十八）

既に取り上げたように、右二句を比較すると、『踏歌』の方が明らかに背負うものを感じさせる。社会的責任感とでもいおうか。

昼顔や波立ちめぐる珊瑚礁　（『鳥語』昭四十三）

昼顔や捨てらるるまで櫂瘦せて　（『踏歌』昭四十七）

両句とも同じ季語であり、取り合わせの句でありながら、『鳥語』の句は色が明るく、動的である一方、『踏歌』の句は色褪せて寂しい。両句は、青春の謳歌と壮年の嘆詠とでもいおうか。『踏歌』の句では着眼ポイントが変わり、内的志向が強くなっている。

花莫蓙の花の暮色を座して待つ　（『鳥語』昭四十五）
屈葬のかたちをなぞる花莫蓙に　（『踏歌』昭五十二）

「花莫蓙」の句では、『鳥語』の句は、「花莫蓙」との距離感が適度に保たれていて甘い香りがするが、『踏歌』の句では、「花莫蓙」を見つめる作者の視線が「花莫蓙」の内に入り込んでいる。そこには、対象への迫り具合の深さ、自身にひきつけて放つ厳しい視線があり、「屈葬」という死のイメージを抉り出している。対象を見つめる作者の姿勢が明らかに『鳥語』から変化している。

飛ぶ意ある雲を繋ぎて枯木立つ　（『鳥語』昭四十五）
省くもの影さへ省き枯木立つ　（『踏歌』昭五十）

「枯木」の句も同じ傾向である。『鳥語』の句では、枯木の立ち姿を外側から見つめ、「雲」との関係から表現しているが、『踏歌』の句では、「枯木」だけを凝視し、その本質に迫っている。

水底の緋鯉も暮れぬ花火待つ　（『鳥語』昭四十六）
水底の日暮見て来し鳰の首　（『踏歌』昭四十九）
蛍火やまだ水底の見ゆる水　（『踏歌』昭五十）
水澄めば水底のまたみつめらる　（『踏歌』昭五十一）

右四句、「水底」を詠んだ句を並べてみた。『鳥語』の句では、「水底の緋鯉」に焦点を当てているが、『踏歌』の句では、いずれも「水底」の本質へ迫ろうとする視線があり、時間とともに「水底」を見極めようという姿勢を感じる。

このように、『踏歌』になると耕二の句は一層内に沈潜していく傾向が強くなり、詠むべき対象に対し、その本質に迫ろうとする姿勢が感じられる。『鳥語』に見られたような青春性が消え去ったわけではないが、内へ内へと深く入り込んでいく分、その輝きは表面には現れず、内光りしている感じがする。

生と死

『踏歌』は、父の死をもって終焉した『鳥語』を受けて、《ほろびにし蛍がにほふ溝渫へ》という死をテーマとした句から始まっている。この句から死者に対する供養と死を思いやる姿勢が感じられるが、この句を巻頭に据えたことで、『踏歌』における耕二の意図や主張が明白に伝わってくる。そこには、人間は死んでもその魂は作品の中に生き続ける、という耕二の考えがあり、また、生者の側は死者の生前に生きた姿勢を忘れてはいけない、という強い思いがある。その意思を耕二は、句集の最初に示したかったのではないだろうか。『鳥語』の巻頭句、《浜木綿やひとり沖さす丸木舟》(昭三十三)との違いがこの一点をもってしても明白である。『鳥語』が意志をテーマとして出発した、明るく、青春性に満ちた句集なら、『踏歌』は死を意識して始まる、抑制された色調の句集といえるだろう。

さて、『踏歌』という句集の最大の山場は相馬遷子の死である。昭和五十一年の「相馬遷子逝く」

の前書のある句を境に、『踏歌』は前後の光の色が変わってしまったかのような印象を与える。大雑把にいってしまえば、昭和五十年までは句座や吟行を中心に「交歓」に満ちた時期、耕二が「馬醉木」の編集長として地歩を築き上げた時期である。一方、昭和五十一年以降は遷子を思慕し、追悼していく時期、現代俳句の革新に悩んだ時期である。作品にもそうした耕二の心の動きが通奏低音として流れている。

遷子は同人会長として、「馬醉木」にとっても耕二にとっても大きな存在だった。何度も論じてきたように、遷子は編集長の耕二を最もやりやすいかたちで支え、その結果、「馬醉木」はすばらしい「交歓」の場を何度も持ち得た。『踏歌』という句集名は「交歓」を意味する。秋櫻子はもちろんのことだが、遷子の存在を抜きにしては、当時の「馬醉木」の「交歓」は成立し得ない。耕二にとって「馬醉木」での「交歓」はなにものにも替えがたい宝だった。編集長として過ごした日々が、数々の「交歓」という結晶体に昇華し、その集積として『踏歌』を生んだ。その中でも最も美しい結晶体が次の作品である。

山垣のかなた雲垣星まつり　（『踏歌』昭五十）

この句は「交歓」の情景を宇宙規模で詠んでおり、心の底から湧き上がる感情を俳句に昇華させた作品である。遷子はこのとき、句会には参加できず、病に苦しんでいたが、まだ存命中だった。その遷子と遠く母を想って耕二はこの句を交歓の場の句会に発表した。『踏歌』という句集名は、仲間と交歓し、充実した時期を記念する思いで耕二が名付けたというが、この句ができた日のことを強く思って句集名にしたのだろう。また、記念する思いとは、「この人を見よとその指し示すべき人がもはやこの世に存在しない」（「相馬遷子覚書」昭和五十一年六月）と耕二が慟哭して書いた遷子その人を最も想ってのことだったのだと考える。

遷子の死後、耕二は《雪嶺にまむかひあゆむ胸に雪》《遷子亡き信濃は寒し木の葉飛ぶ》《浅間かと仰ぐ雲垣風露草》と毎年、遷子を偲んで俳句を詠み続けた。また、佐久に行かなくても雪を見ると耕二は遷子のことを想ったのではないだろうか。遠野で詠んだ《雪原に見て乱杭のごとき墓》（昭五十二）の句は、私には遷子のことを詠んだとしか思えないのである。

この流れで昭和五十三年の《新宿ははるかなる墓碑鳥渡る》の句に出合うと、この墓碑は「馬酔木」での編集で明け暮れた日々や「交歓」の日々であることが明らかになってくる。そこには秋櫻子主宰がいて、遷子同人会長がいる。「馬酔木」の仲間もいる。この句を詠んだとき、秋櫻子はこの世にいたが、遷子はいなかったから、耕二には遷子への想いが最も強くあって、この句に結晶したのである。百年後には自分も含めて誰もいなくなる。墓碑は「馬酔木」での「交歓」の日々である。遷子を想うことでそんな感慨が耕二を捉えたのではないだろうか。「山垣」の句が「交歓」の日の真っ只中の句なら、「新宿」の句は「交歓」の日がはるかに過ぎ去ったあとの句である。遷子の死を境に句集の光の色が変わった。両句は、この句集のいわば表裏をなしているといえるのである。

一方、先にも引いた昭和五十四年一月号の「俳句」の「魚野川」と題した小文の中に、「果して、自分が青春諷詠というに価する作品を詠んで来たか、また、自分が何か若い世代への橋渡しをするような仕事をして来たか、と問われれば忸怩たらざるを得ない」と耕二は書いている。耕二は自分の俳句、ひいては現代の俳句そのものに不満だったことが伺える。伝統俳句から俳句を革新していくという耕二の志は、昭和五十三年末の時点で見えなくなっていた。《夕澄みて綿虫にまた遮らる》という状態だったのである。しかし、この句の「夕澄みて」の措辞には明らかに希望がある。綿虫に遮られてはいるが、その先に進むべき道があることを耕二は信じているし、そこをめざしていくことに躊躇もしない。

「俳句は姿勢」という評論は、「沖」昭和五十二年十月号に発表されたが、この時期の耕二は、心の中に俳句革新に対する不透明さをどう打開しようか悩んでいた。そのため、耕二は秋櫻子や遷子の生きる姿勢を顧みた。遷子が亡くなってから三年の歳月が流れていたが、その三年は、耕二が遷子の死を受け入れ、遷子の生きる姿勢を自身の体に刻み込むまでの必要な時間でもあった。具体的な俳句作品にはまだつながらずとも、自身の生きる姿勢の軸をまずはしっかり持とうと努力している。そこから新しい俳句作品が必ず生れると考えていたのである。『踏歌』の掉尾は次の二句で締めくくっている。

雪の田に巨き靴跡鬼無里村　（『踏歌』昭五十三）

雪の森神々もまた靠れあふ　（同）

いずれも「雪」の句である。一句目の「巨き靴跡」は遷子の靴跡だろうか。二句目の神の中には遷子もいるのだろうか。伝統俳句の革新をめざす耕二にとって、行き詰まったときこそ、遷子の生きる姿勢に還ることが必要だった。病と闘いながら、それでも俳句を詠み続け、人間性を発露しようとした姿勢である。耕二の心の中では遷子の肉体は亡びても、作品は精神の不滅の証のようにいきいきと生き続けた。そこに耕二が遷子から学び得た生きる姿勢があった。『踏歌』という句集は、

「交歓」の日々を讃える句集であるが、その根底を考えると相馬遷子への追悼句集であり、耕二の生きる姿勢を表出した句集だといえる。

雲表につづく径

昭和五十四年の俳句

福永耕二の遺句集『散木』は、昭和五十五年十二月の耕二の死後、一年とたたないうちに妻である福永美智子により刊行された。昭和五十三年までの俳句を収めた第二句集『踏歌』のあと、二年間（昭和五十四年、五十五年）の俳句、三三四句を収録した句集である。まずは昭和五十四年の俳句をみてみよう。

起上りつつ芦叢にかかる野火　（『散木』昭五十四）

きのふよりけふ冬麗の遷子の忌　（同）

雪嶺を見ずに日暮るる遷子の忌　（同）

『散木』の劈頭三句である。相馬遷子への追悼で終えた『踏歌』に続き、同句集も遷子への追悼で始まっている。

鴨引きしあとの磯辺と訪ね来よ　（『散木』昭五十四）

「千葉市磯辺に転住」の前書がある。遷子追悼の空気の中で始まった『散木』は、昭和五十四年の春、磯辺への転住により、庭や家のことを詠む句が増え、俳句に明るさがでてくる。

わが庭にはや醜草の芽のいくつ　（『散木』昭五十四）
雲雀鳴き加はるやわが植樹祭　（同）
春疾風いま植ゑし樹を吹き撓め　（同）
日曜大工日曜庭師芝青む　（同）
リラ植ゑてリラの曇の昨日今日　（同）
家路またかへて雪加の声ききに　（同）
朴植ゑて凡日を凡ならしめず　（同）

庭に植えた樹や鳥をさかんに詠み、自分の庭を持ち得た喜びが自然と滲み出ている。家庭を何よりも大切にし、家族のことを想う耕二の優しさや愛情が情景をとおして伝わってくる。また、どの句も明るい日差を感じさせる。『散木』の「あとがき」に美智子は、「庭に咲く樹花を見ていますと、金縷梅の花はあの時の笑顔、辛夷はちょっとはにかんだ笑顔、山茱萸はいたずらっぽい笑顔というように思われてなりません」と家庭における耕二を振り返っている。明るく、笑顔で家族を大きく包んだ耕二に対する感謝と愛情に溢れる文面であり、胸を打たれる。

子の服をこのむここだの草虱　（『散木』昭五十四）
秋夕焼もうだれもゐぬ校庭に　（同）
菊人形面いきいきと衣褪せて　（同）
蛾も人もおのれ焼く火を恋ひゆけり　（同）

昭和五十四年の俳句は、秋になると一句目のような平和な景を万葉調で詠んだ吾子俳句もみられるが、内へ沈潜する句が多くなる。二句目の何とも淋しい景、三句目の観察眼の効いた句、四句目の情念を感じさせる句と、それぞれ視点や描写は違うが、内面志向が強い。特に四句目は内面性を深く追求し、真剣である。

この年、耕二は二年五か月をかけた『水原秋櫻子全集』を完結させている。秋櫻子への想いは深まるばかりだったが、当の秋櫻子の体調はすぐれず、耕二の心配は募るばかりだった。

喜雨亭の要厚垣十二月 (『散木』昭五十四)
冬星の脈絡もなし師よいかに (同)
冬菊の句を誦し堪えて冬半ば (同)

そのせいだろうか、昭和五十四年の年末は耕二自身も体調を崩し、少し荒んだ状態のまま年が暮れていったようである。

雪の夜の獣の息に満ちて街 (『散木』昭五十四)
寒月に病みし獣のごとく吠ゆ (同)
霜柱一夜に髭は伸びまさり (同)
風邪薬飲み茫々と月日逝く (同)

ところで、《夕澄みて綿虫にまた遮る》(昭和五十三年)という句が『踏歌』の終りの方にあるが、昭和五十四年の作品の中で私が注目するのは、同じ「綿虫」を詠んだ次の句である。耕二の俳句に苦闘する姿がうかがえ、昭和五十三年の状態から依然抜け出せていないことがわかる。

綿虫を見失ひたる眼の冥さ (『散木』昭五十四)

林翔によると、この頃耕二は、「秋櫻子にもう五年生きていて頂きたい」と洩らしていたようである。翔は、「五年という歳月、それは結社の句風に縛られがちな自己の俳句を徐々に解き放つのに要する期間ではなかっただろうか」(「俳句とエッセイ」昭和五十六年四月号)と書いている。

耕二の俳句に対する苦闘とは、翔のいうように「馬醉木」の未来像の中で耕二が自分の個性的な句風を確立することであった。それはいいかえれば、伝統俳句に革新を加えるということでもあり、そのためには「馬醉木」の未来を自分で模索しなければならないということでもあった。

昭和五十四年十二月三日、秋櫻子は突如心臓発作を起こし、緊急入院した。けっきょく、そのまま正月を迎えることになったが、耕二にとっては心配でたまらなかっただろう。年末の耕二の俳句が荒んだ状態であったのも、「もう五年生きて頂きたい」という思いと無関係ではない。秋櫻子が老いて病褥に親しむようになる中、耕二に焦りにも似た気持があり、先の耕二の発言となったように思えるのである。

昭和五十五年の俳句

昭和五十五年、この年の十二月四日に耕二は亡くなる。『散木』では、昭和五十五年に耕二が詠んだ俳句、百八十句を収めている。三章に分かれていて、第一章「白珠」は、「道東五十句」の前書があり、北海道で詠んだ五十句を掲げている。次は、「南風岬」という題でやや明るさを取り戻した俳句がみられる。最後は「十月の紺」で、絶筆となった死の三日前の句までが収録されている。

まず第一章「白珠」から四句を掲げる。

北溟の潮泡かとも蝦夷の雪　（『散木』昭五十五）
あたらしき群容れて鶴しづかなり　（同）
すれちがふ白息のみな帰港漁夫　（同）
白鳥のあらそふ首の相搏てる　（同）

吟行句らしく、写生の目が効いているが、作者が句に投影されているので、感動が直に伝わってくる。『踏歌』でも吟行句はたくさんあったが、吟行句の多いのが耕二俳句の一つの特徴である。古賀まり子は、耕二追悼に寄せて、「寒の青空を仰ぐと、雲垣のかなたで『いい吟行地がありますよ』耕二さんが悪戯っぽい目を輝かせて笑っている。きっと、相馬先生や石田あき子さん達と天上句会が始まっているのであろう」（「馬酔木」昭和五十六年三月号）と書いている。耕二が積極的に吟行に出かけていたことを物語る文章である。耕二の俳句は心象句が多いが、実際に現場に足を運び、そこで感動したことを句に詠み上げているので、句にリアリティと力が生まれる。

花冷やわが古シャツを子に与へ　（『散木』昭五十五）
一行詩白南風に立つ燈台は　（同）
わが胸の帆を膨らます南風岬　（同）
鳥葬のかたちに臥せば雲の峰　（同）

右四句は第二章「南風岬」の句である。この時期になると、一句目のように子の成長に感慨深げである。また、二句目や三句目のように、俳句に対して元気を取り戻し、向き合っていく姿がみられる。十二月から入院した秋櫻子は、ようやく三月に退院するが、そのことが耕二に安堵感を与えたようである。しかし、四句目では、「鳥葬」という少し暗いことばが登場する。季語が前向きなので、句としては救われているが、気になるところである。既に「馬酔木」の選は、秋櫻子が入院してからは堀口星眠が代行していたが、六月の同人総会で、正式に星眠が「馬酔木」の主宰となる一方、企画編集は耕二から市村究一郎へ交替となった。編集長の交替は、耕二には突然のことで、まったく寝耳に水だったらしい。そのことが句に影響し始めているようにも感じる。

最終章「十月の紺」に収録された句は、すべて編集長を交替した後の句である。岡本まち子の耕二追悼文によると、「彼の胸のうちはいま、無念の想いで一杯であっただろうに、そんな事からは成るべく遠ざかろうと、この高原の花達に語りかけていたのだろう」(「馬酔木」昭和五十九年十二月号)とある。八月に志賀高原に吟行したときのことで、そのときの句をいくつか掲げる。

雲表につづく径あれお花畠　(『散木』昭五十五)
九階草裾は千草にとりまかれ　(同)
還らざる旅は人にも草の絮　(同)
かたまつて風をよろこぶ風露草　(同)

まち子の追悼文には、三句目が掲げられ、「はからずも自分の数か月しかない命を予知しているかのようである」と記されている。失意の中で自分の持っていき場を花に、俳句に託していく耕二の姿に心動かされる思いである。

一方、福永美智子は「あとがき」で、「夫との最後の旅となった志賀高原の深く鮮やかな紅葉が想い出されます。この旅は夏の志賀高原に吟行した夫が、秋の紅葉の見事さを思い描き、私と子供に見せたい為の旅行でした」と書いている。耕二は失意の中にあっても、誰よりも家族のことを思い、大きく包んでいたのである。その限りない愛情は耕二の生きる姿勢からくるものであり、心の根っこの部分から湧き出るやさしさでもあろう。

『散木』の掉尾は、《ぼろぼろの身を枯菊の見ゆる辺に》という句だが、この章では病気になる直前に詠んだ次の二句に注目したい。

十月の紺たつぷりと画布の上　（『散木』昭五十五）

百草の露むらさきに師の山河　（同）

一句目はこの章の表題にもなった句だが、「紺」は青と紫との和合した色である。初期の句に、《画布の上に原色厚し五月の野》（『鳥語』昭和三十三年）があるが、そのときから二十年以上がたち、耕二は原色の「青」でなく、「紺」と表現した。もはや青年ではなく、壮年としての意識がそう表現させたのだろうか。

二句目は、「佐久は」の前書のある句である。これは明らかに遷子のことを偲んだ句だが、遷子の色は「むらさき」なのである。この句を下敷にすると、一句目の「紺」は、「青」から「むらさき」へ深化していく途上と鑑賞できないだろうか。また、「たつぷりと」の表現に、耕二の強い意志を感じる。遷子の生きる姿勢から感得したことをめざそうという耕二の意志である。

家族を紅葉の高原に連れて行き、また、遷子の故郷、佐久の山河の露を見つめ、耕二は失意から立ち上がろうとしていた。その意志の表れが第一句だと鑑賞したい。しかし、「百草の」の句の直後、「仰臥」の前書をもって次の句が詠まれた。

露けくて一流木のごとき形　（『散木』昭五十五）

耕二は病気に倒れたのである。この「一流木」の句は自分自身のことを詠んだのだと私は鑑賞する。編集長を解任されて、自分を客観的に見つめ、さながら流木のようだと自嘲しているかのように感じられる。

《鳥渡る我等北さす旅半ば》（『散木』昭和五十五年）とこの年に詠んだ耕二の北への旅は、志半ばで終わった。それは「むらさき」をめざす旅でもあっただろう。けっきょく、「還らざる旅」となってしまったが、美智子の「あとがき」にある「たとえ肉体は滅びても作品は精神の不滅の証しのようにいきいきと僕に訴えてくるとある作家論で夫は書きましたが、これら自ら文字に封じ込めた夫の精神、生きる姿勢がどんなに私を勇気づけてくれたことでしょう」という文章は、我々をも勇気づけてくれる。耕二の生きる姿勢は最愛の人にしっかりと受け止められ、耕二は今も雲表につづく径を旅している。

『散木』という句集名

句集名

『散木』は福永耕二の遺句集（第三句集）である。耕二自身が自ら編纂して発刊した句集ではない。第一句集の『鳥語』にしても、第二句集の『踏歌』にしても、句の構成や選定に耕二の意思が強く反映しているが、『散木』は『踏歌』のあと耕二が死ぬまでの二年間に作った俳句を編集した句集だから、これまでの二句集とはその点違うだろう。しかし、題は耕二が生前に付けた名であるという。このことは、耕二の句集に対する意思を感じさせてくれる。第一句集以来、句の構成や順番、流れに耕二の思いを感じてきたが、『散木』においては、句集名に耕二の意思をみることができる。

では、「散木」という題を耕二はどうして付けたのだろうか。「散木」ということばは、「役に立たない人物や物のたとえ。自己の謙称としても用いる」とある。出典は、『荘子《そうじ》』逍遥遊《しょうようゆう》・人間世《じんかんせい》である。第三句集について、耕二の頭の中では既に方向感は出来上がっていたのではないだろうか。

耕二は、編集長として「馬酔木」に貢献できなくなったこと、解任されたことで自分を「散木」と考えたように感じる。前章で掲げた「一流木」の句がそう感じさせるのである。そして、それまで秋櫻子から学んだ「馬酔木」俳句の集大成を第三句集に託そうと思ったのではないか。それが編集長を解任された自分にできるせめてもの貢献ではないかと。

昭和五十四年に『水原秋櫻子全集』が完結し、その年の師走に秋櫻子は緊急入院した。選は堀口星眠に託され、客観的にみて秋櫻子が人生の最終章を迎えていることは明らかだった。年齢も八十八歳、耕二が「もう五年生きていて頂きたい」と洩らしたのもわかる。自分自身はまだまだ「散木」であるとの気持だっただろう。しかし、私は逆にこのことばから、耕二の「馬酔木」の未来像へ向け、結社を拡充していこうという意欲を感じるのである。

「散木」は、第一句集『鳥語』の冒頭の句、《浜木綿やひとり沖さす丸木舟》の丸木がまるで散ってしまったかのようなタイトルである。耕二はおそらく第三句集で、一旦、自分自身の旅を終焉させるつもりだったのだろう。丸木舟が波に打ち砕け、そこから新たな旅を始めようと思っていたのではないだろうか。新たな旅へ向かうまでの句集が耕二の第三句集『散木』になるはずだった。おそらく、秋櫻子へのオマージュにもなる句集だったにちがいない。さらにいえば、新たな決意をもって旅立つ耕二の覚悟にもなる句集だったにちがいない。生前に題を付けていたというのはそういうことだったのだろう。

生きる姿勢の根幹

耕二にとって思ってもみないことが起こった。それは、昭和五十五年六月の同人総会での編集長交代という決議である。私は先に「新たな決意をもって旅立つ耕二の覚悟」と書いたが、この決意のめざす方向には「馬醉木」の未来像がある。ぼんやりとして見えないが、秋櫻子が拓いてくれた道の先に広がる大地である。かつて相馬遷子や同人の仲間と交歓したような充実した日々がその大地まで続いているはずである。秋櫻子からつながっていく大地であり、《鳥頭子波郷わかさぎ焼いて待つならむ》と秋櫻子が耕二への追悼句として詠んだ石田波郷にも軽部烏頭子にもつながっているだろう。

耕二は、「馬醉木」の編集長のかたわら「沖」の同人でもあった。しかし、耕二の生き方を考えれば、「馬醉木」以外の道は考えられなかった。秋櫻子を敬愛してやまなかった耕二にとって、「馬醉木」とは秋櫻子そのものであり、ましてや秋櫻子の死後を考えた場合はなおさらであろう。なぜなら「馬醉木」には、秋櫻子の不滅の精神の証が無限大に広がっているからである。耕二自身の投句は、「馬醉木」と「沖」両方に続いていたが、昭和五十五年二月号から「沖」への投句は途絶えている。そのあたりの事情は能村登四郎の「福永耕二を悼む」(「沖」昭和五十六年二月号)という追悼文を読めば歴然としている。

結局耕二は「沖」の同人になったものの、その力の大半は「馬酔木」の編集に注がれた。「沖」の何倍かの大雑誌の編集は見ていても胸が病むほど大変だった。その上彼は歳時記や全集の仕事や人の句集など常に引きうけて暇なく仕事をしていた。その姿を見て私は、毎月の俳句さえ「沖」に貰うのが気の毒になった。そんなことで彼と「沖」とはますます縁が薄くなっていった。しかし私はどうせ俳壇に出るなら大雑誌の「馬酔木」から出た方が彼のためになると思った。殊に秋櫻子先生の耕二に対する信望は絶大であり、彼もまた「馬酔木」のために一切他を省みず粉骨砕身している風であった。

長い引用になったが、ここにも耕二という俳句作家の生きる姿勢が如実に現れている。「沖」を興した登四郎は耕二と職場がいっしょだっただけに、常に耕二の思いを肌で感じていたにちがいない。それだけに臨場感が伝わってくる。さらに登四郎からすれば、上京のきっかけをつくり、職まで斡旋しただけに「耕二と共に」という思いは他の誰よりも強かっただろう。先の文章のあと、「そのことは私にとって淋しいことであったが、一切私は耐えていた」と続く。この文から登四郎の耕二への温かな眼差しと潔癖さが伝わってくる。

編集長交代の背景に堀口星眠側からみた耕二像はちがった容をしていたのだろうか。秋櫻子がまだ存命の中、耕二がどれほどの思いで「馬酔木」を背負っていたかを考えると、先に根岸善雄の講演録でみたように、秋櫻子に対し星眠側から耕二のことで誤解を与える動きがあったのは事実なのだろう。そこまでしないと耕二の編集長交代が実現しないからだ。いい換えれば、それほど秋櫻子の耕二への信望は強固だったということなのだ。この点に深入りすることは本意ではないが、秋櫻子の「馬酔木」を礎として新たな「馬酔木」へ拡充していこうという耕二が、秋櫻子の「馬酔木」を汚したり、背くかのような思いを抱くことはどう考えてもあり得ない。地位や派閥や経済的なことがらは耕二にとっては些末であっただろう。否、些末ですらなかったにちがいない。ただただ現代の俳句の行く末を思い、「馬酔木」の未来を思い、自身の俳句に向き合っていただけである。それが耕二の生きる姿勢の根幹である。そこを捻じ曲げられていたとしたらこれほど哀しいことはない。

　何かを革新していくということは、根っこの部分に赤子のような純真な心がないとやり遂げられないと私は信じている。人を動かすとはそういうことだろう。耕二には登四郎の追悼文に明らかなように、俳句を革新していく資質が備わっていた。まことに残念であり、一大痛恨事である。

仁右衛門島の耕二

　耕二を肌で感じ、見守る先輩俳人が登四郎のほかにもう一人職場にいた。これまで何度も登場している林翔である。「馬酔木」同人であり、登四郎を支える「沖」の編集長でもある。翔の耕二への追悼文は以前掲げたのでここでは割愛するが、その嘆き、憤りは文面全体に迸っている。その翔が「よくぞ書いてくれた」と喝采する追悼文が昭和五十六年三月号の「沖」に掲載された。「仁右衛門島の耕二さん」というタイトルで、「萬緑」同人の池上樵人によるものである。

「俳句とエッセイ」での競詠が昭和五十五年秋に開催され、耕二、樵人のほかに、岡本眸、中村明子、黒田杏子、鈴木栄子、宮下翠舟、佐川広治、神原栄二が参加した。そのときの句会は十句選だったようで、樵人は耕二の句を五句も選んでしまったという。次の五句がそれで、いずれも『散木』に収録されている。

安房はいま穂芒の白濤の白　（『散木』昭五十五）
蟋蟀や夜はしづかに海の貌　（同）
大根蒔く畝も刻まず島の畑　（同）
磯鴫の影まれにさすわすれ汐　（同）
十月は空もながるる鳶の群　（同）

特に一句目に出会った瞬間、おもわず「うまい」と声をあげてしまったらしい。また、二句目では、「馬酔木」の編集の責任が軽減されたことを耕二が海辺で悲しく、淋しく語っていたという。そのあと、次の文章を寄せている。

彼（耕二のこと）は、「馬酔木」の編集と秋櫻子に全生命をかけていた。一旦、新体制になると彼は編集の長から遠ざかった。彼は病中、この傷心が常に脳裡に翳りとなり棲み付いていたと云う事実である。「俳句とエッセイ」十二月号に発表した作品の前置きにある彼の小さなエッセイ「数日後、秋櫻子先生にご報告申し上げると――それは奇遇だ。先程、仁右衛門さんが挨拶に来られて、最近、絵かきは来なくなったが、俳人はよく来ますよと言っていましたよ――と仰言った。あの日の僕らもきっとその俳人のグループであったには違いないと思って後で苦笑した」彼の死後、この文章を読むたびに私は涙ぐんでしまう。秋櫻子と彼の愛の絆は固く結ばれているのだ。人の世は短く、はかない。だから我々はお互いにいたわり合わねばならない。

「馬酔木」の外の俳人にも耕二の秋櫻子に対する想い、二人の固い絆は明らかなことだった。このことは、耕二が誰彼はばからず秋櫻子を讃え、「馬酔木」のことを考えていたことの証であろう。そこが耕二の生きる姿勢の原点だからだ。

『散木』

さて、今一度『散木』の次の句に立ち返ってみよう。この句から耕二は病に伏せることになる。

露けくて一流木のごとき形　（『散木』昭五十五）

作者が先に亡くなったため、句集名となる句はないが、第一句集劈頭句の「丸木舟」は今や「一流木のごとき形」に変わり果てた。この句が集中、『散木』を一番象徴する句かもしれない。以後病床の俳句二十句が続き、『散木』は閉じる。

粥食つて腹透き徹る白露かな　（『散木』昭五十五）
病めば夜の永劫かとも柿一顆　（同）
冬に入る仰臥や胸に書を載せて　（同）
病室に子恋つのらす十三夜　（同）

病床から起こした句には無念さと静かに祈る気持が表れているように感じる。そして絶筆となったのが次の二句である。

佗助や生徒に会はぬ五十日　（『散木』昭五十五）

ぼろぼろの身を枯菊の見ゆる辺に　（同）

生徒に会わなくなってから五十日。それはいいかえれば、休職して五十日たったことを意味する。また、「ぼろぼろの身」となった耕二はそれでも秋櫻子を求めてやまない。「ぼろぼろの身」は、単に肉体的な意味だけでなく、一度は秋櫻子に疑われた悲しみによるものでもあったのかもしれない。それでも生ある限り、師を求めて俳句に生きる。それが耕二の生きる姿勢であり、最後まで貫きとおした姿勢だったのである。

『散木』はおそらく秋櫻子の死後、上梓されるはずの句集だった。しかし、実際にはそうならなかった。もし、そのようなタイミングで上梓されていたら、『散木』は間違いなく未来の「馬酔木」へ動き出すための覚悟の句集になったであろう。

総論

＊

意志と無思想

第一部では、耕二の生涯を辿りつつ俳句を考える上でのテーマを抽出して論じた。第二部では、耕二の俳句に対する考え方をとおして俳句への考察を試みた。第三部では、年代順に耕二の俳句作品を論じることで耕二がどのように生きたかを示した。いわば、耕二の俳句観である「俳句は生きる姿勢」を具体的に掘り下げたつもりである。

ここまで書いてきて実感としてあるのは、福永耕二という俳人への親しみと真摯さへの敬意の思いである。何の衒いもなく等身大に生き抜いた俳人であり、ぶれることなくひたすら深く自分の人生を掘り進んでいった。そのことにすさまじいまでの俳人魂を感じるのである。

また、耕二は俳句を始めるときから極めて意志的だった。浜木綿の句にあるように、ひとりで沖を目指して生涯を貫いた。自分で宣言して、その道をひたすら突き進んだのである。勿論、途中で幾度か座礁はしたが、進路は変わらなかった。そして、ほぼ目標地点に辿り着いたといえるだろう。だから、耕二の次の旅は恩師、秋櫻子の死を出発点として始まるはずだった。『散木』はその手前の耕二の人生の集大成の句集であると同時に耕二の新たな旅の原点となる句集のはずだった。しかし、その前に耕二は亡くなった。最後の句で「ぼろぼろの身」と詠んだが、そのことばは最後まで意志的に生きたからこそ出てきた表現である。

生涯を意志的に生きたとはいえ、その思想は無思想だった。というより、耕二にとって思想とは、形而上学的な宙に浮いた観念体系ではないのである。思想とは、あくまで生きるために我々が苦悩する姿であり、生きる姿勢そのものが耕二にとっては思想なのである。苦悩も経ずに作品に思想を巧むということは耕二が最も忌諱した姿勢である。作品の上に作者の無垢な心があらわれることに何よりも意味があり、そこにあらわれた作家の面貌こそがその作家の思想だというのである。耕二は、生きる上での苦悩といったが、それは同時に俳句表現も包み込むだろう。なぜなら俳句も生きる上での営みだからである。俳句作品にどれほど作者の心を表し得るかということに耕二が心を砕いたのもこの思想からきているといえる。

相関図

耕二の俳句における生き方や歩んだ軌跡は、耕二が影響を受けた人たちと耕二自身の句集や評論との相関図として描き得る。私のいう相関図とは、次のようなものである。まず土台に「抒情詩人」「無思想」「美の追求」という耕二の本質がある。そこに養分を与え続けた人物として水原秋櫻子がいる。これがまず相関図の根幹部分を形成する。

その上に耕二は二十五年の俳句生活から培った幹や枝葉を加えていった。いろいろな人から薫陶を受けたが、大きく二つに分けられる。一つは、編集長までの時代（昭和四十七年春まで）で、作品でいうと句集の『鳥語』と評論の「沈黙の詩型」である。ここに大きな影響を与えたのは能村登四郎である。耕二の上京は、登四郎の鹿児島訪問がきっかけとなった。登四郎との出会いが耕二の人生を大きく転換させたといえる。

もう一つは、編集長時代（昭和四十七年夏以降）で、作品でいうと句集の『踏歌』と評論の「俳句は姿勢」である。ここに大きな影響を与えたのは相馬遷子である。耕二が編集長として大車輪の活躍をするのも同人会長である遷子の支えが極めて大きかったからといえる。句集や評論の切り口でみると、この時期に俳句観が深化している。幹が明らかに太くなっているのである。勿論、土台もますます強固になっている。

沈黙の詩型

この相関図を踏まえ、耕二の俳句観をみてみたい。耕二という俳人の資質の良さは、すでに二十三歳で俳句は沈黙の詩型であると看破していることである。いわゆる俳句の第二芸術論に端を発し、当時の俳壇は社会性俳句や前衛俳句が華やかなりし頃だった。しかし、そのような動きには目もくれず、耕二は「言葉」に向き合っていた。サルトルの文学論から、散文における「言葉」は既成のもので使用され、詩においては「言葉」はあらためて発見され、創出されるものである、という点に着目した。また、小林秀雄の『私の人生観』からは、詩人にとって表現するということは黙することだというパラドックスを体得した最大の詩人が芭蕉である、という点に瞠目した。これらが耕二の「沈黙の詩型」(「馬酔木」昭和三十六年三月号)のベースにある。

また、自然主義文学運動が巻き起こした科学万能主義の風潮に反して叫ばれた抒情の回復という動きに、耕二は敏感だった。自然上の真(即ち科学的真実性)と芸術上の真(即ち美)というものの明確な区分の上に立って、詩の抒情性を讃美した秋櫻子は殊に印象的で、強烈に惹かれるものがあった。

さらに、俳句における寡黙さと美に出合ったときに感動する際の沈黙との間に共通するものがあると見抜き、美は感動を孕んだ沈黙であるとの考えにいたる。ここに俳句と芸術上の美との結合を見出し、詩人は沈黙することが唯一の表現であるという思想を持つべきと主張、俳句はその最も寡黙な詩型であると道破する。

こうした「沈黙の詩型」における耕二の考えは、鹿児島時代のものであり、まだ「馬酔木」の先達や仲間に揉まれる前のことだった。既に俳人としてしっかりとした意見を持ち、俳句に向き合っていたことがわかる。

その後、スランプに陥るが、登四郎の鹿児島訪問で覚醒する。スランプに陥る前に真剣に「言葉」や俳句のことを考えていたから、実際に「沈黙の詩型」に執し、孤独を深める俳人を目の当たりにしたとき、耕二にはすぐに感じるものがあった。登四郎の寡黙に歩き続ける姿は、耕二の目には「沈黙の詩型」の求道者そのものだった。沈黙の意味を考え、孤独と闘いながら俳句に向き合い、自分の俳句を打ち出そうとする姿を登四郎から見せつけられた瞬間、耕二の心の中で大きく動くものがあった。

当時の耕二は、優れた俳句は内容と形式との完全な融合によって成り立つ、と考えていたが、作品を見ずとも登四郎の寡黙な心と俳句という沈黙の詩型との見事な共鳴を感得した。登四郎に俳人のあるべき姿を見出したのである。秋櫻子という絶対的存在に加え、登四郎のように、俳句と苦闘している同人もいる「馬酔木」の本拠地に、自分も飛び込んで鍛えたいという思いにいてもたってもいられなくなった。実際に「沈黙の詩型」をめざし、実践している俳人がいるというのは、なんと心強いことだっただろう。この出会いは運命的ではあるが、やはり意志的に生きる耕二の姿勢がそれを呼び込んだといえる。父から「勝手にしろ」とまで言われても上京した耕二。極めて強い意志と覚悟をもって行動したことがわかる。

俳句は姿勢

「沈黙の詩型」から十六年経って、「俳句は姿勢」という評論を発表した（「沖」昭和五十二年十月号）。この間、耕二は上京を果たし、「馬酔木」の同人、編集長となり、その中枢で活躍する。先輩や同期同人、職場での林翔や歌人の小野興二郎など耕二の人生になくてはならない人との出会いがあり、私生活ではかけがえのない妻を得、二児の父親となった。

そんな中、編集長となった耕二に最も影響を与えたのが同人会長の相馬遷子だった。「沈黙の詩型」以後、耕二は一層俳句に向き合い、俳句観を深化させた。その結晶をかたちにしたのが耕二畢生の評論、「俳句は姿勢」である。「沈黙の詩型」の頃、既に耕二は「言葉」を真剣に考え、俳句形式に向き合っていたが、まだ俳句を自己表現の形式としてしか捉えていなかった。しかし、「俳句は姿勢」の頃になると、俳句は人生と等価であり、生きようと努力することである、という主張に変わる。そのことを遷子の作品を取り上げながら論じているが、遷子の病床から詠み上げたすさまじい作品を読んで、息苦しい思いに捕われたという。俳句とはなんと業の深い文芸だろう、俳句を行じて生きることの厳しさを遷子が身をもって教えてくれた、とまで書いている。耕二はこの時点で、俳句が自己変革を迫る厳しい形式であること、気楽には続けられない文学であることを強く感じている。耕二にとって、思想とは生きるために苦悩する姿であるから、この感覚はその裏返しでもあるが、実際に遷子の生きる姿勢を目の当たりにして、体で耕二は感じたのである。そこに「俳句は姿勢」という評論を書かざるを得ないモチーフがあったといえよう。

自己表現として覚悟して選択した俳句という表現形式は、この時点で次元がさらに深化して、生きる姿勢そのもの、という捉え方になった。それを遷子が身をもって教えてくれた。その魂をもって示してくれたのである。

『踏歌』での昭和五十一年から五十三年の作品に底流する遷子への想いは尋常ではない。殊に遷子の亡くなった年の冬の東北の旅で詠まれた雪の句の数々は、遷子への追悼の想いで溢れている。

雪原を流るるもののあり抉る　（『踏歌』昭和五十一）
竜飛岬雪片とどめがたく痩す　（同）
雪乱舞して白鳥を見せぬ湖　（同）
雪原に見て乱杭のごとき墓　（同）

耕二の俳句観

耕二は「俳句は姿勢」の中で、作者の主観が強ければ強いほど俳句の形式と折り合うことはむずかしい、と書いている。逆にそこを克服した作品は、重い沈黙を孕んでいるので読者の心を打つ、ただ、そこに至るまでには長い間の形式との孤独な闘いが必要だ、とも書いている。

この主張は、孤独を貫くことが「沈黙の詩型」を成立させ得る姿勢であることを表している。耕二自身の苦闘の経験からくるものであろうし、登四郎、遷子という二人の生き方、姿勢を目の当たりに見てきた耕二の実感でもあろう。優れた主観が純粋客観に近いものであることは確かである。俳句形式の抵抗を受けて長い間鍛錬されてこそ、「沈黙の詩型」は獲得できるが、それは孤独との闘いなのである。

耕二は、登四郎の姿勢から自分の俳句観の確かさを感得し、実際に実践しようと、登四郎との鹿児島での出会いを契機に「馬醉木」のど真ん中に飛び込む勇気と機会を得た。さらに、遷子の死と対峙して俳句を詠み上げる姿勢から、俳句を詠むことは俳句を行じて生きる決断と勇気が必要であることを看破し、人生と等価という次元にまでその俳句観を高めた。俳句にひたすら真摯に向き合ってきた耕二だからこそ、そこまで深化できたのである。

かたまつてゐて裸木の相触れず　（『鳥語』昭四十五）

省くもの影さへ省き枯木立つ　（『踏歌』昭五十）

右の二句を並べると耕二の俳句観の深化が読み取れる。もはやかたまる必要はない。自身の影さえ省いて、孤独と闘う姿勢が大事なのだ。俳句とは、要は俳句作家の根性の問題なのである。

＊

完全の美

「俳句は姿勢」（「沖」昭和五十二年十月号）は、死を悟ってからもなお俳句を詠み上げる相馬遷子の生きる姿勢に心を動かされて書き上げた評論である。しかし、耕二は評論の終わりにきて、身近に見てきた俳人の中で最も感動したのは秋櫻子の俳句への熱情と、それを支える日常生活の潔さだった、と書いている。当時既に病気がちだった秋櫻子だが、絶対安静のベッドの中でもなお俳句を案じつづけ、病が癒えると病気の前よりも過重な文筆活動を自分に課していた、というのである。秋櫻子の生きる姿勢が耕二に与えた影響は甚大だが、もう少し具体的に掘り下げてみたい。

耕二は秋櫻子からあまり多くの言葉をもって指導されていない。ときどき耕二の俳句姿勢を正す言葉が投げかけられた程度である。鹿児島時代に耕二がスランプに陥りかけて葉書を送ったとき、「面白い俳句を作りなさい」とだけ返事が来たり、第一句集『鳥語』の序文で、「もっと明るさと美しさが加わって来たら、実に素晴らしいことになるだろう」と書かれたことが指導といえば指導といえるだろうか。こうした言葉がそのときの耕二の俳句姿勢を正したことは間違いないが、それ以上に秋櫻子の俳句作品が生活態度、人生観を反映していたことから、けっきょくのところ耕二は秋櫻子から俳句をとおしてその生き方や生きる姿勢を学んだといえるだろう。

秋櫻子という俳句作家は、生活上の信念が作句上の信条ともなっていた。明るく健康で美しいものでありたいということが秋櫻子の信念であり、それを不断の努力で実行していた。常に精神を潔くし、心の停滞を憎んだ。たえず自然に問いかけることによって自己を錬磨した。日々の生活が俳句に反映され、自身の俳句作品に対する厳しさは最も苛烈を極めた。

鷲谷七菜子が「完全の美」という秋櫻子私論を書いている（「俳句とエッセイ」昭和四十八年六月号）。その中で、「完全に美しい景を完全に美しく詠むという修業は、どうしても為さねばならぬことだ。少し欠点のある方が気が楽で詠みやすいだろうが、それは後廻しにしてもよい。完全に美しい景と取組むのが、一番勉強になることである」という秋櫻子の言葉を紹介している。七菜子は、完全の美とは欠けざる美、乱れざる美、条理の美、秩序の美であると続けたあと、次の句を例として整然たる秩序世界が輝いていると評した。

堂崩れ麦秋の天藍ただよふ　秋櫻子（『残鐘』）

亡びのかなしみを詠っても、「麦秋の天藍ただよふ」という高揚した色彩美の世界に昇華され、秩序の美はみじんも侵されてはいないと論じたのである。「完全に美しい景」とは、実は外界自然ではなく、秋櫻子自身の内部に打ち立てられた揺るぎのない秩序の世界にあると看破した。そのためには、作者の内部にまず秩序の美の世界を打ち立てることから始めなくてはならないと七菜子は思い知ったのである。

さらに、もともと人間の心は無秩序、不条理なもので、そうした負の意識をどう処理するかという問題が存在することも提起している。しかし、その問題も秋櫻子の俳句にかかると、外光的な明るさ、整然たる秩序の世界の中に解消してしまうという。条理と不条理を大きく包括し、完全な美への達成を遂げてしまうというのである。そこには秋櫻子の先天的な性格の明るさがあり、負の意識の入る余地を全く与えないのだろうと論じている。

美の使徒

たしかに、秋櫻子の性格は先天的な明るさを持ち合わせているが、それだけで数々の優れた俳句作品や偉業を成し遂げることはできない。そこには耕二がいうように、不断のたゆまぬ努力があるのである。それは停滞を嫌い、美を追求し続け、己の信念を貫きとおした抒情詩人の姿だといえよう。耕二は、秋櫻子の生涯において三つの興隆期があると論じている。一つは「ホトトギス」の精鋭作家として活躍した時代で、《葛飾や桃の籬も水田べり》の句のある『葛飾』に代表される。秋櫻子は外光のゆたかさや主情的な調べを特徴とした俳句を作り、そうした俳句作品には近代浪漫精神が横溢していた。そのことが新興俳句の口火を切ることにもつながった。二つ目は、戦後九年ほど八王子に住んでいた時期で、句集では『霜林』『残鐘』『帰心』に代表される。《冬菊のまとふはおのがひかりのみ》(『霜林』)の句のように、第一期に比べ厳しさの加わった美しさが特徴である。第三のピークは、『晩華』から『芦雁』に至る晩年である。《羽子板や子はまぼろしのすみだ川》(『余生』)の句のように、美に重厚さと軽妙さを織り交ぜながら静謐な世界をひらいていった。

秋櫻子の晩年は病にも見舞われたが、生涯、俳句への情熱は失われなかった。耕二は秋櫻子の生きる姿を「生きるかぎりの美の使徒たらんとする生き方」(「国文学」昭和五十六年二月号)と記している。耕二が三つの興隆期で論じたように、秋櫻子の追求した美は、青春性から出発し、そこに厳しさを加え、晩年には自在さ、柔軟さを得て、不条理なものをも包み込む美へと深化していった。その姿は、まさに完全の美をめざす「美の使徒」として生涯を捧げた抒情詩人だったといえよう。

秋櫻子と遷子

深化する師に日々接しながら、耕二はおそらく自身の姿勢を常に襟を正す思いで振り返っていただろう。また、秋櫻子は俳句史の転換をもたらした俳人であり、文学史的にみても抒情の復活を実現した詩人である。耕二からすると、秋櫻子は伝統作家の権威であり、絶えず近代の抒情文学の香りを感じさせる師であった。最初はどちらかというと偉大な俳句作家として仰ぎ見ていた部分が多かったが、実際に直に接して、耕二は人間としての秋櫻子に一層惹かれていった。努力を怠らず、明るく、健康で美しくありたいという生活信条を俳句でも貫きとおす姿勢に魅せられていったのである。また、晩年は軽妙さも加わり、華麗ですらあった。

俳句を始めて以来、耕二の心には絶えず秋櫻子の存在があったが、秋櫻子が深化するにしたがい、その存在は揺るぎないものになっていった。耕二の心の中で師への尊敬の思いが尊愛の思いに変わっていったのである。

一方、私はそもそも秋櫻子の生き方や性格は、耕二とは体質的に違うと思っている。『鳥語』の序文で、もっと美しく明るい俳句を、と秋櫻子が方向を示したのは、耕二自身の俳句にやや陰気で偏狭な性格が反映していることを看取してのことだろう、と耕二は「俳句は姿勢」で書いている。耕二も自分の性格を自覚していたのである。しかし、なかなか秋櫻子のように明るくなれない。

実はこのたぐいの秋櫻子の発言は、「第一回同人作品合評会」（「馬酔木」昭和四十七年八月号）で遷子の作品に対しても発している。遷子の俳句が若いころと比べて違っている、と秋櫻子が発言すると、遷子は、重量感のある句をつくりたいと思っている、と答える。それに対して秋櫻子は、「前の若い時の俳句がずっと続いていくと、もう少しはなやかなところがあるわけなんですよ。それがすっかり消えてきているのはいささか淋しいんだな」と発言する件である。そのあと秋櫻子は、ちょっと句が厳しすぎる、昔のようなきれいな句があると全体がパッとしていいだろう、と遷子に助言するのである。もう少し柔らかい詠みぶりだともっと面白いものができる、というわけである。この発言から秋櫻子がめざしている方向が見えてくる。柔らかく詠むことで明るさを出すことが大事だということである。そこに秋櫻子の美に対する考え方があらわれている。不条理なものも包括して、もっと柔らかく詠むことで完全の美を表現するのである。そこに出てくる明るさは希望の光であり、秋櫻子は人に希望を与えようとしたように思える。それは一種の救いの思想であり、美の究極はつまるところ救いに行き着くのではないだろうか。耕二が「美の使徒」と表現したのもあながち大げさなことではなく、秋櫻子の俳句に救いの光を見出していたからではないかと考える。

しかし、選子は体質的に秋櫻子のように明るく、柔らかく詠む俳人ではなかった。むしろ重みのある句をつくりたいと言っていたくらいである。たしかに、のちの病床から詠み上げた選子の俳句の数々は、秋櫻子の俳句とはまた違って重みのある作品だった。そのことが「馬酔木」の多くの読み手の心を揺さぶり、息苦しさを感じさせつつも感動をもたらした。不条理を真っ向からとらえて詠むということも美であることを証明した。秋櫻子のような明るさはないが、生きる姿勢として美しいからこそ、読み手の心を動かしたのである。それが選子の生きる姿勢だった。

耕二は、評論「俳句は姿勢」の結論を次のように書いている。

美しく明るい俳句をめざすことは、つまりは美しく明るい生活をめざすことであろう、僕ら凡庸な人間にできることは、日々の感情を潔くし、自然を愛し、他人に対しては善意を尽くし、そして何よりも感動して生きることである。その生活が少しでも立派なものになれば、それは俳句にも反映しない筈はない。

俳句が姿勢であるという所以である。

この中で、「美しく明るい生活」というのは、秋櫻子の生活信条である。一方、「その生活が少しでも立派なものになれば」という部分は、秋櫻子のように生きられなくとも、遷子の俳句が実証してくれたように、生きる姿勢が少しでも立派なものであれば、人に感動を与えることができると耕二は主張している。

先に、耕二は秋櫻子から近代文学の香りを感じてもいただろうと書いたが、実はその部分が秋櫻子の特異性なのである。たしかに天性の明るさを持ち合わせた俳句作家ではあるが、やはり実績というのは大きい。あの高浜虚子に反旗を翻し、鮮やかに現代俳句を切り拓いてみせた秋櫻子の、俳人としての生き方の根底には実績からくる自信があったはずである。その根底から明るく、美しくという信条が発せられたとき、光は大いに眩しく輝く。抒情詩人をめざす耕二には、それは強烈な光だったにちがいない。秋櫻子の俳句史、もっと大きくいえば現代文学史における実績は、一層秋櫻子の性格や信条を揺るぎのないものにしたが、逆にそのことは、耕二にとっては到底到達し得ない領域だと思えただろう。

一方、遷子の生きざまを目の当たりにし、性格的にも事象にまっすぐ向き合う句を詠む遷子は、耕二には体質的に近しさを感じられる先達だった。めざす方向は秋櫻子のいう「美しく、明るい生活」としても、それは簡単に実現できるものではない。しかし、せめて姿勢を正し、生き方が少しでも立派なものになれば、人を感動させることができ、美を実現することができる。その美は秋櫻子のいう完全の美ではなくても、それに一歩も二歩も近づくはずである。「俳句は姿勢」の終わりを読むと、実は、耕二は遷子の生きる姿勢に共感し、そこをめざしていたといえるのである。

＊

権威の光

けっきょく、耕二にとって秋櫻子の存在は途轍もなく偉大だった。耕二は昭和四十九年八月号の「俳句」で文学の世界で長年権威として立ってきた秋櫻子に対し、権威は自らの光によって他を導く、その権威にぶつかっていってこそ若い作家は己を磨き、向上を図りうる、と書いている。この一文からわかるように、耕二にとって秋櫻子は常にめざすべき高峰であった。また、《鳥渡る我等北さす旅半ば》（『散木』昭五十五）という亡くなる二か月前に詠んだ句があるが、この句では、耕二は北方に聳える秋櫻子という高峰を仲間といっしょにめざしている。

高峰をめざすという意味では、遷子も星眠も登四郎も耕二からすれば同じ仲間だったといえるだろう。このことは、「馬醉木」を託された星眠からすれば快くなかったにちがいない。秋櫻子からしっかり頼むと懇願され、「馬醉木」を引き受けた以上、星眠の考える体制に沿って「馬醉木」を動かしていく。星眠はそう考え、実際そのとおりに行動した。迷いはなかったはずである。自分ではなく、秋櫻子という圧倒的な高峰を仰ぐ耕二の存在は目障りだっただろう。そこに経済的なことが絡んでくると組織や人間というのは、決定的な方向へ走ってしまう。仲間だと思っていた人たちと大きなずれが生じてしまうのは大概がそういうときである。何とも悲しいことだが、それが組織に縛られた人間の性である。ひたすら高峰をめざす耕二には、そのような動きは全く見えていなかったにちがいない。青空の広がる高峰のみを眺めながら活動していたのだから、見えるはずもないわけである。

編集長交代という出来事は、耕二にとってはまさに青天の霹靂だった。それどころか耕二という天性の抒情詩人からすれば、理解し得ない出来事であったにちがいない。ここに福永耕二という俳人像が鮮やかに屹立してくる。秋櫻子と高さは違えども、澄んだ心の姿は高峰に対峙する小峰のようである。小峰の上方には瑞々しいまでに澄み切った空が広がっている。おそらく小峰のまわりには、遷子や登四郎、翔といった中峰も聳えていただろう。凡庸な人間が苦しまないところを苦しむのが詩人だといいながら、高峰をめざした耕二の志は尊い。

耕二の至福

耕二が編集長となり、結社「馬醉木」を動かした十年弱の歳月は、秋櫻子主宰の最後の十年でもあった。特に、同人会長である遷子がいたその前半は、「馬醉木」の光が燦然と輝いていた。耕二を中心に若手が活躍し、遷子をはじめとした同人が脇を固めて秋櫻子を支える構図は、まさに秋櫻子の好む秩序美を形成していたといえるだろう。一人の文学権威者を真ん中にして切磋琢磨し、侃々諤々と議論する「馬醉木」の句座は見事なまでに明るい。

山 垣 の か な た 雲 垣 星 ま つ り　（『踏歌』昭五十）

何度読んでもこの句は私に安堵感を与えてくれる。南に母がいて、北に遷子がいることを想い、この句を詠んだという当時の耕二の心境を思うと、このような充足の瞬間があっただけでもよかったと思わずにはいられない。「生きるために苦悩する姿」をこそ思想と呼んだ耕二の生きる姿勢には、苦しみがまず根本にある。しかし、この句は苦しみから解放されて明るく壮大である。私は、この句から救いをすら感じるのである。遷子のことを想って詠んだという自解を知ればなおのことその思いを強くする。

また、この句における耕二の心に思いを寄せると、生涯の中で最高潮の瞬間だったのではないかと思うのである。秋櫻子という高峰をめざしつつ、その道程で得たこの安堵感、充足感、あるいはもっとおもいきっていってしまえば至福感は、何物にも代えがたいものである。もうそれでいいのではないか、道程でこのような至福感を得られたことこそが大切なのではないか、何もわざわざ苦悩しなくてもいいではないか。そう私は耕二に語りかけたくなる。古代の歌垣を想像させ、交歓という句座のもつ最も大切な本質を明快に詠み切ったこの句に、俳人福永耕二が到達し得た最高の句境が表れている。

このときから五か月後に遷子は亡くなるが、句集『踏歌』では、遷子を追悼する《雪嶺にまむかひあゆむ胸に雪》をはじめとした三句が収録されている。しかし、私が注目したいのは、それら追悼句の直前に置かれた次の句である。

浮寝鳥海風は息ながきかな　（『踏歌』昭五十一）

この句の悠揚迫らぬ気分に接すると、至福感に満たされた耕二を感じる。忽忙の中でふと息をついたひとときだったのだろう。「星まつり」の句が「動」ならこの句は「静」の至福感である。生きるために苦悩する姿が耕二のいう無思想という思想であり、そこに耕二の生きる姿勢があるのだが、先の「星まつり」とこの句がひらく世界は、そうした次元を超えたところに悠然と広がっている。それは潜在的に耕二の心の中に存在している世界なのではないだろうか。いつも何事にも大真面目に向き合って進んでいく耕二だが、ふと見せた安堵感の中に別の俳人像が素のままに表れているように感じられる。そこには耕二が生まれ持った南国気分も漂っている。秋櫻子は耕二の句に将来明るさと美しさが加わってきたら、と願っていたが、こうした世界が秋櫻子の希求したものだったのかもしれない。

遷子追慕

しかし、遷子死後の耕二の俳句には、遷子への追慕の思いが絶えず底流していた。そのせいか、そのあとの五年間の俳句に「星まつり」や「浮寝鳥」のような明るい句は見られない。むしろ苦悩する姿が一層目立ってくる感じである。殊に、《雪原を流るるもののあり抉る》《雪原に見て乱杭のごとき墓》といった遷子が亡くなった年の暮れに詠んだ吟行句はすさまじく、鬼気迫るものを感じる。さらに編集長交代が告げられたあと死ぬまでの半年間の俳句を読むと、読み手の心が痛まずにはいられない。晩年の遷子の句と同様、息苦しいまでの魂の叫びである。

　雲表につづく径あれお花畠　（『散木』昭五十五）
　還らざる旅は人にも草の絮　（同）

秋櫻子存命の中での突然の編集長交代がどれほど衝撃的であったかは、二句目の「還らざる」の措辞が伝えてくれる。また、一句目の「つづく径あれ」のいい回しに耕二の願いが託されていて、編集にこだわる思いが痛々しいほどに伝わってくる。

私はもっと「星まつり」や「浮寝鳥」のような句を読みたかったが、そうならないままに耕二は亡くなった。まことに残念である。しかし、本質的に福永耕二という俳人は安堵の方向にいくことを抑制する傾向がある。遷子の生きる姿勢に接してからは一層その傾向が強くなる感じである。

相馬遷子について語るべきことは多い。しかし、この人を見よとその指し示すべき人がもはやこの世に存在しないという思いは耐えがたく空しい。特に過去形で遷子を語ることはいよいよその面影をはるかなものにし空しさを募らせるだけで、途中でペンを擲ってしまいたい思いがする。

（「俳句とエッセイ」昭和五十一年六月号）

激烈な文章である。耕二の遷子に対する想いが尋常でないことを感じさせる。同人会長として常に編集長の耕二を支え、自らは決して編集の表に出ることはなかった遷子。その爽やかで潔い性格は強烈な魅力を放っていたことだろう。秋櫻子という高峰を頂きながらその道程で出会った遷子には、一幅の水墨画を見るようである。高峰をめざす耕二にいつも涼風を与えてくれていたのではないだろうか。右の文章は遷子が亡くなった年に書かれたものだが、すでに遷子の面影は耕二にははるかなものとなっている。

はるかなる墓碑

秋櫻子がいて遷子のいる「馬醉木」、登四郎、翔のいる職場。まさに俳句の中に浸り切っていた耕二は、編集と句会に明け暮れ、交歓を謳歌する日々だった。家に帰れば愛する家族が耕二を支えてくれた。怱忙きわまる日々ではあったが、充実感で満たされていただろう。その絶頂期に生まれた「星まつり」の句と「浮寝鳥」の句は、耕二俳句の頂点をなす作品といえる。

しかし、耕二の苦しみを根本とした生きる姿勢からすれば、《省くもの影さへ省き枯木立つ》(『踏歌』昭五十)や《露けくて一流木のごとき形》(『散木』昭五十五)といった俳句がその真骨頂といえるのだろう。これらの句はまさに生きるために苦悩する姿が俳句作品に昇華したといえる。耕二の俳句作品は明らかに苦しみの側からの句が多い。それは、鹿児島時代に詠んだ《棕櫚の花海に夕べの疲れあり》(『鳥語』昭三十三)の句あたりに源流がある。この句には南国の香りがするにもかかわらず、アンニュイですでに苦悩の匂いがする。耕二の体質はより苦しみの側にいくようである。

しかし、だからこそ、「星まつり」や「浮寝鳥」の句が耕二俳句の中で特異な位置を占めるといえそうだ。秋櫻子のいう「明るく、美しく」という信条がこれらの俳句作品に間違いなく具現化されている。耕二にとってこの時期の生活はいつ思い返しても明るく輝いており、充実感を伴うものだった。そのことを別の角度から照射しているのが次の作品ではないだろうか。

新宿ははるかなる墓碑鳥渡る　(『踏歌』昭五十三)

新宿は編集作業が終わったあと、渡邊千枝子たち編集仲間と共に労を癒した場所である。二年前にユーカリ牧場からはるかに八ヶ岳の山峰を仰いだときと同じように、耕二は新宿方面を見遣った。そのとき、秋櫻子が主宰として選をし、遷子が同人会長として耕二を支え、句座の仲間と交歓した日々を思い出したにちがいない。また、毎月遷子から電話でその月の誌面についてのコメントをもらっていたことも思い出しただろう。最後は編集長の判断で思うとおりにやりなさい、と言ってくれた遷子の言葉も蘇ってきたはずである。既に遷子が世を去り、秋櫻子も病と親しむ日々が続いていた。もうあのような日々は還ってこないが、かつて「馬酔木」の編集で明け暮れた日々は耕二の脳裏に刻まれるだけでなく、交歓という句座のよろしさとともに普遍的な時間としていつまでも耕二の心にその残照をとどめていただろう。「馬酔木」だけでなく、他の結社でも同じような交歓がきっと繰り返されているにちがいない。その繰り返しが続く中で、編集に明け暮れた日々の「馬酔木」ははるかに墓碑として立ち続け、その時間をとどめるのである。季語の力が最大限に発揮され、耕二の思いを永久に刻印したこの句は、まぎれもなく耕二俳句の最高峰である。

さらにこの句をもって照射すると「星まつり」の句が呼応して輝き、「馬酔木」だけでなく、俳人全体をも包み込んで普遍の美に到達する。それは秋櫻子の信条そのものであり、遷子と出会って耕二が到達し得た完全の美と救いの世界なのである。

作家はその作品の中に永遠に生き続けると耕二はいったが、福永耕二という俳人はこれらの作品群をとおして自身の完全なる美と救いを残し、今も生き続けているのではないだろうか。秋櫻子を美の神とするなら、耕二こそ美の使徒だったのである。

水原秋櫻子、相馬遷子、福永耕二の三人が築き上げた「馬酔木」は、今も新宿から俳人を照らし続けている。きっと俳句が続く限り、墓碑ははるかに輝き続けるだろう。

（墓碑はるかなり　完）

あとがき

福永耕二という俳人は、前衛俳句が下火となりつつある昭和四十年に忽然と現れ、その後あっという間に伝統俳句の大結社を牽引するようになった。俳句史からみれば、ほとんど水原秋櫻子の晩年を飾るために出てきたかのようである。四十五年もの齢の差がありながら、昭和俳句の第一人者に直接師事し、死ぬ間際まで師を仰ぎ続けた。俳句史上、稀有といっていい存在であろう。

また、俳句を始めたときから秋櫻子に想いを寄せ、その一点をめざして進むという愚直なまでの生涯を送った。俳壇で活躍したのは、実質、編集長になってからとみれば十年にも満たない短い期間である。その間、「馬酔木」だけでも秋櫻子はもちろんのこと、相馬遷子、能村登四郎、林翔といった一頭地を抜く俳人たちと直接、しかも深く関わっている。まことに太く、濃密な俳句人生であったといえよう。

私は「耕二論」を書き始めたときは、秋櫻子が非常に大きな存在として耕二の生涯を覆っていると考えていたが、書き進むうちに登四郎、翔、遷子の存在も相当大きいと考えるようになった。そして、第三部で第一句集から第三句集まで年を追って書き進むうちに、遷子の存在が殊のほか大きくなってきた。耕二は明らかに秋櫻子をめざして生き抜いたが、生き方や価値観の点で遷子に一番近しいものを感じていたのではないだろうか。秋櫻子の存在は絶対的なもので、どこか崇拝に近い部分があったが、遷子はちがう。昭和四十六年の同人作品合評会のときには、遷子の句に対し率直に自分の意見を述べているし、編集長になってからは毎月電話で話をし、よく相談している。もちろん、登四郎も翔もよき先輩であったし、気軽に相談もしていただろうが、「沖」を興してからは、二人は「馬酔木」一辺倒ではなくなった。そのときから「馬酔木」のことは遷子がよき理解者であり、相談相手になっていった。それだけに遷子の死は耕二にとって非常に大きな痛手だった。

　遷子の死の年に詠んだ《雪原を流るるもののあり抉る》《雪原に見て乱杭のごとき墓》の二句は、耕二の俳句の中でここにきてもっとも私の心を抉る作品になっている。耕二の慟哭が聞こえるのである。そのあとの《浅間かと仰ぐ雲垣風露草》や死の三か月ほど前に詠んだ《百草の露むらさきに師の山河》の作品も、耕二が遷子の死を消化して冷静になったときに詠んでいるだけに、なおさら遷子への想いの深さを感じさせる。

　そういう文脈で作品を読んでいくと、《新宿ははるかなる墓碑鳥渡る》の句には、遷子が大きく存在していることがはっきりと読み取れる。「相馬遷子覚書」で「特に過去形で遷子を語ることはいよいよその面影をはるかなものにし」という文ともつながる。「馬酔木」での句座の交歓や編集の充実した日々は、耕二にとって何物にも代えがたい宝だったが、その真ん中に遷子はいつもいた。耕二の中で秋櫻子の「馬酔木」を体現し、象徴する存在が遷子だった。「耕二論」を書き上げた今、遷子がこんなに私の心の中で大きくなっているとは思いも及ばなかった。

本書のもととなった「はるかなる墓碑」を書いている時間はありがたいものだった。毎月、真剣に耕二と向き合う時間（二〇一二年四月〜二〇一六年三月、俳句誌「田」に連載）がとても楽しかったからだ。次回は何を軸に書き起こそう、どう論じていこうと考えながら、集めた資料を繰り、追加で資料を収集し取材で人や現場を訪ねたりしながら、思いを巡らした。書き進むうちに、たしか林翔がこんなことを言っていたなとか、古賀まり子の小文にこんなことが書いてあったな、とか次々に思いが奔り始めるのである。そのたびに資料を読み直し、原稿を加筆、修正した。それは耕二や耕二を取り巻く人々と対話している時間であり、私には至福のひとときだった。

「はるかなる墓碑」は、そもそも水田光雄主宰から「田」に俳人論が欲しい、というお話があり、一つ書いてみませんか、と言われたのが始まりだった。「田」に入会したあと走り続け、わずか二年半で句集を上梓させていただいたので、そのあと少しゆったりした気分でいた。しかし、そんな私の心は見透かされていたのだろう。主宰に言われたとき、私には評論のことは頭になかったが、こんなありがたい機会はないと思い、まずはやります、とお答えした。すると主宰にはもうアイデアがあったようで、「『馬酔木』の福永耕二なんていいんじゃないですかね」と言う。私には福永耕二という俳人のイメージは、若くして亡くなり、《新宿ははるかなる墓碑鳥渡る》の俳句作者という程度の認識しかなかった。

そんな調子で「耕二論」に取りかかったのだが、まず衝撃的だったのは、初句集の劈頭句と最後の句集の掉尾句との落差である。

浜木綿やひとり沖さす丸木舟　（『鳥語』昭三十三）

ぼろぼろの身を枯菊の見ゆる辺に

（『散木』昭五十五）

強い志を表した劈頭句。満身創痍といっていい掉尾句。この二句が同じ作者から生まれた俳句なのかという驚きが体内を走った。この間に流れる時間が福永耕二という俳人の人生だと思ったとき、俳句を考える上できっと何か得るものがあると直感した。

資料を読み進むうちに見えてくるものがあった。その部分を抉りすぎると「耕二論」から逸脱していくだろうということはわかった。しかし、一方でそこを知らずに耕二を語ることはできないということも感じた。なぜなら福永耕二という俳人像の本質がその部分に宿っていると感じたからだ。さらに驚いたのは、耕二の死後三年たってから、「馬酔木」は水原春郎主宰のもとで「耕二追悼特集」を組んでいたことである。このことは、耕二の死が当時の「馬酔木」の俳人にどれだけ強い影響を与えていたかを物語っている。また、そこに当時の「馬酔木」の源があり、耕二という俳人はひたすらその源を大切にしていたことも伝えてくれる。そんなことを思いながら耕二の歩んだ軌跡を追っていったのだが、追えば追うほど耕二はほとんどの人から好意的にみられていたし、逆に耕二もどの俳人とも純粋に向き合っていたことがわかった。それゆえ、なぜあんなかたちで編集長交代が起こってしまったのかという痛恨の思いが未だに拭い切れないでいる。文芸の世界も所詮は人間の営みであり、結社は組織で動いている。会社や職場だけではなかった。しかし、組織の中にいながら、福永耕二という俳人は次元が違っていた。あくまで俳句に真っ向から向き合い、生きていた。耕二にとって俳句とは秋櫻子の「馬酔木」そのものだった。その思いの純粋さは相馬遷子とつながっていく。「馬酔木」に貢献し、「馬酔木」を全うしたという点で、遷子と耕二は誰よりも「馬醉木」の中で屹立している。

遷子が亡くなってから耕二の心には大きな穴があき、俳句に一層向き合うことでその穴を埋めていこうとした。埋めれば埋めるほど耕二の俳句は内に沈潜していった。吟行地も竜飛崎のような雪国へ流れていった。さらに編集長交代という追い打ちがあり、内へ沈潜する傾向は益々強くなったが、逆にそれゆえに遷子の晩年にも通じる句境に到達していくことになる。

思えば能村登四郎との衝撃的な出会いが耕二の上京を決定づけた。上京後は登四郎と同じ職場で働き、林翔とも出会う。登四郎、翔に見守られながら耕二は「馬醉木」同人、編集長へと進んでいく。その一方で登四郎、翔は「沖」という結社を立ち上げ、「馬醉木」本流から外れていく。しかし、二人は「馬醉木」を愛し続け、耕二を見守り続けた。登四郎、翔の生きる姿勢は耕二を大いに助けた。編集長になるまでの上京生活の前半部分はこの二人に支えられ、さらに同期同人を中心とした「亀研」仲間と切磋琢磨し、よき伴侶にも恵まれ、順風満帆に舟を漕ぎ得たといえるだろう。それだけに編集長になってからの後半部分は重々しさが際立つ。しかし、後半部分で遷子との交流が深まるという何物にも代えがたい宝を得た意味は大きかった。遷子が生きていれば編集長交代の出来事は起こらなかったか、仮に起こったとしてもあのような形にはならなかっただろう。耕二の心を最も苦しめた秋櫻子の誤解も生じなかったはずである。そう思うとまことに残念で、遷子があと十年生きていればと思ってしまう。

「耕二論」では、耕二の生き方から俳句についても考察した。その中で今日変化しつつある結社や子弟関係について、当時の「馬酔木」のあり方をとおして考えてみた。そこから耕二の生き方や俳句作品は明らかに子弟関係、結社という俳句の本質的な枠組みから生まれており、当時の俳人の典型を成していることがわかった。

また、俳句観についても、今日の俳句を考える上で耕二の思想は大いに刺激を与えてくれた。前衛俳句が下火になる昭和四十年以降今日まで、俳句は中村草田男のいう文芸の「芸」に当たる部分により比重をおいて進んできた。その俳句史の中で耕二は年代的にも俳句作品からいってもその初期に位置づけられる。内に沈潜する耕二の俳句は、当時の高度成長という時代背景を色濃く反映している。昭和四十年代の「巨人の星」や「タイガーマスク」といった爆発的人気を博した漫画に通底する「根性」という視点がそうで、「苦しむ姿こそ生きること」という考えの根っこの部分を構成している。飯田龍太が「過度の節度」といい、林翔が「『馬酔木』の枷」と言ったが、秋櫻子という昭和俳句の第一人者と向き合う生き方を選んだ時点で、耕二にはすでに宿命となってしまった。そのことが耕二俳句の特徴を形成したのは間違いないが、一方で耕二の体質からくる部分もあった。しかし、時代の重しは時とともに薄れた。小川軽舟のいう昭和三十年代生まれの俳人の自在さは「根性」という重しが取れた部分からもきているのだろう。一方、耕二の《浮寝鳥海風は息ながきかな》《山垣のかなた雲垣星まつり》の句にみられる境地にはすでに自在さにつながる伸びやかさがある。「根性」という重しを引きずりつつも、そこから抜け出す気配を感じさせる。

「俳句は生きる姿勢」という俳句観は、ある意味、戦後の昭和を象徴しているようにも思うが、その一方で、我々が今一度立ち返ってみるべき視点である。なぜなら人が生活する上でいろいろと行動し、発言する中に生きる姿勢は必ずあらわれるからである。私自身、最近は仕事にしても何にしても自分の言動に「生きる姿勢」を意識するようになった。俳句は人生と等価であるとはなるほどいい得て妙である。俳句は、畢竟、自分の生活に根差したことを詠むほかないからである。自在さもいいが、俳句を少々窮屈に考えてみてもいいと「耕二論」を書き終えて思い始めている。

仲　栄司

引用句五十音順索引

【あ行】

【か行】

【さ行】

【た行】

【な行】

【は行】

【ま行】

【や行】

【ら行】

【わ行】

仲 栄司《なか えいじ》

昭和三十四年（一九五九）大阪府大阪市生まれ。
昭和五十七年（一九八二）上智大学外国語学部独語学科卒業。
平成十二年　（二〇〇〇）句作開始。
平成十七年　（二〇〇五）「田」入会。水田光雄に師事。
平成二十年　（二〇〇八）第一句集『ダリの時計』上梓。
俳人協会会員

現住所　〒188-0013　東京都西東京市向台町3-5-27-107

福永耕二論……はるかなる墓碑《ぼひ》

著者……仲　栄　司

発行日……平成三十年一月十日　第一刷

発行者……島田牙城

発行所……邑書林《ゆうしょりん》

661-0033　兵庫県尼崎市南武庫之荘3-32-1-201

Tel　〇六（六四二三）七八一九

Fax　〇六（六四二三）七八一八

郵便振替　〇〇一〇〇-三-五五八三二

younohon@fancy.ocn.ne.jp

http://youshorinshop.com

印刷・製本……モリモト印刷株式会社

用紙……株式会社三村洋紙店

定価……本体二八〇〇円（税別）

ISBN978-4-89709-842-5 C0095 ¥2800E